Kosztolányi Dezső

Esti Kornél

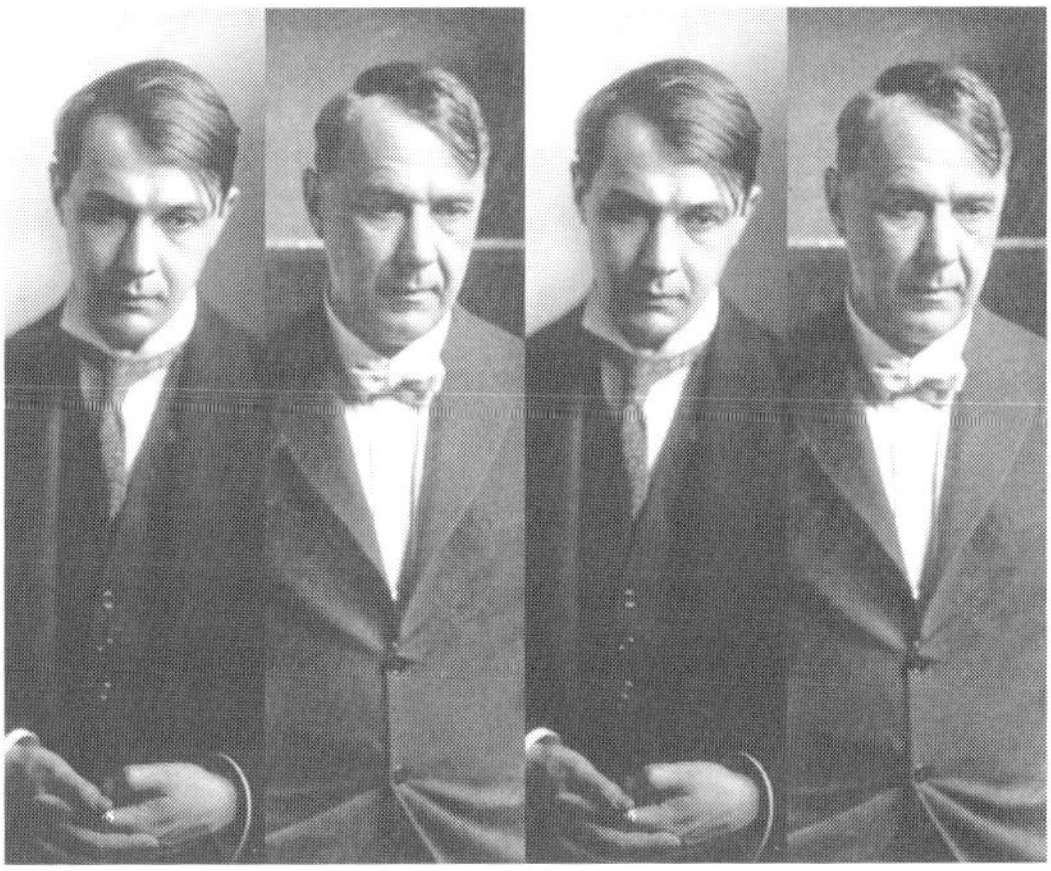

エシュティ・コルネール

もう一人の私

コストラーニ・デジェー

岡本真理 訳・解説

未知谷

Publisher Michitani

エシュティ・コルネール　目次

エシュティ・コルネール

もう一人の私

第1章　作者が本書唯一の主人公エシュティ・コルネールを紹介し、その正体をお披露目するの巻

人生の半ばも過ぎた頃、ある春の風の強い日にエシュティ・コルネールのことをふと思い出した。彼を訪ねて古い友情を新たにしようと決めた。

もう十年会っていなかった。われわれの間に何があったのか？　神のみぞ知る、だ。互いに腹を立てていたわけではない。少なくとも世間の人たちがよくやる風には。

しかし、三十路を過ぎた私は重荷に感じ始めたのだ。あの軽薄さが気に障った。懐古趣味の立襟やこじゃれた黄色のネクタイ、それにやぼったく青臭いことば遊びに飽き飽きしていた。個性をアピールしたがる態度も鬱陶《うっとう》しかった。彼は何かと絶えず騒ぎを起こしていた。

たとえば散歩道で二人肩を並べて歩いていると、彼は何の説明もなしにコートの内ポケットから料理包丁を取り出すと、通行人が唖然と見守る中、歩道の脇の敷きレンガで研ぎ始めた。または、盲目の浮浪者に懇切丁寧に話しかけ、いま目に入った埃《ほこり》をとってあげましょうと言ったりした。またある時は、それというのは編集長や政治家たち、つまりは私の運命と成功のカギを握るりっぱなお偉い旦那連中を夕食に招待した時なのだが、彼もまたその席に呼ばれていて、うちの女中たちに指示して浴室に湯を張

らせ、招待客らが到着すると順番に脇に呼び、この家では古い秘密めいた――といっても詳しくは言えないが――一族の伝統というか迷信があって、客人はディナーの前には例外なく風呂に入らねばならぬことになっていると耳打ちし、このようなありえぬことを悪魔的な上品さと機転と美辞麗句に包み込んで囁くものだから、この時初めて、かつもう二度とおいでいただくことのなかった善良な犠牲者たちのうち幾人かは、じっさい私の知らない間に風呂に、それもご婦人同伴で湯に浸かり、その後まるで何もなかったかのようにテーブルについて、この質の悪い冗談に嫌な顔ひとつしないのだった。

このような若気ゆえのいたずらは、昔は楽しかった。今、大人になるとそれはむしろ苛立たしいのだった。私の真面目な部分をも危険に晒してくれるんじゃないかと不安になった。本人には何ひとつ言わなかったが――正直に言うと――彼のせいでこちらが赤面したことも一度や二度ではなかった。

彼自身もまた私のように感じていたのではないか。心の奥底では、彼の思いつきの数々を私が正当に評価していないと感じていただろう。私のことを軽蔑し見限っていたのではないか。彼は私のことを凡庸な市井の人間と思っていた。手帳を買って予定を書き込み、毎日働いて社会の日常的慣習の中に身を落ち着けたのだから。ある時なんか、私に面と向かって、君は若さを忘れてしまったなどと責め立てた。これはある意味真実だったろう。でも人生とはそんなものなのだ。みんなそうなるのだ。

少しずつ、気がつかないうちにわれわれは離れて行った。私はそれでも彼を理解していたし、彼のほうでも私を理解してくれた。ただ、腹の中では互いのことを批判し合っていた。理解し合っていたなどというのは言いわけにすぎず、やはり理解し合ってなどいなくて、お互い神経に障るばかりだった。それぞれがわが道を進んだのだ。彼は左へ、私は右へといったぐあいに。

こうして互いの消息ひとつ伝えないまま、十年という長い歳月が過ぎた。とはいっても、私は自然といつも彼のことを考えていた。こんな時、あんな時、彼ならどうするだろうか、何と言うだろうかなどとぼんやり考えない日はおよそなかった。あちらにしても、私のことを考えていたに違いない。とどのつまり、われわれの過去には思い出という鮮やかに脈打つ血管が縦横に絡みついていたので、簡単に萎《しお》れてしまうなどありえなかったのだ。

彼が私にとっていったい何者であったか、一から詳しく説明するのは骨が折れる。それはよそう。二人の友情は私の記憶以上に古い。その始まりはまだ私が赤ん坊だったころで、つまり原初の人間という霞に包まれているのだ。物心ついたころには彼はもう身近にいた。いつも私にまとわりついて、味方になったり敵になったりした。大好きでもあったし、疎《うと》ましくもあった。彼に対して無関心でいるなどというのはありえなかった。

ある冬の夜、夕食のあとで私は絨緞《じゅうたん》に坐り、色とりどりの積み木で塔をこしらえていた。母さんは私を寝かしつけようとした。当時いつも母の言うことを聞いていた私は、迎えに来た乳母におとなしくついて行こうとした。その時、背後から声がしたのだ。あの忘れもしない声が。

「行くなよ」

私は振り向いて、喜びと恐怖が混じりあった気持ちでその姿をみとめた。それが彼を見た最初だった。彼は私をけしかけるようにニヤニヤしていた。私は彼に抱きついたが、乳母にひきはがされた。泣き騒いだが、結局寝かしつけられてしまった。

それからわれわれは毎日会った。

朝には彼が洗面器の前に飛び出してきた。

「顔なんか洗うな。べとべとでいいよ。汚いのバンザイ！」

昼食では両親のあの手この手の説得で、しぶしぶ〝栄養が豊富で健康にいい〟レンズ豆のペースト煮をスプーンですくい始めると、彼は私の耳に囁《ささや》くのだった。

「そんなのお皿に吐き出しちゃえ。すぐに肉とお菓子がくるよ」

家の食卓や寝室で一緒にいただけではない。彼は外にもついてきた。

向こうから父の古い友人のロイジ小父《おじ》さんがやってきた。私は体重が百キロもあろうかという裁判官のこの小父さんが大好きで尊敬していた。私は帽子を持ちあげて、礼儀正しく挨拶した。するとコルネールは私に向かって叫ぶのだ。

「あかんべをしな」そう言って、彼は実際に舌をあごの先につくほど出して見せた。

とんでもない奴だったけど、面白くて退屈しなかった。

燃える蠟燭《ろうそく》を私の手に握らせ、「カーテンに火をつけろよ」とけしかけたりもした。「燃やすんだよ、家を。それからこの世界を焼き尽くすんだ」

また、私にナイフを握らせて言った。

「心臓に突き刺してごらん」と彼は叫んだ。「血って赤いんだ。あったかくて綺麗なんだよ」

彼の助言を実行する勇気はさすがになかったが、私の思うところを口に出して言ってくれるのが気持ちよかった。私はこわばった微笑みをうかべて、彼の言うことに耳を傾けた。彼が怖くもあり、惹かれもした。

夏の嵐が過ぎた後、エニシダの繁みの下にびしょぬれになったスズメの子を見つけたことがあった。宗教の時間に習ったとおりに、私は手のひらに乗せ、慈悲の心を肉体的精神的行為に移そうと、台所にスズメの子を運び、火の近くで乾かしてやろうとした。パン屑をやり、布切れにくるんで腕に抱いた。

「羽を毟り取っちゃえ」コルネールは囁いた。「目を刺して、火に投げ込むんだ。殺しちゃえ」

「残酷者」私は叫んだ。

「憶病者」彼は叫んだ。

われわれは蒼白になって睨《にら》み合った。どちらも身ぶるいした。私は怒りと同情のせいで、彼は好奇心と血に飢えて。私は好きにしろよとスズメの子を彼に突き出した。コルネールはスズメの子を見て、可哀《あい》そうになり震えだした。私は嫌味いっぱいに下くちびるをつき出してやった。われわれがこうしていがみ合っているあいだに、スズメの子は庭にすべり出て、目の前から消えていなくなった。

結局彼にしても、なんでも平気にやってのけたわけではない。見栄を張ったりほらを吹いてみせたいのだった。

ある秋の日の夕暮時、六時ごろだっただろうか、彼は私を門の前に呼び出し、重大な秘密を打ち明けるように、じつは自分は魔法が使えるのだと言った。手には光る金属らしきものを持っていた。これは魔法の笛で、これを吹くだけでどんな家でも宙に持ち上げて、月まで運べるんだと言った。私たちの家も今夜十時に持ち上げてみせると言った。怖がることはない、ただ何が起こるか目を凝らしていてくれと。

そのころ私はすでにいい歳の子どもだったので、半信半疑だった。それでも慌てて家の中に戻り、時計の針が動くのをただじっと盗み見ていた。いきおいこれまでの人生を反省し、やらかした罪のあれこれを悔やみ、聖母マリアの絵の前に跪《ひざまず》いて祈った。十時になると、吹き抜ける風のような音と音楽が聞こえた。家はゆっくりとまっすぐ持ちあがり、高く上がったところでしばらく止まり、そのあと揺れながら、しかし持ちあがった時と同じようにゆっくりとまっすぐに地面に降りた。テーブルにあったグラスがかちんと音を立て、天井から吊りさがった照明が揺れていた。ものの二、三分というところだったろうか。みんなは何も気づいていなかった。ただ母さんだけが私を見て、血の気が引くほど驚いた。

「お前ったら、ふらふらじゃないの」そう言って、ベッドに寝かしつけてくれた。

コルネールとの友情が本当に深まったのは、はじめて額に思春期の象徴というべきあの春先の紫色のつぼみみたいなニキビが現われ始めた時だった。明けても暮れてもわれわれはいっしょだった。本を読み議論を闘わせた。私は彼に食い下がり、あの高慢ちきなものの見方を激しく批判した。ありとあらゆる悪に引きずり込まれたのは、彼のせいであることに間違いはなかった。子どもがどうやってできるのかをはじめて私に教えたのは彼だったし、大人というのは黄ばんで煙草臭い腹の突き出た権力者だということや、大人は子どもより卑劣で先に死んでしまうから、尊敬に値する存在じゃないということも彼が教えてくれた。勉強なんかやめて、朝は学校に遅れそうになってもなるだけ長くベッドの中でごろごろしたり、父の引き出しをこじ開けて手当たり次第に手紙を開封するようけしかけたのも彼だった。蠟燭の火のもとでこっそり読むようないかがわしい本やカードを持ってきたのも彼だ。歌ったり嘘をついたり詩を書くことも教えてくれた。声に出して卑猥な言葉を並べ立てたり、夏には更衣室のひびの割れ目から水着に着替え中の女の子たちをのぞいたり、ダンス教室で彼女たちに無礼な申し込みをして嫌がらせをするなどの勇気ある行動を手ほどきしたのも彼だった。はじめて煙草を吸わせたのも、はじめてパーリンカ（果物で作る強い蒸留酒）を飲ませたのも、肉体の快楽や盗み食いや行方をくらます楽しみを教えたのも彼だった。苦しみの中にも秘められた美があることを示してくれたのも彼、かゆい傷口のかさぶたをはがしたのも彼、すべての物事は相対的であることや、一匹のヒキガエルにも大企業の社長と変わらぬ心が宿ることや、声を立てない動物や声にならない孤独を愛することを教えたのも彼だった。また私が棺の前で涙にくれていた時に、脇腹をくすぐって大声を立てて笑わせ、万事は過ぎゆくという愚にもつかない不可解を理解させたのも彼だった。密かに私の感受性に皮肉を、絶望に情熱を注入したのも彼だった。多数派にさげすまれ牢屋にぶち込まれ処刑される人々の味方につくことを教えたのも、死は永遠だと言い張って、神は存在しないという罪深い嘘に対してがむしゃらに抵抗する私を説得しようとしたのも彼だった。腐敗を知らない健康な私の性質は、こういった教理を受け入れはしなかった。それでもやはり、彼の与える影響から逃れたい、すっかり縁を切ってしまいたいと思った。しかしそうするには私は弱かった。どうしても彼が気になってしまうのだ。結局彼にはずいぶん世話になった。彼こそが私の師だった。ついには悪魔に魂を売り渡したみたいに、私は彼に生涯にわたる借りを作ったのだ。

父さんは気に食わない様子だった。

「あの不良はどこだ?」ある夜私の部屋に飛び込んできて言った。「どこに隠している? どこに匿《かく》まっているんだ?」

私は両腕を広げて、誰もいないと示した。

「やつはいつもここにいるんだ」と父さんは唸った。「いつもここでぶらぶらしておる。お前にまとわりついて。同じ釜の飯を食っている。まるで双児の兄弟よろしくな」と皮肉を言った。

ドアや暖炉の後ろを探し、箪笥《たんす》の中も調べた。ベッドの下も覗き込んだ。

「よく聞け」父さんはカンカンに怒って叫んだ。「次にやつがここに足を踏み入れたら、ぼきぼきにへし折って、犬ころみたいにここから追い出してやる。お前もだ。どこへ行こうと自由だ。赤の他人だ。この家の敷居はまたがせないからな。わかったな?」

父さんは後ろ手を組んで行ったり来たり熊歩きしていた。怒りを呑み込み鎮めようとしていたのだ。靴の軋《きし》む音がした。

「あの役立たず。あの悪ガキが。もっとましな友達ができないのか? お前を誑《たら》しこんでばかり。いかれちまうぞ。それともお前もああいう腐った人間になりたいのか? 何の価値もへったくれもないじゃないか。あれは一生あの体たらくのままだ」

コルネールは姿を見せることができなくなった。家の前の通りも避けるようになった。

われわれは町の郊外でこっそり会った。毎年夏にサーカス団がテントを張る牛市場や墓地の墓石の間などだ。

われわれは肩を組んでぶらぶら歩いた。ある時こうして夢中になって歩いていた時に気づいたのだ。二人は同じ年、同じ日の、しかも分単位まで同じ時間に生まれたのだ。一八八五年三月二十九日、復活祭の前の日曜日、夜明けの六時ちょうどに。この神秘的な偶然にわれわれは深く感動した。同じ日の同じ時間にこの世に生を受けたように、同じ日の同じ時間にわれわれは死ぬのだ、一秒たりともどちらかが長く生きることなどないと誓い合った。この誓いはわれわれのどちらかにとって犠牲や苦痛を意味するものではなく、完全なる喜びのうちに遂行されるのだという確信があった。

「あの子が可哀そうなの?」母さんはランプの前でうとうとしながらコルネールのことを考えている私に探《さぐ》りを入れるように訊いた。「これでよかったのよ。お前にはつり合わない子だよ。他の子たちと仲良くしなさい。メーレイ君やホルヴァート・エンドレ君、イロジュヴァイ君みたいな、お利口で誠実でいい家柄の子たちとね。みんなお前のことが好きなんだよ。あの子はお前が好きなんじゃなくて、悪さをして怖がらせて苛立たせていただけ。十一月なんて、お前ったら幾度恐ろしい夢から覚めて大声を上げたことか。お前のためにならないよ。中身なんてないし、空っぽ。心がないのよ。お前はね、違うよ。お前はいい子で、気高い心を持ってて、感じやすい子だよ」と言って私にキスをした。「お前はまったく違うよ」

たしかにその通りだった。私とコルネールほど違う人間の組み合わせは、この広い世界に他になかっただろう。

だからこそ、この会話の数日後に起こった出来事は、まったく奇妙に思えた。

晴れた昼下がり、私はバンドで綴じた本をさげて、学校を出て家路を急いでいた。誰かが背後から呼んだ。

「コルネール!」

緑色のコートの男がこちらに向かって微笑んでいた。

「ねえ、コルネール君」と言って、「家に帰ったら、お隣にこの荷物を届けてくれないか」と続けた。

「申し訳ないんですけど」私はうろたえた。

「どうしたんだい?」緑のコートの男は訊ねた。「よく意味がわからなかったようだね」

「そうじゃなくて」私は答えた。「人違いですよ。僕はエシュティ・コルネールじゃありません」

「何だって?」緑のコートの男は驚いて言った。「ふざけるのはおよし。家はボタン通りだろう?」

「いえ、違います。うちはダミヤニッチ通りです」

「君はコルネールの兄弟?」

「いいえ、学校の友達です。同じクラスで、席が前から二列目の隣りどうしです。でもコルネールは前の学期も二教科で落第点をとりました。宿題もいいかげんで、あまり決まりも守らないし。僕のほうはクラスで一番で、オール優、宿題もきっちりしているし、生活態度もいいんです。あとフランス語とピアノも自分で習っています」

「間違いないと思ったんだが」と緑のコートの男は呟《つぶや》いた。「奇妙だな」と眉を持ちあげた。

これも何度も起こったことだが、われわれが郊外の森のはずれの線路沿いをぶらぶら歩いていると、浮浪者や見知らぬ人たちに声をかけられ、双児の兄弟かとたずねられた。

「あの二人を見ろよ」とみんながけしかけあった。「ほら、見てみな」そして嬉《うれ》しそうに大声で笑っていた。

われわれを並んで立たせ、背中合わせにして、手のひらを頭のてっぺんに当てて、背を測ってみせた。

「髪の毛一本っていやぁわずかだが」と頭をひねりながら確かめ合った。「そんだけの違いもねえわ。なぁ、あんさんよ。どうだい?」

やがて成長すると、われわれはあちらこちらでものを書き始めた。自分でもよくわからないままに。

思いもよらず知らない人たちから手紙をもらうことがあった。私がカッシャ（現スロヴァキアのコシチェ）やウィーンやコロジュヴァール（現ルーマニアのクルージ・ナポカ）の駅でなくした小銭入れを見つけた人には二十四時間以内に利子を支払うとの約束にたいし、その微々たる額を請求する内容だった。電話はやかましく鳴り続け、匿名のいんちきな手紙が舞い込んだ。親友たちは、私が冬の冷たい雨に打たれながら物騒な路地をうろついたり、町はずれの酒場の赤茶けたテーブルクロスの上で酔いつぶれていびきをかいていたのを目撃していた。ヴィトリオル亭の給仕から請求書を突きつけられたが、私はどうも支払う代わりに裏口からそっと逃げ出したらしい。何人もの信頼できる筋によれば、崇高な人物や国中に名の通った大作家たちのことを、私は渾身の侮蔑をこめて扱《こ》き下ろしていたそうだ。決闘の仲介人は目の周りにできた黒い痣《あざ》を見せに来たし、荷運び人は私の名刺を持って、また娘たちは純潔という名のもぎとられたユリの花を持って来て、私がした数々の約束や結婚の申し込みを非難した。年配の恰幅のいいご婦人の訪問をうけたこともあったが、馴れ馴れしく話し出すなり、彼女独特の方言で子どもの認知に関して訴訟をおこしてやると脅しをかけてきた。

　これら悪夢の登場人物は、かつては想像の世界なり現実なりで確かに呼吸し輝いていたが、今はもう闇の中の死人となって冷たくなっていた。それはまるで煌々と燃える薪が、冷えて最期の火の輝きを放つと、灰となって崩れてしまうようなものだった。こちらは誰だか見当もつかないのに、あちらはみな私を覚えていた。このうち幾人かをエシュティ・コルネールに引き会わせてやろうと考えた。彼らはにやりと笑って、そいつはどんな人物かと言うので、絵に描いてみせると、今度はおかしがって私を指さした。住所を教えてくれとも言われたが、これには少々困惑した。あちらときたらたいがい外国をうろついて、飛行機の上で寝たり、どこに泊まるのもせいぜい数えるほどで、知るかぎり警察で滞在許可の手続きなどしたことがなかったのだ。エシュティ・コルネールが存在したのは事実だが、戸籍はなかったのだ。次々と起こるとんでもない出来事について、自分がどんなに無実だとわかっていても、裁判での勝ち目はなかった。コルネールのためでもあったが、正面から争って気まずくなることは避けたかった。こうして私はあらゆる借金といたずらと不名誉を、すべてわが身に引き受けるはめとなった。

支払いは相当な金額にのぼった。金だけではない。名誉という犠牲も払った。どこへ行っても私はじろじろ見られた。世間の人は私が政治的に右派なのか左派なのか、国家に従順な市民なのか、その転覆を謀る輩なのか、尊敬すべき一家の大黒柱なのか、箸にも棒にも掛からぬ女誑《おんなたら》しなのか、またそもそも人間なのかそれとも単に想像上の人物なのか、酔っ払いの気分屋なのか、金持ち連中から剥ぎ取ったぼろの上着を風の吹くままにひらつかせる夢遊病の案山子《かかし》なのかもわからないようだった。私にとって彼との友情はずいぶんと高くついたのだ。

けれどもあの風の強い春の日に、これらすべてを水に流して彼を許し、会いに行くことに決めたのだった。

穏やかでない一日だった。四月一日《エイプリルフール》ではなかったが、それに近い日だった。狂ったような落ち着かない一日だった。朝は霜が降り、街路樹の鉄柵には氷が張り、空は青かった。そのあと霜が溶け始め、軒先から水が滴り落ちた。山々には霧がかかっていた。温かい春雨が降り、地面はまるで汗だくになって走った馬のように濡れていた。虹が色鮮やかな輪を作ってドナウ河にかかっていた。午後には霙《みぞれ》が降りだし、木の葉は砂糖をまぶしたみたいに白くなった。靴の底には溶けた霙がはりついた。風が唸っていた。はげしく唸っていた。風は空高く煙突のすきまや家々の屋根の上を吹き抜け、屋根裏はぎいぎいと軋《きし》み、柱は息を吹き返して今にも新芽を出そうとした。柱だって元はといえば木なのだから、当然といえば当然だ。春はこうして荒々しく、世界をひっくり返さんばかりの勢いでやってきたのだった。

風がひゅうひゅう唸るのを聴いていたら、コルネールが頭によぎった。今すぐ会いたい、どうしようもなくそんな思いに駆られた。

カフェや酒場に手当たり次第電話をかけてみた。夜更けまでにわかったことは、この町にいるということだけだった。歩き回ったり車を拾ったりしながら、足どりを追った。夜中の二時にようやく〝ホテルこうもり〟にいるとわかった。ホテルに着くころには、ロシアからの雪交じりの嵐が辺り一帯に巻き起こり、荒くれて舞う雪の粒がレインコートの襟をはげしく翻した。

ホテルこうもりのフロントで、五階の七号室だと教えられた。エレベータはなかったので、狭い螺旋《らせん》階段を上っていった。七号室のドアは大きく開き、中には明かりが灯っていた。私は中に入った。

からっぽのベッドの上にはくしゃくしゃになったシーツ、サイドテーブルには電球がちらちらと弱い光を放っていた。どこかに急用で出かけたのだろうか。戻るのを待つことにして、ソファに腰を下ろした。

その時、向かい側の鏡の前に彼が坐っていると気がついた。私は慌てて立ち上がった。彼も慌てて立ち上がった。

「やあ」と私は言った。

「やあ」と彼は間を置かず言った。まるで途絶えた会話を続けようとするようだった。

こんな夜更けに突然来たことを、不思議にも思わないようだった。彼は何事にも驚かないのだ。何の用かと尋ねもしなかった。

「元気かい？」と彼は尋ねた。

「ああ。君は？」

「元気だ」と彼は答えた。

私をじっと見て笑った。

彼はレインコートを着ていた。その襟にも雪がついていた。

「戻ってきたところかい？」

「ああ、そうだ」と彼はうなずいた。

私は部屋を見回してみた。なんともみすぼらしい小部屋だった。小さくぼろぼろのソファに椅子が二脚と箪笥《たんす》が一棹。テーブルには五日前の新聞。萎《しお》れた菫《すみれ》の花束。何かの仮面もあるが、いったい何のためだろう。床には煙草の吸殻。バイオリンのケースには黄色いサングラスとマルメロのゼリー菓子。トランクはみな開けっぱなし。本もいくらかあるが、たいていは時刻表だ。ペンも紙も見当たらない。いったいどこで仕事をしているのだろうか。

父の言うことは正しかった。この体たらくだ。ここにあるのは孤高の貧しさ、自由、そして誰にも諂《へつら》わない乞食の生き方だ。私も憧れていた時代があった。目頭が熱くなった。

「ところで、最近どうだい？」と彼は尋ねた。

外は風がひゅうひゅうと音を立てていた。荒々しい春風が甲高く叫んでいた。警笛も聞こえてきた。

「救急車だな」彼は言った。

二人とも窓際に近寄った。雪混じりの嵐はもう止んでいた。空は澄んで輝き、凍りついた路面も輝いていた。救急車のサイレンが春風と競いあって、けたたましく鳴っていた。

救急車が去るか去らないうちに、今度は消防車がどこかへとんでいった。電灯をとりつけた電気自動車だった。

「事故だろうな」私は言った。「今日は一日、通行人の頭上に煉瓦《れんが》が降ってきたり看板が落ちてきたりしたからね。みんな血を流したり歩道ですべったり、手を骨折したり足を捻挫《ねんざ》したりしているよ。家や工場は火事だろう。今日は忙しかったな。氷、暑さ、霧、かんかん照り、雨、虹、雪、それから血が流れたり火が出たり。これが春というものだ」

われわれは腰を下ろして煙草に火をつけた。

「コルネール」私は沈黙を破った。「怒ってないのか?」

「僕が?」と言って肩を竦《すく》めた。「ばかな。君に怒るなんてありえないよ」

「でもそうする理由はあっただろう。僕は君に腹を立てたよ。偉いさんたちの前では君のことが恥ずかしかったたし、自分のことで必死だったし、君を否定したよ。この十年というもの、君の方を振り向きもしなかった。でも今日の午後風が吹いた時、気持ちが緩んでふと君のことを思い出したんだ。僕はもう若くない。先週四十になったよ。若くなくなると、人間丸くなってすべて許せるんだ。若ささえもね。仲直りしよう」

私は手を差し出した。

「君はあいかわらずだな」と彼は皮肉った。「いつも感傷的だ」

「でも君は変わったよ、コルネール。子どもの頃は君が大人でリーダーで、君が僕を開眼してくれた。今度は君が子どもみたいだ」

「どっちも同じことだろう」

「君のそういうところが好きなんだ。だからここへ戻ってきた。これからはずっと一緒だ」

「今日は何だってそんなに褒めちぎるんだい？」

「だってほかに誰を褒めろって言うんだ。君ほど素直に好きになれるやつはいないよ。このろくでもない世の中、わが身の兄弟でもあり正反対でもある君ほど尊敬できる人間はいない。すべてが同じですべてが違う。僕は貯金し、君は散財した。僕は結婚して、君は独身のままだ。僕はこの国の人々とことばを愛し、ずっとここで暮らしているが、君のほうは世界中を放浪して、国境を越え自由に飛び回り、永遠の革命を叫んでいる。君が必要なんだ。君がいなければ僕はからっぽだ。退屈だ。助けてくれ。でないと僕はだめになってしまう」

「僕も誰かが必要なんだ」と彼は言った。「柱とか柵とかになってくれる人がね。でないと空中分解してしまいそうだ」そう言って部屋を指さしてみせた。

「手を結ぼう」と私からもちかけた。「同盟だ」

「何の？」

「何か書くのさ。一緒に」

彼は目を大きく見開いた。床に煙草を吐き捨てた。

「僕はもう書けない」彼は言った。

「僕は書くことしかできない」私は言った。

「ほら、そうきた」と彼は答えて、きつい目でこちらを見た。

「誤解するなよ、コルネール。こっちは自慢じゃなくて、嘆いているんだ。昔みたいに足りないところを埋めてくれないか。僕が寝ている時、君は起きていた。僕が泣いている時、君は笑ったね。また助けてくれ。僕が忘れてしまったことを思い出してくれ。僕が覚えていることは忘れてくれ。僕も君を助ける。僕だって役に立つさ。できることは何でもする。仕事のためにだけ使っている家があるんだが、君も好きに使ってくれ。僕って男は気まじめで義理堅くって忠実なんだ。どれだけ忠実かと言ったら、一度でも口をきいた相手のことは絶対に悪く言わない、心の中でさえもね。コルネール、それこそうちの老犬のためには、ほかの犬をなでたり遊んでやったりすることはおろか、目もくれてやらないっていうほどだ。生き物でなくてもそうだ。りっぱな万年筆が十五本もあるっていうのに、何かといっては紙をひっかいて破りそうな使い古しの万年筆をひっぱり出してきて、苦労しながら書くんだ。そうやって、その哀れな万年筆が見捨てられたっていじけないように、なぐさめてやるのさ。僕は誠実そのものだ。君はそんな僕の横にいて、うろつき回ったり勝手放題にしていればいい。合同企業をつくろう。詩人には人間がいなけりゃ意味がないし、人には詩人がいなけりゃ意味がない。共同事業だよ。人間ひとりで執筆しながらいろいろ経験もするなんて無理だ。両方いっぺんにやろうとした奴は、結局みなつぶれちゃってる。それができたのはゲーテだけだ。あの穏やかで朗々とした不死不滅のゲーテ。考えるだけで背中がぞくっとするよ。彼より聡明で畏怖に値する人間がこの世にいただろうか？　栄光に輝くオリンポスの怪物だよ。それに比べればメフィストフェレスなんて可愛いもんだ。そうさ、ゲーテがこの世の裁判によって監獄に入れられたマルギットの無実を証明して救出し、あの子殺しの母親を大天使や預言者たちのいる天国に昇らせ、女性と母性の永遠なる守護を神秘の合唱で讃えさせたんだ。けれど何年かのちにワイマールで似たような子殺しの母親の裁判で陪審員になると、かつてマルギットの騎士だった詩人は、一刀両断で死刑に一票を投じたんだ」

「つまり、その女を天国に送りこんだんだな」とコルネールは呟いた。「行いが一貫していたわけだ」

「そのとおり」と私は合いの手を入れた。「僕らがばらばらだと、こんな極悪非行と神聖なる善行は不可能だろう。でもねコルネール、僕ら二人が、僕と君が協力すれば、それに近づける。夜と昼みたいに。現実と想像、アフリマンとオルムズド（ゾロアスター教の善の神と悪魔）みたいにね。どうだい？」

「ただね」と彼はこぼした。「僕はうんざりなんだ。文字だとか文章だとか、言いようもなくうんざりする。書いて書きまくって、結局同じことばの繰り返しだ。〝でなく、しかし、という、むしろ、ゆえに〟ばっかり。気が狂いそうだ」

「そこは僕に任せてくれ。君は話してくれさえすればいい」

「自分のことしか話せないよ。この身に起こったことしかね。でもどんなことがあったっけ？　結局何にもなかったよ。事件なんてそうないものだ。でも空想はいろいろした。それも人生の一部だ。女にキスをしたことだけが真実じゃない。心密かにキスしたいと求めるのも真実だ。女そのものは虚構で、欲望が真実ってこともよくある。夢だって現実だ。エジプトに行った夢を見れば、旅行記だって書ける」

「じゃあ、旅行記かな?」と私は興味をそそられた。「それとも伝記?」

「どっちでもない」

「小説かい?」

「まさか! 小説のはじまりはいつもこうだ。〝ある若い男が暗い道を襟を立てて歩いていた。〟で、あとになってこの襟を立てた男が主人公だとわかるんだ。わざとらしくて、ぞっとするね」

「じゃ、何だろう?」

「三つともいっしょくただ。行きたかったところを書いた旅行記であり、主人公が夢の中で何度死んだかも語る小説的伝記でもある。一つ条件がある。そこらのくだらんお話とごっちゃにはするな。すべては詩人にふさわしく、断片のままにするんだ」

われわれは今後カフェ・トルペドーかヴィトリオル亭でしばしば会うこと、それが無理な時は電話で話すことをとり決めた。

彼は部屋を出て見送ってくれた。

「ああそう」廊下に出た時、彼は額を叩いた。「忘れてたことがある。書き方はどうする?」

「共同で書くんだ」

「でも僕らの書きぶりは正反対だ。最近の君は落ち着いてすっきりした文体が好みだし、人物も古典的だ。装飾もことばも少ない。僕のは反対にあいかわらず落ち着きなく、絡まり合って詰め込み過ぎで、ちゃらちゃらしてロマンチックだ。矯正不可能なロマン主義のままさ。形容詞と比喩に溢れてる。勝手に使われちゃ困る」

「こうすればどうだろう」私はなだめるように言った。「これも半分ずつにするのさ。君が話すのを僕が速記する。あとでそぎ落とすのさ」

「基準は?」

「十の比喩のうち残すのは五つ」

「形容詞は百のうち五十だね」コルネールはつけ加えた。「いいだろう」

われわれは握手した。話は決まった。私が階段を下りるのを、彼は手すりに肘をついて見ていた。

一階まで下りた時、私はあることに気がついた。

「コルネール」私は叫んだ。「それで著者名は?」

「どっちでもいい」と彼は下に向かって叫んだ。「好きにしな。君の名前でいい。でも僕の名前が題名になるんだ。題名の方が大きな文字で印刷されるからね」

彼はちゃんと約束を守った。一年間にわたってわれわれは毎月一、二度会い、彼はいつも旅行の体験やら人生の出来事やらを引っぱり出してきた。町を留守にするのはほんの数日だった。彼の話を一部は私の速記の記録をもとに、一部は記憶にたよって文章にし、彼の意見をきいて整理した。本書はこうしてできあがったのである。

一九三三年

第2章　一八九一年九月一日「赤い雄牛」に行き、人間社会の仲間入りをするの巻

一八九一年九月一日。

朝七時、母親は中庭に面した粗末なアパートの、子どもたちが眠っている長細い部屋のドアを開けた。彼と弟、それに妹の三人がいた。

つま先歩きで素早く子どもたちの寝ているベッドに近寄ると、緑の編物でカバーした柵を下ろして、一番上の六歳になる男の子の額にやさしく手を当てて起こした。今日ははじめて学校に行く日だった。男の子はすぐに目を覚ました。目の前に母親の青い瞳がきらきらしていた。男の子はにっこり笑った。

やせて貧血気味で、耳たぶの青白い子どもだった。最近患った大きな病気、というのは胸膜炎だったが、それがまだ後を引いていた。お蔭で何カ月もベッドから起き上がれずにいたのだった。いよいよ心臓が右側で鼓動するようになって、手術で膿を出した方がいいという話になった頃、突然回復に向かい膿が消えていったのだ。しばらくして起き上がれるようになったが、今度は〝神経〟に来た。気分がころころと変わるのだ。頬かむりをしたおばあさんたちや羽のついた帽子の警備員を怖がるようになった。父親が――どういうわけか――ピストル自殺するのではないかと恐れ、弾の暴発音が聞こえないように

両の手のひらでしっかり耳を押さえた。空気を十分に吸い込めないと言って、家じゅうを歩き回って手当たり次第に家具にしがみつき、そうやって力をこめて胸部をじゅうぶん広げ、窒息しないように必死になった。葬儀屋や死を怖れた。暗くなると自分の周りにランプを集めて、もし夜のあいだに死ぬことがあれば、葬儀はどうするか、誰にどのおもちゃを分け与えるかを決めたりすることも、一度や二度ではなかった。かかりつけ医はそんなに心配はいらないと言った。それでも両親は、最初のうちは家庭教師をつけることにして、しばらく学校には行かせないことにした。けれどぎりぎりになって、やはり考え直したのだ。

そんなわけで、今こうして夢現《うつつ》の厚ぼったい瞼《まぶた》をして、ベッドの端に坐っているのだった。あくびをして体を掻いた。

いつかはこの日がやってくるのはわかっていた。でもこんなに早く来るとは思っていなかった。どうにかして先延ばししたかった。

黒い長靴下を引っぱり上げようとがんばったが、つま先で引っかかって、くしゃくしゃになった。洗面器の前でぼうっと立ちつくした。何度も手をつけたり出したりを繰り返し、水の表面でゆれている光の輪をじっと見つめた。

母親が来て体を洗い、清潔なシャツを着せてくれた。白い縁取りのある紺の麻地の洋服で、古いブラウスからはずしたハート形の貝殻の婦人用ボタンがついていた。髪は濡らしたブラシできっちりとなでつけてくれた。

マグカップに注いだコーヒーとクロワッサンが出された。今日はコーヒーを飲む気になれなかった。

彼は食べたくないと言った。

すると、母親は読み方の教本と石板と石筆を持たせ、学校に連れて行った。

秋の日差しが大平原の町の上に燦々《さんさん》と降り注いでいた。黄色い砂埃の中を、百姓の馬車が軋みながら行き交っていた。鉄道橋では汽車が汽笛を鳴らしていた。市場では頭陀《ずだ》袋に入った赤いパプリカや白い乾燥豆が売られていた。

彼はうらめしそうに母親の横を小走りに歩いた。この〝一張羅〟を着た自分がぎこちなく滑稽《こっけい》で、何より女みたいな気がした。実際こんなにひどくて安っぽい古ぼけた服はないとわかっていた。できるなら脱ぎ捨てて踏みつけてやりたいくらいだった。しかし、父親は貧しい高校の教師で、贅沢《ぜいたく》はできないのだ。しかたがないので、学校に着くまで口を利かないことにした。

あっと言うまに「赤い雄牛」に着いた。

「赤い雄牛」は小学校だった。国民教育のために建てられたこの二階建ての建物は、かつてこの場所に今にも崩れそうなぼろい酒場があり、その看板に赤い雄牛の絵が描いてあったところから、そのまったくもって個性的な名前がつけられていた。そのぼろ小屋はとうの昔に火事で焼け落ちてしまったのだが、飲んだくれの町の男たちはあの夜な夜なの騒ぎをいつまでも懐かしみ、ご丁寧《ていねい》にも学校に酒場の名前をつけ、こうして父から子へと受け継がれたのだった。

母親とともに学校の薄暗い玄関ホールに着くと、男の子は蒼くなった。〝呼吸困難〟だった。いつもするように、柱にもたれて全身に力を込めた。母親はかがみこんで、どうしたのとたずねた。男の子は返事をしなかった。ただ手をぐっと握り締めた。ひたすらきつく。

一年生の教室は二階にあった。茶色の開き戸の前で、母親は彼にキスをした。そして行こうとしたが、彼は手を離そうとしなかった。

「怖いよ」と蚊の鳴くような声で言った。

「何が怖いの？」

「怖い」と繰り返した。

「怖がらなくていいの。ほら、他の子たちもここにいるのよ。みんないるわ。ほら、楽しそう。お友達のところへいらっしゃい」

「行っちゃいやだ」そう言って母親のスカートにしがみついた。

しかし母親はその手を離すと、息子に手を振って立ち去り、ゆっくりと廊下を歩いて行った。廊下の端まで来ると、ハンカチを取り出しそっと涙をぬぐった。それでも息子を励まそうと、もう一度振り返って微笑んだ。それからあっと言うまに姿を消してしまった。

男の子はしばらくその場に立ち尽くし、母親の後ろ姿が消えた場所をじっと見て待っていた。きっと戻ってきてくれる。すべて冗談よと言って。しかしこれは冗談ではなかった。

それを理解した時、さらには一人ぼっちだということ、この地上にかつてなかったほど一人ぼっちだとわかった時、彼の体中を発作が襲った。おなかが捻《ねじ》れるような発作だった。何とかしてここから逃げ出そうと思った。壁づたいにそっと階段のところまで進んだ。さっきここで母親のスカートが世も不思議に消えてなくなったのだ。階段はがらんとして冷たく暗く、天井は灰色で音がよく響いた。これを下りていくには、死をも恐れぬ勇気が必要だった。彼は弱い立場にある人間の本能で、ここはやはり探し物を失った場所へそっと戻る方が賢明だと判断し、教室の前に戻った。この場所はすでにいくらか馴れてきていたのだ。

半分開いた扉から中をのぞいてみた。

子どもたちが見えた。こんなにたくさんの子どもを一度に見るのは初めてだった。群衆と呼ぶにふさわしかった。自分によく似た、まったく知らない小さな人間でできた群衆だった。

つまり彼は一人ぼっちではなかったのだ。しかし、今しがたこの世であまりに一人ぼっちであることに衝撃を受けたとすれば、今度はこの世で自分がこんなにも一人ぼっちでないこと、自分以外にこんなに多くの人間が生きているという、さらに大きな衝撃に襲われたのだった。この方がもっと恐ろしいことに思えた。

子どもたちはいっせいに騒いでいた。何にそんなに騒いでいるのか見当もつかなかった。騒ぎ声は唸りに変わり、どうどうと響き、嵐のように轟《とどろ》いた。

そうして立ち尽くしていると、誰かが――知らない大人の人が――ひょいと彼を持ちあげて教室の中に入れた。小さなしわくちゃの帽子を被っている。

何か奇跡が起こるのだろうか。この大勢の子どもが、みんな順番に立ちあがって名前を言うのだろうか。ハンカチを振って、彼にようこそと挨拶するのだろうか。しかし期待したことは何も起こらなかった。子どもたちは彼の存在に気づきもしないようだった。

その人は帽子を脱いで子どもたちにきちんと挨拶したが、子どもたちは挨拶を返さなかった。

そこは部屋とは言っても普通の部屋のようにソファやカーテンがあるわけでなく、いかめしくて事務所のように殺風景だった。大きく質素な窓が三つあり、明るい日差しが無愛想に差し込んでいた。教壇には机、その後ろには黒い黒板に黄色い黒板消し、それに白いチョークが並んでいた。その前には算盤《そろばん》が狂人みたいに硬直して構えていた。漆喰《しっくい》の壁には一面にライオンやキツネなどの動物の絵や、「にんげん」「どうぶつ」「おもちゃ」「しごと」などと文字の書いた板が飾ってあった。途方に暮れながらも、彼はそれを全部読んでみた。四歳ですでに読み書きを覚えていたのだ。

クラスの子どもたちはもう席に着いていた。彼もどこかに坐りたかった。

一番前の列には、見るからに〝いいおうちの子たち〟が坐っていた。地主や町の役人の子たちだった。陽気で金髪のまるまるとしたこの少年たちは、アイロンが綺麗にあたった襟《えり》に絹のスカーフのついたセーラー服を着ていた。顔はまるで白い乳に赤いバラの花を浮かべたようだった。行儀よく、しかし自意識に満ちた態度で教壇を取り囲むさまは、政権を支持する与党の議員たちが総理大臣のビロードの椅子を取り囲むのにも似ていた。彼も自分が〝いいおうちの子〟だと思っていたので、口元に不器用な作り笑いを浮かべると、一番前の列に坐ろうと近寄って行った。しかしそこはほぼ満席だった。誰も彼のために詰めてやろうとはしないのだ。古顔たちは互いにぶつぶつ言って、よそよそしい態度でこのぎこちない新参者にちょっと驚いたそぶりをして見せるので、彼はいたたまれなかった。その様子を見て面白がる子たちもいた。

恥ずかしく惨《みじ》めな気持ちになって、彼は後方の席へと進んで行った。最前列の一番がだめでも、最後列の一番後ろならだいじょうぶだろう。そう考えた。クラスの最後尾には農家の子らが群れていた。筋肉のついたしっかりした体つきの少年たちで、裸足の子も長靴を履いている子もいた。赤いハンカチ包みからお弁当を取り出して、木の柄のナイフで黒パンやベーコンを切って食べたり、スイカを食べたりしていた。彼は探るようにその様子を見ていた。長靴や服から蒸れ出てくる臭いに胃がむかむかしたが、なんとかあいだに入れてくれたらと思った。せめて彼らが仲間と認めてくれるようにと、目で懇願してみた。声をかけてくれないか、身ぶりで合図してくれないかと様子をうかがった。しかしこの子たちも取り込み中だった。紙屑やベーコンやスイカの皮を紙に包んで丸めたのを投げ合い始めたのだ。中身の詰まった紙の玉が、彼の額に命中した。敗北より恐怖が勝った。彼はよろめいて壁にもたれた。教室中が笑いの渦となった。下院も上院も政党間の違いもなく、全会一致の体だった。

内心怒りと怨みを募らせながら、彼はそこを足早に離れた。どこにいけばいいのか、自分はどこなら仲間入りできるのか分からなかった。結局ストーブの横に一人で立っていることにした。自分の臆病さと不器用さが恥ずかしかった。ストーブの横から、字も読めないこの群衆をまじまじと観察した。もしも彼がいかに物知りかみんなが知ったら。彼は人間の平常の体温が三十七度で、四十度まで上がるとほとんど助からないということを知っていたし、字には活字体と筆記体があるということも知っていた。キニンは苦くてトコンは甘いということ（両方とも薬草の名）、アメリカは今は夜だということも知っていた。いろんなことを知っていたのだ。しかし、子どもたちは彼がこんなに物知りだとは知らないのだ。

「赤い雄牛」の屋根の木造の塔から、小さな鐘が調べにのって鳴り響いた。八時になったのでもうすぐ授業が始まることを告げていた。鐘がまるで死者を弔《とむら》う時のように、心張り裂けんばかりの悲しみをのせてせわしく鳴り響いているあいだ、彼は家の部屋や庭や大切にしているおもちゃやシャボン玉や風船など、すべての懐かしいものに別れを告げたのだった。そしてほとんど気が遠くなりながら、冷たいストーブにもたれかかっていた。

静かになった。入口に先生が現われたのだ。恰幅《かっぷく》のいいおじさんで、短く刈り込んだ濃い金髪に、だぶだぶの色褪せた服を着ていた。まるで象のような足取りで、教壇にのっそりと立った。

先生は子ども一人ひとりに石板と石筆があるか訊ね、これからどんなにすばらしく立派で役に立つことをたくさん勉強するかを話して聞かせた。そこで突然話を止めた。

ストーブの横でじっと立っている子どもに目が留まったのだ。

「そんなところでどうした?」先生は大きな顔を彼のほうへ向けた。

「誰が立たせたんだ?　こっちへ来なさい」

男の子はなかば走るようにして教壇へ駆け寄ると、蒼ざめて必死に口ごもりながら言った。

「家に帰らせて下さい」

「なぜだね」先生はたずねた。

「もう学校には来たくないんです」

教室中が大笑いした。

「静かに!」先生は言った。「なんでまた学校に来たくないのかね?」

「だって誰も仲良くしてくれないから」

「誰かにひどいことをされたのかい?」

「ううん」

「なら何をわけのわからないことを言ってるんだ。いつまでもお母さんにしがみついて恥ずかしくないのかね。うちではずいぶんと甘やかされたんだろう。ここではお前も周りの子と変わらんよ。ここでは例外はない。みんな平等だ。わかったかい？」

教室中がそのとおりだというようにごそごそ動いた。

先生はあらためて怯えている子どもを見た。顔がすっかり蒼くなっているのに気がついた。

「気分が悪いのか？」とやや声をやわらげてきいた。

「大丈夫です」

「痛いところは？」

「ありません」

「じゃ、席に着きなさい。席はどこだ？」

「ありません」

「ない？」と先生は驚いて言った。「どこかに坐ればいいだろう」

男の子はみんなの方を向いた。彼に向かってにやにや笑う顔、顔。たくさんの小さな顔が溶けあって、一つの巨大な恐ろしい魔物の顔になった。彼はふらふらと躓《つまず》きそうになりながら歩いていった。彼に席をゆずってくれなかった一番前の列の横を、また通らなければならなかった。真ん中あたりで長椅子の端に、ほんの少し空いている場所を見つけた。坐れたのは片足だけで、もう片足は宙にぶらぶらさせるしかなかった。それでも坐って人目に触れず、群衆の前から姿を消すほうがましだった。

「みんな」と先生は合図した。「書く用意をして。字の練習だ。ｉの字を書くよ」

石板がいっせいに音を立てた。彼も長椅子に石板を置こうとしたが、隣のむっつりした黒髪の子が彼を邪魔者扱いして押し出そうとするので書けなかった。

彼は悲しそうに声をあげて泣き始めた。

「どうした?」先生が言った。

「泣いてるんです」とむっつりした黒髪の子は答えた。

「誰だね?」

「この子です」

みんな彼の方を見た。もっとよく見ようと立ち上がる子どもたちもいた。

「べそかいてらあ」とみなが騒ぎ立てた。

「静かに!」先生は葦《あし》でできた棒を机に振り下ろした。

そして教壇から降りると男の子のところへ行き、やわらかい煙草の匂いの手でその顔をなでた。

「泣くのはおよし」と宥《なだ》めた。「もっと奥に坐りなさい。なぜ入れてあげないのかね? じゅうぶん坐れるだろう。さあ石板を出して石筆を持ちなさい。鼻を拭いて。字の練習だよ。字は覚えたくないのかね?」

「覚えたいです」男の子は鼻をすすった。

「そりゃそうだ」と先生はうなずいた。

先生は黒板にiの字を書いて見せた。

「上に向けて」とかけ声のように言った。「それから下に。曲がってはねる」

石筆がいっせいに子ブタのようにキーキー音をたてた。

先生はふたたび教壇を降りて教室を回り、子どもたちのひどく曲がりくねった字を念入りに見てまわった。男の子の字も見た。きれいでよく書けた字だった。ほめてやった。彼はもう泣いていなかった。

「名前は？」先生は訊ねた。

男の子は立ち上がり、かすかな声で何か呟《つぶや》いた。

「聞こえないよ」先生は言った。「返事は堂々と胸を張って、聞き取れるように。名前は？」もう一度たずねた。

「エシュテイ・コルネールです」と男の子は堂々と胸を張り、今度ははっきり答えた。

一九二九年

第3章　一九〇三年、高校卒業試験が終わり、夜行列車で初めて少女にキスされるの巻

一九〇三年にエシュティ・コルネールが高校卒業試験で最優秀成績者に表彰されると、父親は彼に選択の自由を与えた。かねてから喉から手が出るほど欲しかった自転車を買ってもらうか、百二十コロナを手に好きなところへ旅に出るか。

彼は旅行を選んだ。といっても、迷いや心の痛みはそれなりにあった。

母親のそばを離れるのは辛かった。彼はシャールセグという町で、本と薬の瓶に囲まれて育った。夜寝る時は、振り子時計がカチカチいうのを聞きながら、母も父も弟も妹もちゃんといつもどおり寝床についているのだと確信しなければ眠れなかった。もしそのうちの誰かが泊まりがけの旅行などに出かけて家で寝ないことがあれば、夜通し眠らずに再びすべてが以前の幸福な均衡を取り戻すのを待つのだった。家族は彼が恐れるものすべてから護ってくれる避難所だった。まるで臭いがこもって薄暗くべとべとしたごみの絡みついた鳩の巣のように、家族が彼の周りにまとわりついていた。

その一方で、外の世界へ出てみたいとも強く思っていた。川も山もなく、通りも行きかう人も似たり寄ったりで、何日、いや何年たっても変わり映えのしないこの大平原の町から、彼は一歩も出たことが

なかった。昼は噎《む》せ返って砂埃が舞い、夜は長く暗かった。本屋のショーウィンドウにはノートやカレンダーが並んでいた。彼は自意識に目覚め、ものを見る目が育ってきたというのに、町の劇場ではろくでもない出し物しかなかったが、ほかに何もないのでそれを天井桟敷の学生席で見るのだった。広い世間を見てみたいと思った。何よりも海を見てみたかった。小学校の壁にかかった地図に、あのだだっ広い青い部分を見た時から、夢に見続けていた。こうして、何としてもイタリアに行くのだ、それも一人で、と決意を固めたのだった。

薄暗く気が高ぶるような七月のある日、彼は旅立った。朝方の三時にはもう家じゅうの者がすっかり起きていた。屋根裏から擦り切れて歪《ひず》んだ古い旅行用バスケットを引っ張り出し、壊れた錠を直そうとしたがだめだった。彼は微笑《ほほえ》んでいたが、本当は胸が締めつけられる思いで別れを告げた。もう二度とここには戻ってこられないだろうという気がした。首都行きの各駅停車の列車まで、みんなが見送りに来た。母親は顔をそむけて泣いていた。

五時間も汽車に揺られて、なんとか〝無事〟ペシュトに到着した。すぐに両親に葉書を出して、到着したことを知らせた。駅の近くの安宿に部屋をとった。ここに滞在したのは一日だけだった。

このあいだにペシュトを探検することにした。彼は嬉しくなって、張り切って町に飛び出した。この町は近代的で混乱したバビロンだと、あとになって両親に葉書で報告した。一人であちこち歩き回ると、自分が大人になった気がした。国立博物館では歴史遺産や詩人ペテーフィ（ペテーフィ・シャーンドル、一八二三～四九。ハプスブルク帝国からの独立を目指した一八四八年革命で詩を詠んだ国民的詩人）が詩を朗読したあの階段バルコニーや剥製の動物たちを見た。そのあとアンドラーシ通りで道に迷ったが、警官が親切に道を教えてくれた。手に持った「首都ブダペシュト地図帳」を見て、ドナウ河とゲレールトの丘を探した。ドナウ河は大きく、ゲレールトの丘は高かった。どちらも素晴らしかった。ペシュトの町はだいたいにおいて素晴らしかった。

一番おもしろいのは人間だった。道を行く人もカフェや路面電車に坐っている人も店で買い物をしている人も、みな〝ペシュトの人〟だった。彼がわかったことと言えば、彼の町の人間とはまるで違うこと、そしてみんな一つの家族かと思うほどよく似ているということだった。この時から彼にとっては最高裁判所の裁判官も馬買い商人も貴婦人も子守女も、みんなただペシュトの人間になった。もう少し経験を積んだ者が見ても、これは妥当な判断だっただろう。

〝ペシュトの人間〟は慌しく、彼に構おうとはしなかった。この町に着いてすぐに彼はそれを身にしみて感じた。荷物をホテルの三階の部屋まで運んでくれた日雇人も、やはりペシュトの人間の部類に属していた。待てど暮らせど一言も口を利いてくれず、無愛想に彼の旅行用バスケットを台に下ろすと、何かぶつぶつ言いながら行ってしまった。このような態度には気まずい思いをしたが、同時にまた非常に興味をそそられもした。ペシュトでの滞在は優雅で優越感に浸れた。両親にもこのことを三枚目になる葉書に「ここの人たちは荒っぽいところがなく、それどころかある意味では私たちの町の人たちより洗練されていてよく気がつく人たちです」と書いた。けれど時折冷たくて情がないとも感じた。たとえば、故郷の町ではお偉いさんからただの顔見知りまでみんなが必ずや尋ねそうなことを、ここでは誰一人として彼に尋ねようとしなかった。「で、コルネール君、ペシュトは綺麗だろう?」「ドナウ河は大きいだろう?」「ゲレールトの丘は高いだろう?」などということを。それにここの人たちは、彼の素直で人なつっこい顔に見向きもしなかった。彼も最初は全幅の信頼の情をこめてみんなを見るので、中にはつい微笑み返す人もいたが、すれ違った後に彼のうぶさと若さを笑い合ったりするので、何時間か経つと彼も笑われまいと無表情を決め込むという流儀を覚えたのだった。田舎のあの懐かしく屈託ない世界、砂糖のように甘いままごと遊びの生活は、この時消えてなくなったのだった。まったく違う何かが始まった。得たものもあれば失ったものもあった。

目新しいものごとにすっかり翻弄され、行く先々で劣等感に苛《さいな》まれ、何度もくりかえし打ちのめされながら、彼は町を彷徨った。皮を剥がれて肉に食いつかれた動物が、治りかけたかさぶたをまた引きちぎられるように、出会うことすべてに彼は異様に敏感になり、感受性が研ぎ澄まされ繊細になった。ことばの一つひとつが耳に残り、工場から漂う発酵したような臭いや、泊まっている宿の中庭に面した安っぽい部屋に置いてある見慣れない形のグラス――これが〝ペシュトのグラス〟なのだ――が象徴的で忘れがたい記憶となった。そうしてやっと一日の冒険が終わってベッドに、それも〝ペシュトのベッド〟の〝ペシュトの枕〟の間に埋もれると、望郷の思いがこみ上げ、懐かしいものごとや懐かしい人たちが思い出され、家に帰りたくなって気持ちが沈んだ。なかなか寝つけなかった。枕に肘をついて体を起こし、暗い部屋でじっと考えごとをした。

翌日の午後、フィウメ（現クロアチアのアドリア海沿岸の町リエカ。この当時オーストリア＝ハンガリーに属していた）行きの急行列車に乗り込んだ。すぐに席は見つかった。乗客は少なかった。最初にドアを開けた二等車の客車には二人しかいなかった。貴婦人と娘だ。彼は挨拶をした。貴婦人は静かにうなずいて応えたが、その態度は感じよくも距離を保ち、友好的な中立の立場を維持しようとするかのようだった。彼は旅行用バスケットを網棚に押し込んで、窓際の席に坐った。彼の向かいに婦人が坐り、その横、彼のななめ向かいに娘が坐った。

エシュティは扇《あお》いだ。まるでアフリカにいるような暑さだった。一日中灼熱の太陽が差し込んでいた車両は、夕方になって溜まった熱と埃を吐き出し、座席のカバーからは何か動物の皮のような臭いが染み出ていた。黄ばんだ万華鏡のような光の中で、目の前の座席の黒い染みが酔ったように踊っていた。

同室の乗客にはほとんど目を向けなかった。彼のほうも話したいとは思わなかった。それまでいろんな不愉快な思いに懲りたので、無関心を決めこんだのだ。生まれてこの方いつも無関心な人間だったかのように振舞った。エドモンド・デ・アミーチスの『クオーレ』（一八八六年に発表されたアミーチスのイタリア愛国主義的な児童文学。挿話の一つが「母を訪ねて三千里」の原作として知られる）を開くと、読み始めた。イタリア語の知識はろくになかったが、ラテン語に近いので、その知識を援用すれば完璧に理解できたし、ほとんどすらすらと読むことができた。

列車はガラス天井の駅舎を出発した。すると婦人は十字を切った。故郷の町では見かけない光景だったので、彼は驚いた。心を動かされた。何と美しく女性らしい慎《つつ》ましさだろう。「われらみな神の御心のまま」とは。たしかに、旅はいくらか寿命が縮むものだ。命の危険はないとしても、扁桃腺くらい腫れるかもしれないし、それが原因で血液や心臓にも影響が出るかもしれない。それに今回はなかなかの長旅だ。途中休憩なしの十二時間、午後から夜通しの明朝八時までだ。着くころにはまた今みたいに太陽が照るのだ。そのあいだに何が起こるかわからないのだから。

この不確実さを思うとうれしくなった。客車に他に誰も乗ってこないのもよかった。このご婦人と娘と三人だけで終点まで行くのだろう。愛想がいいとは言えないが、敵意があるわけでもない。

線路の切り替え区間を越えると、列車は早くもペシュトを離れ、畑の中を走りだした。まとわりつくような暑さは和らぎ、風も少し出てきた。解放感が満ちていた。彼自身もいろんなものを後に残し、これまで彼を縛りつけていたものが消えてなくなったように感じた。イタリア語の本を手に坐っている青年は彼であると同時に彼ではなく、誰でもありえた。移動し続ける空間では、状況はいかようにも変化しうる精神の仮面舞踏会になるのだ。

婦人は鉛色がかった金色の髪を整え、後ろで手早くまとめて亀甲のピン留めでとめた。顔立ちは温和ですっきりとして、額は滑《なめ》らかだった。エシュティは今初めて、客車とは何とよくできた空間なのだろうと思った。そこでは見知らぬ人々の人生が断面図のように、同時的かつ凝縮されて目の前に立ち現れる。それはまるで何かの小説を手にとって、適当に真ん中のページを開けてみるのに似ている。動く乗り物の中で互いに閉じ込められているという抗《あらが》うことのできない状況下で、本来ならよそよそしく隠しておくはずの好奇心が満ちみちて、他人の人生をのぞき見して、この小説の始まりはどんなだったか、結末はどうなるのかと推測してみるのだ。エシュティはすでに学校の文学サークルで詩人や小説家さながらに、それなりの作品を発表していた。そこで、車内でもその得意技を発揮することにした。一人ぼっちで心もとない状況にあっても、こっそりと創造的好奇心を満たしながら、視線を『クオーレ』の無邪気な文章から、徐々に婦人の方へと滑《すべ》らせていった。

三十八から四十歳くらいだろうか。母親と同じくらいだった。ひと目見てとても素敵だと思った。その深い緑色の瞳は、エシュティも娘の方も見ていなかった。疲れて悲しげに宙を見詰め、やや無関心な風でもあった。彼女は自分の胸の内を見詰めていたのだ。他人には覗かせようとせずに。

その顔にはまるで鳩のような弱々しい穏やかさと親しみが溢れていた。まったく太ってはいなかったが、これもまた鳩のようにしっかりした体つきをしていた。宝石といえば、手にはめた金の指輪だけだった。その手は白く母親らしい手で、母親らしい優しく密やかで柔らかい膝の上に行儀よく載せていた。豚革のトランクを二つ所持していた。濃茶のカンヴァス地のカバーには、外国のホテルの色とりどりのステッカーが所狭しと貼り付けてあった。取っ手にぶらさがった革製の名札が、列車の揺れにあわせて揺れていた。傍らの座席にはロバ革の粋なハンドバッグを置いていた。

婦人の仕種《しぐさ》一つひとつが上品で洗練されていた。といっても身動きはほとんどしない。あまりにもの静かで奇妙なほどだった。じっと考え事をするばかりで、何もしないのだ。くしゃみか鼻をかむでもしたら、はっと我に返るのではと思ったが、それもなかった。しばらくすると、こういうちょっとした驚きのすべてに、いっそう親しみを感じるようになった。何もしない様子にも退屈しなかった。彼女のすることとしないこと、すべてがすばらしくて美しくて感じよく、それは彼女がするから、またしないから、すばらしくて美しくて好感が持てるのだった。

エシュテイはまるで母親に対するような深い愛情を感じた。この婦人がこの世に存在し、しかもこんな近くにいるというだけで、素敵な気分になった。

知らない間に時は足早に過ぎ去っていた。

むろん、こういった観察のすべては、時折盗み見しながら徐々に少しずつ拾い集めたものだった。正面切ってというわけにいかないので、偶然を装ってちらと見ては、盗んできた貴重な花粉を、空想という蜂の巣の中で甘い蜜へと精製するのだ。

ある時ちょうど『クオーレ』という隠れ場に戻って眉をしかめ、いかにも考え深げに本を読んでいると、少女が母親に何か囁いていているのに気がついた。

この囁き声――または雑音と言うべきか――は、乗車した瞬間から聞こえていたが、あまり気にならず、しばらくするると夏の午後の部屋で飛び回るハエの羽音のように慣れっこになっていたのだ。

少女は母親の腕にしがみつきながら、その耳元に囁いていた。時々両手を筒のように丸めて母親の耳元に当て、ひっきりなしに何かを囁き続けている。何を囁いているのかは聞きとれない。母親は聞いているようでもあり聞いてなさそうでもあり、うなずいたり首を横に振ったりした。やがて囁き声がうなり声や押し殺した笑い声になると、母親は静かにするよう促した。淡々とひと言ふた言声をかけ、窘《たしな》めた。「静かにしなさい」「そうよ」「だめよ」しか言わなかった。

エシュティは状況が飲み込めず、少しいらいらした。少女の落ち着きのなさに、彼の方が落ち着きをなくしてしまった。母親が冷静でいるのが、またかえって彼を落ち着かなくさせた。本のかげから覗き見することでこの見知ったばかりの見知らぬ相手から新しい情報を収集するのはやめにして、今度はひたすら耳を欹《そばだ》てた。

少女の囁き声は熱がこもって早口で、ことばが川の流れのように溶けあい、つなぎめも意味もわからなかった。まるで本を読んでいるように早口だった。

この時まで母親が彼の関心をすべて奪っていたので、少女にはほとんど注意も払わなかった。乗車する時に見て、思春期の十三かせいぜい十五歳くらいだろうと思っただけだった。綺麗な娘とも思わなかった。それで本能的に見ようともしなかったのだろう。

エドモンド・デ・アミーチスの小説の脇から、今度は少女を盗み見し始めた。

これといって特徴もない、毒にも薬にもならないような子どもだった。シジュウカラのように痩《やせ》っぽっちだ。小鳥のような細い脚に、糸のようにか細い声。高級そうなスイス風レースをあしらった水玉模様の白い亜麻の洋服に、新品の派手なエナメルの靴を履いていた。かさついた明るい金髪の髪には大きなぴかぴかのリボンをつけていたが、その赤い色がさらに顔色を蒼白く見せていた。同じリボンを首にも結んでいたが、ずいぶんと幅太く、鳥みたいに長い首を隠そうとするかのようだった。

そのめかし込みようは、夏の旅行というよりは、何か豪華な冬の舞踏会、それも現実離れしたちぐはぐな子どものための舞踏会に向かう途中という風だった。

ひ弱そうな頭、平らな胸、華奢《きゃしゃ》な肩、それからスカートの裾から時折のぞき出している両足も手も耳も、はじめは同情を誘ったが、やがて反感を呼びさました。醜いだけでなく、鬱陶《うっとう》しくてひどい嫌悪感を感じさせた。

気の毒だな、とエシュティは思った。見るのも嫌になり、車窓に目を向けた。

夕闇がゆっくりと迫っていた。薄暗がりの中に少女の姿は消えて母親と溶け合った。あのいつ終わるとも知れない執拗な囁き声だけが聞こえ、暗闇の中でさらに激しくせわしくなっていった。少女は母親の耳元に隠れるようにして囁き続けていた。いったい何時間ものあいだ話していて、この娘は疲れないのだろうか、聞いている母親も疲れないのだろうかと不思議だった。この娘はなぜこんなに喋《しゃべ》るのだろう。なぜいつまでも声が涸れず、くたびれないのだろう。エシュティは肩をすくめた。すべては不可解極まりなかった。

列車はとうにジェーケーニェシュ駅（ハンガリー南西部のクロアチア国境近く）を後にして、星のない夏の夜空の下をひた走っていた。天井のガス灯が点《とも》されたので、エシュティは読書に没頭することにした。精いっぱい文章に集中しようとした。しかし、数ページも読み進まないうちに、ついに頭にくることが起こった。少女が彼を指さしているのだ。母親の腕にしがみつき、相変わらず囁きながら、彼を指さしていたのだった。もう我慢の限界だ。

これには彼も憤《いきどお》った。あまりの激しい感情のせいで、かえって怒りは静まった。冷静に考えようと努めてみた。この子が指さしているのは自分なのだ。ということは、この一方的な会話も、はじめからずっと自分に関わることで、原因も目的もわからないまま、自分は興味の中心に置かれていたのだ。

いったい全体どうしてほしいっていうんだ？　何かの理由でからかっているのだろうか？　服装のせい？　この旅行のためにあつらえた一張羅だ。紺色の、この春買ってもらったばかりのだった。着こなしも個性的だった。顎《あご》まである襟に細くて白いネクタイ姿は、国際的なテノール歌手のようでもあり、垢抜けない役人助手のようでもあった。しかし彼としてはこの格好をすっかり気に入って、さすらいと無限を追求する気まぐれな詩人の精神を、これ以上巧みに表現する服装はないと確信していた。じゃあこの小娘は滑稽だとか格好悪いとでも思っているのか。そんなはずはない。彼は背が高くすらっとした若者だった。横に分けた豊かな栗色の髪が、盛り上がった額に垂れている。灰色の瞳は熱い情熱と無限の好奇心に燃えていた。やがては失望やあらゆるものへの懐疑でその目の輝きも徐々に曇り、呑んだくれが妄想する時のように鉛色で焦点が合わなくなってしまうのだが、この時分はまだまだ澄みきって燃えていたのだ。

いつまでも迷ってはいなかった。次にまた少女が彼を指さすのを待ち、いよいよその指が彼の顔面に向けられた時、彼は本をパタンと閉じて、さあどういうことか説明してもらおうかと言わんばかりに向き直った。

少女はまるでいたずらがばれたかのように、ギクッとした。細い指はまるで氷柱《つらら》のように白くなり、凍りついたようにその場で固まった。それからそうっと引っこめた。

この期に及んでも母親は何も言わなかった。少女の手を——彼を指さしたあの罪深い指を——握り、自分の両手に包み込んだ。そして、そっとこの上もなく優しく我慢強くなでつけ、まるで指遊びをしてあげるように触り続けた。

しばしの休戦が訪れた。囁き声は弱く小さくなって、ほとんど聞こえなくなった。夜半近かった。婦人はハンドバッグを開けてナイフを取り出した。よく切れそうな尖った細身の金製のナイフだ。それから何か布に包んだものを取り出した。包みの中からりっぱな黄色い林檎《りんご》が現れた。器用に注意深く皮を剥き、一口分ずつ切り取ると、ナイフの先に突き刺して少女の口元に運んだ。

少女は林檎を食べた。その食べ方は行儀悪く、くちゃくちゃと音を立てた。

少女がやや肉付きのよい唇で林檎をくわえると、白いどろっとしたよだれが湧いた。まるで小さなツバメの雛《ひな》の嘴《くちばし》のように、体内の熱で濃くなった泡のようなよだれだ。一口ずつ運ばれる度に、かぶりつくように大きく口をあけて食べた。血行の悪そうな歯茎が見え、すき間のあいた虫歯の歯が黒く光った。「まだ食べる?」母親は繰り返したずね、少女はうなずいていた。

こんな調子で、林檎はほぼまるまる少女の口の中に消えた。最後の一切れが残るのみだった。と突然少女は立ち上がり、ドアを思いっきり引っ張ると通路に飛び出して行った。母親は真っ青になって後を追いかけた。

今度はどうしたのだ？　林檎は、母親はどうなったのだろう？　少女はいったい？　エシュディも立ち上がった。誰もいなくなった客車を見回した。

一人になった。やっと一人になれたのだ。彼はまるで金縛りから解放されたように、大きく息を吸った。実のところ、ひどく恐ろしかったのだ。二人のことがどんどん不可解になっていた。いったいどこの何者なのだ？　いつまでもコソコソ話をやめず、人を指さし、ついには飛び出していったあの少女はなんて躾《しつ》けがなってないんだろう。母親はまるで警備員のように追いかけていくし。さっきまでやっと訪れた静けさの中で林檎を食べていたというのに、今ここで舞台の幕が下りたものの、外ではどんな続きが始まっているのか想像さえつかない。あの母親はいったい娘が何をしても、ただじっと好きにさせるだけで、一度として注意もやめさせもしない。それどころか、猫可愛がりに甘やかしていたずらをかばうなんて、ばかじゃないか？　少女よりも、今はもう母親に腹が立ってきた。このとびきり感じよく好意を感じた女性に、怒りを感じたのだ。もっと堂々と厳しくするべきだ。できないのかな？　きっとそうだ。甘やかしすぎて、育て方を間違ったんだ。

名前を調べようと思えばすぐできた。棚からぶら下がっているトランクの名札を盗み見ればいいだけだ。しかしそんなことはすべきでないと思った。それに名前がわかったからといって、なんだっていうんだ？　彼の関心は名前ではなくて、もっと深いところに向いていた。名前に何の価値があるだろう。そうでなくて人間を、そして人生を理解したいのだった。この謎に満ちた二人の人生を。

謎だろうが何だろうが、ここにこれ以上いるわけにはいかない。こんな人たちと夜通し同じ部屋で過ごすことなどできない。ここから逃げ出さなくちゃ。二人が思いがけず出て行ったことで、彼も目立たずにここを抜け出せる。荷物をどこでもいいから別の個室に移せばいいのだ。二人はまだ戻ってこなかった。ところが、今度は今にでも戻ってくるかもしれないという切迫した思いに駆られた。慌てて通路に出て見回した。狭くほとんど明かりもない通路には、もう人影ひとつなかった。母親も少女もいなかった。どこへ消えてしまったのだろう？　そう思うと落ち着かなかった。そこらじゅうを調べて回った。補助席も見たが、いなかった。どこにもいない。影も形もない。

隣の車両に移ったのだろうか？　それはまずなさそうだ。隣の車両とのあいだの扉は閉まっていた。ということは、走る列車から飛び降りて、今ごろ線路の砂利の上に頭蓋骨がぱっくり割れた状態で、瀕死になって倒れているのだろうか。それとも車輪のあいだに挟まって、バラバラ死体になって列車とともに走っているのだろうか？　だとしたら大変なことだ。

まるで秘密警察さながらに、客車のあちこちを開けては覗いてみた。一つには母親と娘の所在を明らかにすること、もう一つはとにかく今夜のあいだ坐れる座席を確保するためだった。

ほとんどの個室は暗かった。乗客たちはカーテンを降ろし、閉めきった扉の向こうでいびきをかいていた。なじみ深い寝室の情景が思い起こされた。眠りについた子どもたちと食べかけのオレンジ、トランクをならべて囲った空間、シャツ姿の不機嫌な男たち、緑色の水差しの中でチャプチャプ音を立てる牛乳、豊満な胸に頭をうずめて寝息を立てる老婦人たち。床にはチーズの包み紙や花や靴ひもなどが、まるで喧嘩の後のように散らばり、座席には汗ばんだ靴下の中で蒸れた足が投げ出され、パイプのもうもうとした煙が充満し、敷物代わりに使った前日の新聞の愛国的な見出し文句の上で、人々はうたた寝をしているのだろう。あっという間に打ちとけた妙に家族的なグループや、偶然の旅の道づれの見ず知らず同士の集団があっちでもこっちでもできあがり、同じような見ず知らずの人間がもう一人こんな遅い時間に飛び込んだところで、覆面強盗みたいに迷惑がられるのが関の山だ。

無理は禁物だ。例の親子がどこにも見当たらず、他に空いている座席もないとわかると、みんなに謝っておとなしく元の場所に戻った。

しばらくのあいだ通路に立って、機関車が吐き出す火の粉に見入っていた。夜の闇に次々と花火を飛ばしていた。数えきれない火の粉が巨大な車輪から飛び出しては、あっと言うまに消え入る流れ星のように消えてなくなる。火の粉の一片があやうく目に入りそうになった。彼は個室に戻った。

そこは相変わらず空っぽで、あの二人の記憶が宙に漂っているだけだった。エシュティは元いた座席に腰を下ろした。もうどこにも行かないことに決めた。後悔があると言えばあるし、ないと言えばなかった。

もし他に席が見つかったとしても――列車は混んでいないので席はあるはずだったし、車掌にひとこと言えばそれで済んだのだが――移動したかどうかはわからなかった。怖くなってこっそり逃げて行くと、ここで生まれて初めて出会い〝もう二度と会うこともないであろうあの二人を傷つけてしまうのではと思うと、妙な良心の呵責を感じたのだった。おそらく、いやほぼ間違いなく彼はやはり思い直して、結局は戻ってきただろう。今みたいにここに残ると決めただろう。

好奇心が抑えられなかったというのも事実だった。怖くてしかたなかったが、続きがどうなるか、やはり気になった。彼らが何者なのかはっきり知りたいと思ったし、いろいろ疑問も残っていた。

しかし、これだけでは説明しきれないものがあった。彼が〝育ちの良い子〟だというのも十分な理由にはならなかった。内気だとか想像力が旺盛すぎるせいで思いきれなかったというのも違うし、よくある危険を避けた結果、危険に陥るというのとも違う。俗にいう何か極端に慈悲深い青年だというのも違う。彼にはむしろ非情なところや本能的に残酷で意地悪なところも多々あった。小さいころ、流し台に準備した拷問室で哀れなハエや蛙に与えた仕打ちは、彼以外の誰も知らなかった。従兄弟《いとこ》と一緒になって、包丁で蛙やおばあさんの可愛がっていた猫をバラバラにして、頭蓋骨の中身を調べたり目をほじくり出したりもした。いうなればそれはれっきとした〝生体解剖〟であり純粋な〝科学的実験〟なのであったが、この落ち着きのない近視の老婦人は、自分の猫がどんなに可愛がってもどんどんいなくなる、しかも一年のあいだに十匹も二十匹も消えてしまうと言って、いつもカンカンに怒っていた。誰しもそうだが、彼もまた必要とあらば殺人もできただろう。しかし、こと人の心を傷つけることに関しては、人殺しをする以上に恐れたのだった。

　自分と同じようにちっぽけで、ささやかな幸福を求めたあげく哀れに死んでゆく人間に対して、面と向かって侮辱するとか、たとえちょっとした考えひとつでも相手を傷つけるといった無神経でむごいことが、彼にはできなかった。相手にこの世で必要のない存在なのだと感じさせたり、「ご迷惑おかけしてしまったようで……どうやら……どうやら軽蔑されてしまったようですね」と恥入らせ追い返すくらいなら、こっちが死んだ方がましだ——と少なくとも想像したものだった。

　エシュティ・コルネールのこのような道徳的価値観については、後に彼自身が他の作品でより詳細に語るのだが、このころすでに子ども心に芽生えていた。彼にはわかっていたのだ。互いに助け合えることなどごく僅かにすぎない、生きていくには時に他人をひどく傷つけることもやむをえないと。ものごとの大局にはたいてい無慈悲がついて回ること、だからこそ人間らしさや思いやりは——当然のことながら——ささいなことにのみ現れるということ、そして相手を思いやり寛容に許し合うことから生まれる優しさや気遣いは、この世で何より価値あることだということを。

このような考えからついには、どのみち人は善良にはなれないのだから、せめて礼儀正しくあるべきだという不毛かつ奇異な結論にいたるのだった。しかし、この礼儀正しさとはけっして形式的なお世辞や内容のない褒めことばなどではなかった。それは、絶望している相手が人生の意味を求めている時に、ここぞというタイミングでさりげなくかける何げないひと言などであった。それこそがこの世で最高に価値あるものだと信じていた。いわゆる正義心などよりもずっと。正義心は説教をたらし、人類を救済しようとし、聖人かのように振舞い、明けても暮れても奇跡を起こしたがり、もったいをつけて要点を突っつき回すくせに、たいがいは空っぽで内容がなくまったく形式的なのである。ところが礼儀正しさは形式的に見えながら、実はそれそのものが内容であり要点なのである。まだ行動に移されていない善良なことばはあらゆる純粋な可能性を秘めていて、結果も疑わしく賛否が分かれる善良な行いよりも価値を持つのだ。ことばはいつも行いより深いのだ。

彼はそわそわしながら同室の二人を待った。しかし待てどくらせど戻ってこなかった。懐中時計に目をやった。午前一時十五分前だ。二人が姿を消してから小一時間経っていた。

一時になって通路から足音が聞こえた。交代したばかりの車掌は気のよさそうなひげを生やしたクロアチア人で、客車の前を通りがかりに室内をのぞいて、どこまで行くのか、なぜ眠らないのかと流暢なドイツ語とオーストリア風の気さくな態度で言った。しかしその車掌に訊ねてみても、婦人と少女がどこに消えたのか、わからずじまいだった。車掌はひとしきり話し込んでいった。それから流暢なドイツ語とオーストリア風の気さくな態度で「どうぞゆっくりおやすみなさい」と言うと、敬礼をしてドアを閉めて出ていった。

しばらくしてドアが大きな音を立てて開いた。エシュティは車掌がおしゃべりの続きをしに戻ってきたのかと思った。陽気なスラブ人らしく、馴れ馴れしい態度でチップを当て込み、生活は苦しいし子どもが多くてなどと話すのだろう。ところが誰も入ってこなかった。通路は静まり返っている。まるで列車の揺れで扉が勝手に開いたかのようだった。彼の坐っている位置からは誰の姿も見えない。十秒か十五秒は経っただろうか。

声がした。「お入りなさい。さあ、ほら」あの婦人、あの二人だった。

何分か経った。また何の音も動きもない。少女が入ってきた。

続いて母親が入り、隅に立った。扉を閉め、窓際のエシュティの向かいに腰を下ろした。

少女は坐ろうとせず、不機嫌そうに意地を張り、仁王立ちになって突っ立っていた。その発作のような憤りを、強いてことばで表現するならば。まるで熱い湯にでも浸かってきたみたいに、ひどく蒼白い顔にはうっすらと紅がさし、やや上気しているようだった。エシュティはどこに行っていたのかそっと伺うように母親の方を見たが、母親は顔色ひとつ変えず、彼に取りあおうとはしなかった。

少女は——稲妻のような速さで——体を曲げて反対の通路側の座席にしゃがみこみ、窓に身を寄せ壁の方を向いて、こちらに背を向けた。こうしてしゃがみこんだまま、身動きひとつしなかった。背筋を固くして、背中をアイロン台のようにぴんと伸ばした。長い腕が、くる病にかかった長い腕がだらりとたれ下がっていた。同じく長いくる病の脚は白いひざ丈のストッキングの上にむき出しになっていた。鳥のように細っこい脚と新品のエナメル革の靴底。なんともいえず滑稽な姿だった。まるで「さいしょの一歩」で遊んでいて、おかしな格好で固まったままみたいだ。ただ頑なにじっとしているようすが実に真剣で驚かされる。

いったいどういうこと？　エシュテイはふたたび訊ねるように母親の方を見た。今にも何か言おうかと思った。もういいかげん何とか言って下さい、この子、ちょっともう我慢の限界ですよと訴えたかった。しかし母親は彼の視線を受けつけようともしない。エシュテイは言いかけたことばを呑み込んだ。

少女の様子以上に、今はもう母親が少女の様子に驚かないことの方が驚きだった。母親はただ坐って遠い目をしているだけだ。きっと馴れっこなんだ。こんなことは今までもあったのだろうか。いやこれよりもっとひどいことだってきっと。いつもこんなだったに違いない。まったく取り合おうともしないなんて。それが何よりの驚きだった。

列車は走り続けた。エシュテイは五分ごとにポケットから時計を取り出した。一時になり、それから一時半になった。二時になった。少女は相変わらず体勢を変えようとしなかった。列車はザグレブに近づいた。

母親は立ち上がり、仕方ないといった様子で少女のそばへ歩み寄ると、また最初の頃のようにとびきり優しく接した。少女の横にかがみこみ、顔と顔を近づけて話し始めた。顔を少女の顔にぴったりとくっつけて、その顔に、耳に、額に、からだ全体に吹き込むように、静かに、しっかりと賢明に、ひっきりなしに溢れて流れる水のように、疲れて止むことなく話し続けた。そしてこの母親のことばもまた理解不能だった。先の少女の囁きと同様に理解不能だった。こんなにたくさんいったい何を話せるのだろう。どんな古いまじないや忠告や教訓を、どんな太古の情熱的な歌を繰り返しているのだろう。かつて何千、何万回と繰り返し唱えられ、そのあと物置に放置され埃をかぶり、今となってはなんの感動も呼ぶことのない、ただ機械的に暗記する退屈な歌みたいに。

五幕ものの悲劇の主役でもこんな長いセリフはないだろうし、見も知らぬ見えもしない神に向かって、信者がもごもごと呟く祈りだってここまで長くはない。少女は気にとめる様子もなく、頑として動こうとしなかった。

すると母親は少女の首に腕を回すと、しっかり引き寄せて思いきり抱き上げ、自分の横に坐らせた。少女の髪をなで、額を香水の香りのするハンカチで拭いてやった。一度、たったの一度きりだが、微笑みかけもした。かつて少女がおくるみに包まれ、揺籠《ゆりかご》で機嫌のよい声を出し、おもちゃのベルを揺らしていたころに彼女に投げかけたであろう微笑みの残像あるいはかけらのような、麻痺《まひ》し表情を失った微笑み。元気のない、光を失った微笑み。それでいて何か反射板の欠けた鏡のように今でもなおきらりと光って、この婦人にとって少女がどのような存在であったのかを映し出していた。

母親は銀のスプーンを手にしていた。何か色のない液体をたっぷり注いだが、薬局の家庭の子であるエシュティには、そのきつい匂いからパラアルデヒドだとすぐにわかった。これを飲ませようとして少女に微笑んだのだ。「さあ、これでちゃんと静かに眠るのよ」と少女の口にスプーンを近づけて言った。少女は薬を啜《すす》った。「眠りなさい。さあ、ゆっくりおやすみ」

ザグレブに到着した。

単調に走っていた列車は、にわかに活気づいた。車両の点検があり、汽笛が鳴った。熱くなった車輪を槌で叩く音がし、その音が夜中の駅にリズムよく響きわたった。機関車からは水が滴《したた》り、新しい機関車が前方に連結され、聳《そび》えたつカルストの高地に向けて二台で客車を引っぱっていく準備をした。先ほどの気のよいクロアチア人の車掌が、また手にランプを持って現れた。乗ってくる客はわずかだった。列車は静かに発車した。

婦人は少女に暖かい毛糸のベストを着せてやり、スカートを膝《ひざ》下に引っ張り、赤いリボンを綺麗に結び直してやった。夜が来て服を脱がすのではなく、さらに着込ませていた。足元には柔らかい黄色の毛布をかけてやった。少女は目を閉じ、深く単調に呼吸した。

母親も眠ろうとして、褪《あ》せた金色の髪を黒い薄地のヴェールで包んだ。

ザグレブを出発する時、母親が電灯に目をやった。エシュティは立ち上がり、電灯に覆いをかけてやった。

婦人は目を開けたまま手を膝に載せて、眠りが訪れるのを待っていた。それまで起こったことをあまり気にかけるようでもなく、すぐに眠りに堕ちた。ため息を一つついたと思ったら、もう眠っていた。おそらく疲れ果てていたのだろう。静かな顔で、呼吸も感じられない。少女の深い単調な呼吸も静まって、もう聞こえなかった。

客車は深い静けさに包まれた。ガス灯は緑色の霧とオパールと乳白色のかすかな光を振り撒いていた。水族館か海底の世界のようだ。

エシュティは二人が飛び出していった時と同じような安堵《あんど》感を覚えた。これもある種の孤独だった。

旅の道づれは頭を座席の背もたれに押しつけて、麻痺し意識なく坐っていた。列車が目的地に向かってひた走っているあいだ、彼らの心はまったく別の方向を旅し、どんな道、どんな線路を行くのかも知れなかった。エシュティの心はこの二人の心の周りをさまよい、母親の方を見たり少女の方を見たりした。なんという苦しみと熱情が二人を振り回しているのだろうか。可哀そうに、とエシュティは考えた。

二台の機関車は喘《あえ》ぎながら荒涼とした岩山を上って行った。咳《せき》をしながら息苦しそうに力いっぱい這い上がった。聳《そび》えたつ山々に囲まれた高地は別世界だった。はるか上方の頂には、暗い森が窺い知れぬ秘密をたたえて鬱蒼《うっそう》としている。車窓のすぐ近くには、あちこちに沢や小川が湧き出ていた。山頂のあたりには火も見える。鍛冶屋の火がまるで片目の巨人のように燃えている。少しすると、今度は川面がきらりと光った。暗く凍えるような水が、岩から岩へとぶつかりながら渦巻いていた。列車はしばらくのあいだ川に沿って走った。川は列車のあとを追いかけ、疲れ果てるまで競争した。空気は突然冷たくなった。

エシュティは寒くなった。コートの襟を立て、荒涼とした夜の風景をじっと見入っていた。

名も知れぬ小さな駅が次々と暗闇から立ち現れた。黄色い灯の中に、閉ざされた待合室の古い椅子やテーブル、レタスやキャベツ、芝生、それに駅長の奥さんのお気に入りのペチュニアやモクセイソウを植えた菜園が見えた。庭の杭にはガラス玉の飾りが吊るされていた。光の筋《すじ》の中に一匹の黒猫が柵を飛び越えるのが見えた。駅長はこの遅い時間に、手袋をはめた手を帽子の鍔《つば》に当てて敬礼していた。その足元には賢そうな犬が寄り添い、耳を澄ませている。庭の小屋が薄暗がりの中を通り過ぎ、そこには昼間の笑い声に満ちた暖かい家族のだんらんの気配が残っていた。野葡萄《ぶどう》の葉のすき間では、季節外れのヒルガオの花が、夜に怯えて濃い紫色に縮こまり震えていた。人々や動物などエシュティがいま目にしたこれらすべてのものは、眠っているあいだに毛布を蹴飛ばし寝言を言う人のように、なんとも無造作に彼の目前に繰り広げられていた。これまでそっと大切に守り隠してきた世界が、彼のような駆け出しの詩人に永遠に持ち去られてしまうのだった。

エシュティは「初めてのイタリア旅行」に出発してからまる二日間が経っていたが、このかた一睡もしていなかった。あまりにたくさんの出来事に疲れていた。耳は熱っぽく、背骨は軋《きし》むようだった。目を閉じて少し落ち着こうとした。

こうして現実と夢の狭間をさまよいながらうとうとしていると、静かな衣擦《きぬず》れの音が聞こえた。誰かが横に立っていた。すぐ近くで彼の手の上にその手をそっと重ねていた。少女だった。エシュティが身動きすると、少女はさっと元いた場所に戻った。

少女は眠っていなかったのだ。今も目が覚めたのではなく、夜中じゅう起きていたのだ。ザグレブを出た後《のち》も、睡眠剤を飲んでも眠らなかった。エシュティも母親も騙《だま》されていたのだ。何かをひたすら待ちかまえていた。今度は頭を後ろにのけぞらせて横になり、深く単調な寝息を立てた。また寝たふりをしているのだ。エシュティは薄眼を開けて様子を伺った。少女もまだ完全に目を閉じてはいなかった。相手も薄眼を開けてエシュティの様子を伺っていた。エシュティは目を開けた。少女も目を開けた。

少女は彼に向かって声を立てて笑ってみせた。その笑い方が異様で、エシュティはぞっとした。細い脚を組み、レースの下着と素足の膝と太腿を、小鳥の足のような細い太腿をのぞかせていた。また声を立てて笑った。その間抜けな笑い方は、明らかに誘惑を含んでいた。

なんと言うことだろう。この娘は彼に恋をしていたのだ。この虫けらか鶏かミミズのような娘が。この脚、この眼、この口、このぞっとする口が彼に恋を。あの子供じみた舞踏会で、頭に鳥の羽根みたいな赤いリボンをつけて、彼と踊りたがっているのだ。この小さな仮面をつけた舞踏会の化け物が。ああ、なんてことだろう。

どうしたらいい？　大騒ぎにしたくはなかった。それが何より嫌だった。向かいで眠っている婦人を起こすこともできたが、気後《おく》れがした。

額に汗がにじんだ。

一つの方法は少女を止めること、もう一つはうまく引っかけて化けの皮を剥がしてやることだ。そのため定期的に咳をしたり耳を掻いたりして眠っていないことを示したが、時々は眠っているふりもして、少女が一体どういうつもりなのか探ろうとした。この二つの方法を交互に、どちらが長すぎることもないように慎重に使い分けた。

闘いは長時間に及んだ。その間に列車は目的地に向かって進んだ。どこかの駅に長い間止まっていると感じられる時もあれば、ひたすら前進していると感じられる時もあった。時にはがたごとがたごとと進んでいるかと思いきや、じつは駅に停車していて、線路警備員の奇妙な鋭い声が聞こえたり、工員が重い足取りで砂利を踏みしめ、石炭庫の方に向かって歩いている音がした。反対方向へ歩いているのかな？　それとも進行方向？　三十分経ったのだろうか。それとも三十秒だろうか？　空間と時間の感覚が頭の中でごちゃまぜになった。

こうしているのはひどく骨が折れた。この檻から解放されて、早くフィウメに着きたかった。またはシャールセグのわが家の兄弟たちが眠っている寝室で、振子時計のカチカチいう音を聞きながら、その横でなつかしいベッドで眠りたかった。しかし眠るわけにはいかなかったし、眠りたくもなかった。歯を食いしばって耐えた。ちょっと眠気に襲われると、いろいろな方法を試してみた。眠っているあいだにこの緑の蛙が這い寄って、この上なく悍《おぞ》ましいあの冷たい唇でキスをしてくるのではないかと想像して震え上がった。

こうしてエシュティは絶えずそら恐ろしい考えに悩まされつつ、また相手の動きに注意を払いつつ、起きていると示したり寝ているふりをしたりを繰り返していたが、三時ごろだろうか、目を開けて起きようとしたができなくなった。息ができなかった。唇に何かが押し付けられていた。何か冷たいもの、何かずっしりと水を吸った雑巾のようなものが彼の唇に貼りつき吸いついていて、大きく膨れ上がり、固くなってまるで蛭のように離れようとしなかった。呼吸もできなかった。

エシュティは必死になって呻《うめ》き、手足をばたつかせ、振り回し続けた。やがて喉から短い叫び声がとび出した。「やめて」「うわあ」と唸《うな》った。

婦人はたちまち飛び起きた。一瞬どこにいるのか、何が起こったのかわからなかったようだ。何も見えなかった。車内は真っ暗闇だった。ガスランプも消されていた。窓から煙が入ってもうもうと立ち込めた。また助けを呼ぶ声がした。鉄道事故が起こったかと思われた。

急いでランプの明かりを灯すと、娘がエシュティに向かい合って立っていた。人差し指を悪戯っぽく唇に当てて、しっ、黙ってと合図している。エシュティは娘に向かい合って立ち、怒りですっかり蒼ざめ、体じゅうを震わせていた。唇を拭い、ハンカチに唾を吐いた。

「まあ」と婦人は静かに言った。「ご免なさいね。でも見ての通り……」とだけ言った。その言い方も、まるで自分の飼い犬が乗客の手を舐めたから謝ったといった風であった。とてつもなく侮辱的だった。

そしてエシュティには目もくれず、娘の方を向いた。

「エディットちゃん」と叫んだ。「エディットちゃん、エディットちゃんたら」何度も名前だけが聞こえるよう繰り返し、娘を強く揺さぶった。まるで一瞬自制を失ったかのようだ。すぐに後悔したのか、今度は少女を抱きしめ、キスし始めた。やみくもにキスを浴びせ、唇にもキスをした。

これがキスの機敏なのだ。人は絶望や欲望でどうしようもなくなり、言葉が何の役にも立たなくなると、キスして吐息を一つにする。こうして互いの存在の奥深くに入り込み、そこですべてに対する意味や説明を見出すのだ。

キスは大いなる神秘だ。彼はまだそれを知らなかった。恋と憧れしか知らなかった。たいがいの十八歳の少年と同じく純情だった。これが初めてのキスだった。初めての本物のキスを、この少女から与えられたのだ。

エディットは母親の傍らでかがみこんでいた。今度は肩を竦《すく》めてみせた。十秒に一度、正確に十秒ごとに、ほとんど気がつかない程度に左の肩を竦めた。おとなしくしていた。母親にもエシュティにも口を利かなかった。ただ合図を出していた。誰に、何のために合図を送っているのか誰にもわからなかったし、少女自身にもわからなかった。きっとこの世界を創造し、そこに人間を創造した者だけが知っているのだろう。

さっき取り乱したことで自責の念に駆られたのか、婦人は娘の両手を握りしめた。そうすることで、今もこれからもずっと一緒なのよと語っていた。

沈黙が訪れた。三人とも黙っていた。長い時間が経った。

それから婦人が突如、誰にともなく言った。「夜明けよ。もうすぐ夜が明けるわ」このことばがなぜこんなに悲しかったのだろうか？　それはこういう意味だったからだ。「夜は明けないわ。決して明けることはない」

エシュティは急いで通路に出た。急がないわけにいかなかった。出たとたん泣き出した。涙が頬を伝って落ちた。

それでも夜は本当に明けた。東の空にうっすらと光の筋が輝いた。

今あらためて、この間起こったことをふり返ってみた。この出来事は悲劇的であり、興味深くもあった。学校の教室から飛び出したとたん、偶然の成り行きによって、突如人生の一番闇の部分に出くわしたことが、ちょっぴり自慢にも感じられた。これまでどんな書物から得たよりも、もっと多くのことをこの経験から得たのだった。

昨年はもっと違った事件があった。学校の文学サークルのことだったが、ある詩について彼はそれがバラードだと主張した。顧問の先生はこの問題を議論に取り上げ、部員の意見を聞いたのち、問題の詩はバラードではなくロマンスだと判定を下した。それで彼は〝ただちに責任を取った〟のだった。彼は部員のみんなから一目置かれて引き受けた部長職を辞めたのだ。

当時それはどんなに辛いことだったか。でも今、そんなことは大切じゃないとわかった。バラードなのかロマンスなのかが大切なのではない。人生が、人生こそが大切なのだ。このキスも人生の豊かさから生まれ、彼を豊かにした。笑われたくないから誰にも、それこそ弟にだって言えないけれど。でも自分自身に対しては、もう恥ずかしくもなんともなかった。

「私は人間である。人間に関することで私に関しないものは何もない」というテレンティウス（紀元前ローマの劇作家）の言葉を思い出し、そしてこの寒気がするキスを思い返した。もうちょっと大胆に身を任せることができたなら快感だったかもしれない。だって快楽と悍ましさは紙一重だろうから。恥ずかしがる必要はない。「エピリクス・ノン・エルベスケンス・オムネス・ヴォルプタテス・ノミナティム・ペルセキトゥル」（「エピクロスは恥ずかしげなく美人の名前をことごとく挙げ連ねる」の意味。キケロのラテン語文法書に出てくる例文）これは誰の言葉だっけ？　文法の教科書の真ん中あたり、どこかのページの上の方、ちょっと左、現在分詞の使い方の例文に否定の接続詞といっしょにあったっけ。赤くなったりしちゃだめだ。何事も恥じてはだめ。運命なんて星と屑なんだ。

エシュティの周りにはもう、早起きの人たちがひげを整えたり旅行用の帽子をかぶって立っていた。日の出を見に集まったのだ。窓を下ろして夜明けの空気を吸い込んでいた。エシュティも真似してみた。灯りが次々と消された。列車は鬼火が踊る夜の闇を逃れ、太陽へ向かってひた走った。日の出の光が瞬く間に山頂の一つを黄金色に照らした。頂には小さな木の尖塔を持つ教会が、信者を迎え入れようと佇《たたず》んでいた。あんなに高い所にたどり着いた時には、立ち眩《くら》みがして教会の入り口の前で力尽きてしまいそうだ。下方には緑の谷間がおそろしく深い裂け目を見せ、こちらは真っ逆さまに落ちて岩にぶつかって死んでしまうんじゃないかと思えた。生命のない荒涼とした風景だ。山の斜面には要塞のように石垣が延び連なり、土地の人たちが育てる僅かなじゃがいもや雑穀を厳しい自然から守っていた。ここでは大自然と素手で闘わなければならないのだ。激しい風が吹き荒れ、木を根っこから引き抜き、畑の畝《うね》をひっ掻き回し、せっかく播《ま》いた種を吹き飛ばすのだ。鷲たちさえも怖がってやって来ない。乳牛たちも痩せて物悲しそうで、まるで賢者のようだ。冬になれば雪が降ってすべてを包み込む。白銀の世界をオオカミの群れが尾を垂らしてとぼとぼさまようのだ。山のテントでは誰かがグズラ（南スラブ民族の弦楽器）を弾いて悲しげに歌っている。ここで暮らせたらなあ。今すぐにでも汽車を降りて、この石だらけの地獄のような場所に住み着いたらどうだろう。樵夫《きこり》か石工になって、黒いスカーフを頭に被り、白いスカートと黒のエプロンを身に着けた、林檎のような頬をした色白のクロアチア娘を嫁に娶って、人知れずともに歳を重ね、ひっそりと谷に葬ってもらう。またこんなことも想像してみた。自分はこの山や森の主であり、富豪で権力者で有名人で、人々に崇められ王よりも偉い。ありとあらゆることを想像してみた。人生はまだこれからなのだ。考えるだけで楽しかった。

六時になると、一人の軍医が乗車してきた（エシュティはあとで弟にこの〝お偉い軍医さん〟のことを自慢げに話した）。手荷物も持たず、寝覚めもすっきりした様子だった。ビロードの襟には金色の勲章がにぎやかに揺れていた。この近くに住み、フィウメに泳ぎに行くらしい。

ちょうどエシュティの立っている窓にやって来たので、いつもの気遣いですぐに場所を譲った。軍医は窓に凭《もた》れかかった。ずいぶん歳が離れているし、地位が高そうな相手だったが、二人は話し始めた。

教養のある、もの知りな人だった。甘い香りのする細い綺麗な色の紙煙草を吸っていた。伸びた手の爪はよく手入れされ、内側に丸まっていた。とても面白い人だった。海ももう何度も見たと言う。エシュティはとりとめもない質問、特に海に関していろんな質問をした。軍医はそれに対して時には長く答え、時には「そうだ」「いや、そうじゃない」などと短かく答えた。六時半にプラゼに着くと、じきにバカル湾が見えるよと教えてくれた。木々の枝葉が揺れるようすから、海がもう遠くないと分かった。潮の香りが漂っていた。

海はいつどの瞬間に現れてもおかしくなかったが、まだ現れなかった。軍医が間違えたのか、それともからかったのかなとさえ思えた。海は現れない、永遠に現れない、僕に会いたくないのだろうか。列車をちょっとでも前に進めてやろうと、うろうろ歩き回ってみた。そわそわしているあいだに即興の詩を一つ詠んだ。詩で海に初対面の挨拶をしようと思ったのだが、ことばは唇の上で途切れがちになった。海はいつまでも姿を見せようとしなかった。

列車の窓際には人々がずらりと立ち並んでいた。年老いた役人たちに新婚カップル、女や子どもたち。乳児を腕に抱いた乳母たちや、肺病や不治の病で療養に出かける病人たちも、みな一列に並んで、爪先立ちをしたり首を伸ばしたりしながら、高鳴る胸の鼓動と感嘆の溜息で海が見える瞬間を迎えようと待っていた。満場の観客といったさまだ。しかし、それでも海は登場しようとしない。プリマドンナのように焦《じ》らして待たせるのだ。さあもっと拍手だ、もっと華やかな演出をと要求するかのように。

連結した二台の機関車は、急な山の斜面を上へ上へと息せき切って登っていた。機関車でさえ、もうこれ以上は頑張れない、早く解放されて水を飲みたいとじりじりしているようだった。スピードを上げて前進した。脱線して転がり落ちて、石灰岩の岩にあたって砕けてしまうのではないかと思うほどの勢いだった。なんとしてもたどり着かねばと、車輪は目に見えない速さで回転し、逆に静止しているように見えた。次々とトンネルを抜けた。すさまじい汽笛を鳴らして湿った黒い岩穴に突入した。がたがたごうごうと突き進みトンネルを抜けると、海はまだかと訊ねるようにまた汽笛を鳴らした。探しても探してもなかなか現れない。ピストンが油を塗った連結ナットの中で激しく動いた。息を切りながらどこまでも突き進んだ。ふたたびトンネルに入った。エシュティはもうすっかり希望を失いかけていた。ところがトンネルを抜け出ると、軍医は紅玉髄《ルビー》の指輪をはめた人差し指で太陽の方向を指して言った。

「ほら」

どこ？　足元も、目の前も、そこにあるのは本物の海だった。正真正銘の海。小学校の壁に貼ってあった地図で見たとおり、平らで青かった。これでもまだクロアチアの先端のブカル湾で、広い海のわずか一角に過ぎないのだ。エシュティは口をぽかんと開けたまま、ただ見とれた。しかし感激もつかの間、また海は姿を消した。海は彼と隠れんぼをしているのだ。

しばらくすると海はふたたび姿を現し、今度は長い間ゆったりと広がっていた。想像していた通り、美しくて大きかった。いや、これまで想像していたのよりも、はるかに美しくて大きかった。海は平たく青く無限に広がり、割った胡桃《くるみ》の殻を浮かべたような小さな船やヨットが浮かび、白やオレンジ色や黒の帆が斜めに傾き、まるで水面に舞い降りて水を飲む蝶の羽のようだった。遠くから眺めた海はパノラマか写真集の中の写真のようで、静かでほとんど動かなかった。波の音も聞こえなければ、動きも見えなかった。船の動きもゆるやかで、子どもの頃に風呂の浴槽で引っ張りまわして遊んだおもちゃの船のようだった。それでもやはり海は厳《おごそ》かで偉大だった。はるかなる太古の昔から脈々と続く、唯一の偉大なるものだった。

さっき彼の中から生まれようとしていた詩のようなものが、この時突然湧き出てきた。夜中の緊張した時間に思いついたあの即興詩だった。クセノフォンの荒れ狂う兵士たち、アナバシスの打ち倒された軍隊、飢えて帰還を渇望する幾万という兵士が、彼の詩の中で声を一つに叫んでいた。「タラッタ、タラッタ。母国の乳よ、山々という教会、山頂という柱のあいだを流れる不変で永遠のいのち、大地の聖水、岩々を切り出してこしらえた聖水の器、この世に生きる万物の洗礼の泉よ。我に乳を与えよ、我を救い、悪霊を排除したまえ。生まれたままの姿に戻したまえ」そうしてエシュティは海の香りをたっぷりと吸い込み、その水を浴びるかのように呼吸した。少しでも海に近づこうと、両手を伸ばした。

しばらくすると、昔の海賊の城跡とされる聖マルコの岩がむっくりと姿を現した。クレシェンドに続いてデクレシェンドだ。列車は階段状の岩間を縫って下り始めた。最初のイタリア風の民家が現れた。故郷とは違って、ぼろくて快適でも清潔でもなさそうな家だ。細長くて、夢に出てくるように愛らしかった。色とりどりの襤褸《ぼろ》切《き》れやシャツが窓から吊るされて風に揺れていた。ここではむき出しの生活臭を隠そうともしない。高いポールの先に赤白緑の三色旗が風にたなびき、ここがハンガリー王国の港であることを示していた。そろそろ荷物を取りに戻る時間だった。

母親と娘はまだ寄り添って坐っていた。それを見た時、彼はほとんど仰天してしまった。これまですっかり二人の存在を忘れていたのだ。何時間ものあいだ思い出しもしなかった。こうして忘れていたためにいっそう強く、この二人がいつも一緒にいたこと、そしてこれからも離れないだろうことを思った。運命というものを今、感じたのだった。

二人も降車の支度にかかっていた。母親は鍔《つば》の広い流行《はや》りの麦わら帽子を少女の頭に載せ、ゴムをその細い顎《あご》にかけた。自分も帽子を被っていた。鳥の巣のような麦わら帽子だった。白いバラが二つ添えてあった。エシュティはスーツケースを棚から下ろすのを手伝った。

いよいよお別れを言う時だった。エシュティは一言一句次の通りに言おうと決めていた。〝奥様、僕は言葉にできないくらいの敬意と深い同情を感じています。初めてお目にかかった瞬間から、尋常でない親近感を持ったのです。あなたの額にこれまで目にしたことのない苦悩の印が刻まれていることに、僕は気がつきました。ザグレブに着く頃、その淡い金髪の髪を薄い黒ベールで留めましたね。明け方僕は突然——失礼しました——この客車から飛び出しました。そのベールに包まれて、世界が真っ暗になってしまう気がしたのです。あなたは受難の母、七本の剣を心臓に刺した聖なる殉教者の母です。深く同情します。娘さんにも同情します。お嬢さんは変わっています。臭化カリウムを水に溶かして毎晩ティースプーンに一杯飲ませて、水浴びをさせるといいでしょう。僕にもこれが効きましたから。何と言ってよいか——あのことについては気にしていません。ちょっと怖かったけれど、もう大丈夫です。忘れてしまいました。ただ、夜中過ぎにいったいどこに行ってしまわれたのかが気になります。あちこち探し回りましたが、見えませんでした。あんなに長い間いったいどこにいらしたのでしょう。僕はこう考えたんです。奥様はあの時お嬢さんのために、あなたの愛するお嬢さんのために、この世界以外のどこかで生きているお嬢さんを喜ばせようと、一緒に空想の世界へ行って、二人とも見えなくなってしまったのだと。十分な説明になっていないことは僕も認めます。でも詩人らしい深みがあると思います。だから思い切ってお伝えしているんです。僕は作家になりたいのです。もしいつかこの難解な修行を達成したら——本当です、これには修行が必要なのです。夜じゅう眠らず苦しみ、己と他人を理解し、己と他人を裏切ることの繰り返しです——そしたら、いつかきっとこのことを書きます。難しいテーマです。でもこういうことに興味があるのです。僕は存在の境界線で踠《もが》き、不可能に挑む作家になりたいのです。これより低次元のことなど軽蔑します――生意気をお許しください。僕なんてまだ青二才ですが――やっぱり軽蔑して相手にしません。けれどここで経験したことは絶対に忘れません。記憶の中に大事に抱え続けて、永遠に悲しみを消しはしません。僕はもう何も信じませんが、このことは信じます。では奥様、最後にお別れする前に、同情と息子のような真心を込めてその手にキスさせてください〟こう言いたかったが、言わなかった。十八歳の青年は感じることしかできない。大仰な文章にして演説することなどできないのだ。そこで、ただお辞儀をした。考えていたより深いお辞儀になった。地面に頭をこすりつけそうになった。

婦人はこれにすっかり驚いて、目を伏せた。かつては生き生きしていたかもしれないが、今は不安と果てしない心配を湛えた瞳だった。こう考えたのだ。〝可哀想に。悪かったわ。とんでもない一夜を過ごすことになってしまったわね。あなたが乗車してきた時、なんとかあなたを離さないといけないと思ったわ。震えているのがわかったもの。ちょっと微笑ましくもあったけれどね。本当はちゃんと説明したかった。でもそんなことはやっていられない。だってそしたらどこに行っても話し続けて、列車でも近所の人たちにも外国でもどこでも、みんなにいちいち事情を言わなければいけない。そんなことはできないわ。だからいっそ黙っているの。それに本当のことを言うと、もう他人なんてどうでもよくなってきたの。夜中に娘と客車を飛び出した時、――どことは言わないけれど――あの光景をあなたは目にしなくて済んだことを本当に感謝していいはずよ。きっと思い直して別の客車に移っただろうと思ったわ。でもあなたはそうしなかった。失礼になると思ったのね。あなたがうすうすわかっているということを、私に知られたくなかったのね。りっぱだったわ。育ちのいいお坊ちゃんにふさわしい態度よ。ありがとう。あなたはまだ子ども。そう、私の息子にだってなれる。お婿さんにだって。そうね、お婿さんがいいわね。ねえ、母親が考えることなんてそんなものよ。こんな母親でも。こんな娘の母親でもね。でもお婿さんにはなれないわ。誰もお婿さんにはなれないの。あなたはまだ世間を知らない。お医者様の診断も知らない。スイスの先生もドイツの先生もあまり頼りにはならないの。反対されたけれど、旅に出たのよ。この近くに島があるの。サンセゴ島って言うの。漁師が暮らす田舎の島よ。オリーブを育ててイワシ漁をしている。他のことにはまるで無頓着。あそこに連れて行って、身を隠すの。この夏は一緒に過ごすけれど、たぶんこれが最後の夏。その後はやっぱり預けることになりそう。もう何年も前から、ハンガリーでも外国でも専門家の先生たちに言われているの。信頼できる〝施設〟があるから。個室があって、健康にも注意してくれるわ。好きなだけ会いにも行ける。あなたはまだ知らないわ。知らなくていいの。ごきげんよう。私は神様を信じるわ。信じないわけにいかない。そうでないと自分がなすべきことをする力もなくなるわ。さあ、お行きなさい。みんな忘れるの。幸せになりなさい。〟こう考えたが、彼女もやはりそうは言わなかった。苦しんでいる人は多くを語らない。ただ背筋を伸ばして沈んだ顔を上げ、今初めてエシュティ・コルネールを見詰めた。そして、彼にもその深緑の瞳をまっすぐ見詰めることを許したのだった。

列車はもうフィウメの街路の降りた踏切のあいだを走っていた。荷物運搬人たちは慌ただしく列車のあいだを行き来した。エシュティは自分で荷物を運び、駅の荷物一時預かりに預けた。フィウメでは節約して宿泊も予定せず、夜八時まで待ってダニエル・エルヌー号という船でヴェネツィアへ向けて発つことにしていたのだ。〝お船よ、波に揺られて海に戻れ。《オー・ナヴィス・レフェレント・イン・マーレ・テ・ノヴィス・フルクトゥス》〟（ホラティウスの詩の一節）

駅舎前の広場ではタクシーに混じって自家用車も客目当てに停車していた。母親と娘はそれに乗った。エシュテティはじっと彼らを見送った。そしてフランチェスコ・デアーク通り（ハンガリーの政治家デアーク・フェレンツのイタリア語読み）のプラタナスの並木にその姿が消えるまで、いつまでも見詰めていた。

彼もまたゴム製のかっぱを肩にひっかけると、強い陽射しで陰ができた目抜き通りを歩き始めた。売り子たちが「ラッテ（牛乳）、ヴィノ（ワイン）、フルッティ（果物）はいかが」と声をかけてきた。道行く人々は「ボンジョルノ（こんにちは）」と挨拶を交わしていた。「アンニバーレ」と母親が男の子を後から怒鳴り、角で無花果《いちじく》を売る女が娘を叱りつけて「フランチェスカ、ヴェルゴグナーティ（恥ずかしいでしょ）」と言っていた。みながこの日常生活で話すにはあまりに美しい言語で話していた。彼にとっても親しみのある、つい最近まで一所懸命こつこつ夢中になって学んだ言語であった。ここでは大気中に絶えず騒ぎ声が響きわたり、通りには幸福に満ちた喧噪とおおらかで自由な陽気さが溢れていた。人々は生きている限り騒いでいるのだ。死んだ後ではどのみち騒げないのだから。手押し車に積み上げた魚を運んでいる者がいた。大ぶりの海の魚や海老だ。菓子屋からはバニラの甘い香りが漂ってきた。珍しい月桂樹の木や牡蠣もある。床屋の裾のほつれたビーズの暖簾《のれん》の前では、美容師がカットモデルよろしくポマードで塗り固めた黒髪に白い櫛《くし》を差して立っていた。美容石鹸は最高にイタリア風《イタリアニッシモ》。すべてが大げさで最大級、気違い沙汰だった。

エシュテティはあるカフェのテラスにようやく腰を落ち着けた。昨晩以来、何も口にしていなかった。しかし、食べたり飲んだりするよりも、生まれて初めて本物のイタリア人とイタリア語で話したいと思った。やや緊張気味に待ち構えていると、ウェイターがいたってのんびりとしたようすでやって来た。

年配のイタリア男で、尖った白い顎ひげを生やしていた。

ウェイターはついさっきブダペシュト発の急行列車が到着したと知っていたので、エシュティに向かって趣あるとさえ言えるハンガリー語で「朝食をお召し上がりで?」と訊ねた。エシュティは黙っていたが、少し待ってからこう言った。「シー。ウナ・タッツァ・ディ・カフェー(はい、コーヒーを一杯)」ウェイターは快くイタリア語に切り替えると「ベニッシモ・シニョーレ(承知いたしました)」と言って立ち去った。エシュティは試験に合格したような喜びを押さえきれず、もっと会話をしたくなり、続けて大きな声でイタリア語でつけ加えた。「それからあと、パンと水と新聞、イタリア語の新聞を持って来てください」「直ちに」ウェイターは答えた。そのsの音はなんともいえぬ愛嬌のある響きがした。

エシュティは幸せだった。今までと違う風に、ひょっとしてイタリア人か、とにかく違う人間に、外国人に、そして一人の人間として見られることが嬉しかった。生まれてこのかた閉じ込められてきた檻から解放され、自分の道を進んでいける喜び。ウェイターが大きなアルミのポットからカップに注いでくれたコーヒーをぐいと飲み干し、クロワッサンを六つと丸パンを四つ平らげると、まるでこれこそ人生で一番大事なことでもいうように、イタリア語新聞の紙面に頭を埋めて読み耽《ふけ》った。

こうして新聞を手あたり次第読んでいると、「パン」と誰かが大声で言うのが聞こえた。襤褸《ぼろ》を着た裸足《はだし》の四歳くらいの汚い物乞いの子どもがテーブルの前に立っていて、憶することもなくパン籠を指さしている。エシュティはその子に丸パンをひとつやったが、まだ動かない。「もうひとつ」子どもはまた大声で言った。「何?」エシュティは訊ねた。「パンもう一つ」と言い、それから「二つ」と言って二本の指を上げて示した。ここのしきたりでは物乞いはひとつでなく、——「マンマの分も」と母親を指さして――二つねだるものだと言わんばかりだ。実際に母親は二、三歩離れた車道に立って、劇場のお涙頂戴の三流役者さながら、しかし毅然としたさまでこちらを伺っている。生活に疲れたように見えるこの若い母親もやはり裸足で、下着一枚でブラウスも身に着けず、汚いスカートを引きずり、髪はからまり、顔はイタリア南部で見るような濃い褐色をしている。目には黒い炎が揺らめいていた。親子は腰と背筋を真直《まっす》ぐ伸ばし、この〝ガイジン〟の挙動をじっと見ていた。エシュティは子どもに丸パンをもう一つ渡した。その子は大好きな〝マンマ〟と連れ立ってゆっくり立ち去っていった。親子そろって彼の親切に礼を言うこともなく。

エシュティは言いようもなく素晴らしく感じ、いい気分だった。「ほらね」と心の中で言った。「乞食じゃない。彼らは堂々と要求をしているんだ。古《いにし》えの自由な民であり、貧困の中でさえ栄光に輝いている。いつだって人生を味わい、人生もパンも意のままだと自覚している人々。僕はここでいろんなことを吸収しよう。生き生きして自然体で、強い日光がすべてを照らし出し、あけっぴろげで何の魂胆もない。わくわくするよ。血の繋がりだって、この憧れほど強く惹きつけはしない。彼らだけが僕を不安定な感情から救ってくれるのだ」

支払いの段になって、エシュティがイタリア語の数字に不慣れなため、若干の行き違いが起こった。ウェイターはエシュティの発音からすぐにイタリア人でないと気がつき、子どもに対するような気さくさで、どこから来たのか当ててやろうと言った。次々と民族の呼び名を挙げ連ねた。「オーストリア人、ドイツ人、クロアチア人、イギリス人？」エシュティはただ首を振った。ウェイターはどこに住んでいるのか、どの町から来たか、生まれはどこかと訊ねた。エシュティはこれにも何も答えず、頑なな態度でウェイターを下がらせた。ウェイターはテーブルからそう遠くない柱の向こうに引き下がり、陰からこの不思議な青年を観察していた。

「どこから来たかって?」とエシュテはコーヒーと睡眠不足でぼうっとする頭で考えた。「僕もあらゆる人間と同じところから来たんだ。母親の子宮という深紅の洞窟から。そしてそこから旅に出発したんだ。先の見えない、旅券に行程も終着点も書かれていない旅に。楽しい旅だろうか? そうなるといいな。何でも大いに楽しむのが好きだ。それとも学びの旅だろうか? 先人たちの知恵をすべて自分のものにできたらなあ。それとも単なる家族旅行? それもいいだろう、子どもは大好きだ。要するに、イタリア人のおじいさん、僕はあなたと同じ、良くも悪くも取るに足らない人間ということです。ただ感じやすく、好奇心でいっぱいだというだけ。何にでも誰にでも興味があるし、あらゆる人々、あらゆる風景が好きなんです。僕は誰にでもなるし、誰でもないんです。渡り鳥であり、変身する魔術師であり、指の間を絶え間なくすり抜けるウナギなのです。捕えようがなく得体の知れない人間です」

アダミッチ防波堤に出ると、海が間近に見えた。油の浮いた水面には果物の皮や破れた靴、それに魚の骨などが浮いていた。ここの人たちは気高い海洋を愛でるだけでなく、こんなひどい目にも遭わせるのだ。蒸気船がブラジルのリオデジャネイロに向かっていた。空ではカモメが騒いでいた。海のカモメども、嵐のヤモメども。

そろそろ故郷で心配している母親に葉書を一枚書くべき時だったが、それは後回しにした。これまでに体験したことは、とても一枚の葉書には書ききれなかっただろう。多くの新しい人に出会い、新しい母親も二人できた。家族はどんどん膨らんでいく。

海に入ることにした。夜中から続く頭痛と心臓の鼓動、学校の思い出、そしてあらゆるものを洗い流したかった。

服を脱いで海水パンツ一枚になると、長い間岩の上に坐っていた。水は唸り、絶え間なく泡をざぶざぶと吹き出していた。それから水に浸かり、ゆっくりと肌になじませた。海が乱暴者でないとわかると、両手で水面を思いっきり叩いてみた。赤ん坊がトラとじゃれるように、向こう見ずで若気溢れるままに。今度は潜ってみた。顔を出して鼻飛沫を飛ばすと大笑いした。ガラスのように透明な水面にぷかぷかと浮いてみた。歌を歌って大声で叫んだ。塩辛い海水でうがいをすると、ぺっと吐き出した。神々は海に痰《たん》を吐くのだ。そして身の程知らずの若者たちもまた同じように。

それから両腕を広げて、煌《きら》めく青の世界に身を投げ出し溶け合った。もう何も怖れなかった。もうこれ以上大変なことは起こらない。あのキスとこの旅で、生まれ変わったのだ。

遊泳禁止のロープを越えて、はるか遠くへ泳いでいった。サメや死骸それに釣り針や船の残骸など、危険があるかもしれない。美しいものも醜いものも、見えるものも見えないものも、すべてが自分のものだった。

波と朝風に揺られながら、エシュテイは泳ぎ続けた。金色に輝く朝もやの中に、ヴェネツィアの町が見えるような気がした。まだ見ぬ憧れのヴェネツィア。ひと掻きごとに水から顔を出しては、遥か彼方のラテン世界、聖なる憧れのイタリアへ向かって、エシュテイは夢中で泳いでいった。

一九三〇年

第4章　幼なじみと「正直者の町」へ出かけるの巻

「じゃあ、いっしょに来るかい？」エシュティ・コルネールは訊ねた。

「ぜひとも」と私は歓声を上げた。「うそごまかしでいっぱいのこの町にはもううんざりだ」

私は飛行機に飛び乗った。われわれを乗せた飛行機はぶんぶん唸《うな》って旋回した。その渦巻くような勢いといったら、近くの岩場にいた鷲たちは気を失うし、ツバメたちは鬱血《うっけつ》してしまうほどだった。

まもなくわれわれは到着した。

「さあ着いた」とエシュティは言った。

「ここかい？　僕らの町とあまり変わらないな」

「ぱっと見はね。中に入れば違うよ」

われわれはゆっくり歩いて町へ入り、一つひとつこの目でしっかり確かめるように見て回った。

最初に気がついたのは、道行く人々がほとんど挨拶を交わさないことだった。

「この町ではね」とエシュティは言った。「本当に好意を持っている相手にしか挨拶しないんだ」

アスファルトの道路に黒い眼鏡の乞食がしゃがみこんでいた。膝にブリキの皿を抱え、胸には段ボールの札を下げていた。

目は見えています。夏場だけ黒いサングラスを着用しています。

「なんでこんなことを書くんだい？」

「恵んでくれる人たちが誤解するといけないからね」

目抜き通りにはきらびやかな商店が並んでいた。鏡張りの看板にはこう書いてあった。

足に悪い靴。魚の目、胼胝《たこ》保障します。足切断の実績豊富。

色鮮やかで目を引くイラストには、絶叫する客の足を二人の外科医が巨大な鋸《のこぎり》で根元から切り落とし、赤い血がたらたらと滴り落ちる様子が描かれていた。

「これって冗談？」

「まさか」

「ははん。裁判所の命令で、こう表記するように店側が強制されたんだね」

「なんてこと」エシュティはあきれて手を振りおろした。「この通りなんだよ。わかるかい。これが真実なのさ。この町では誰も真実を隠蔽などしないんだ。ここでは自己判定の基準は最高に達していて、そんな必要などないのさ」

町を歩くと、次から次へと驚くことばかりだった。

洋服店では賑やかな看板にこう書いてあった。

高価格、低品質の洋服。値切らないとぼったくります。

レストランでは、

食べるに堪えぬ食べ物、飲むに堪えぬ飲み物。

菓子屋では、

バターと卵は代替品を使用。腐りかけの焼き菓子をどうぞ。

「こいつら気違いか？」私は動揺した。「それとも自殺候補者、あるいは聖人かな？」

「正直なのさ」とエシュティはきっぱり言った。「絶対嘘をつかないんだ」

「で、こんなに正直で潰れないのかい？」

「店を見てごらんよ。どこも混んでいるよ。繁盛している」

「どういうことだろう？」

「あのね。ここでは自分も相手も誠実で正直かつ奥ゆかしくて、見栄よりも謙遜を、商品を褒めそやすより扱《こ》き下ろすことを心懸けているんだ。だから町の人たちは、評判や宣伝文句を額面どおりに受け取らないのさ。それは君らの町だって同じだろう。ここと君らの町の違いといったら、君らは宣伝文句からいくぶん、あるいはずいぶん差し引かなくちゃいけないが、ここじゃいつも宣伝にほんのちょっと付け足ししないといけないってことなんだ。君らの町では、商品も人間も宣伝文句ほど立派じゃないだろう。この町の商品や人間も、宣伝が謳《うた》っているほど貶《けな》すべきものではないんだ。結局のところ、二つは同じということだ。僕はこの町のやり方のほうが、誠実で正直で奥ゆかしいと思うね」

本屋のショーウィンドウには、新刊本に色鮮やかな帯が巻かれて並んでいた。

読むに堪えない屑小説。脳味噌のゆるんだ老作家の最期の作品。売れ行きゼロ。詩人フルグー・エルヴィンによる最高にしらじらしくむかつく詩集。

「信じがたいね」私は目を見張った。「で、これは売れるんだろうか？」

「もちろん売れるに決まってるよ」

「じゃ、みんな読むのかな？」

「君らの町では詩なんか読まないのかい？」

「そんなこと。けれど、少なくともちょっと売り方が違うな」

「繰り返すけど、ここは自己認識に優れた町なんだ。自分が悪趣味で大げさで安っぽくて中身のない嘘だらけのことばが好きだとわかっていれば、この詩集を買うよ。ニーズに合致するんだから、後でがっかりすることもない。要するにやり方の問題なんだ」

頭がフラフラしてきたので、カフェに入って何か飲んですっきりすることにした。

エシュティは趣味の悪い金ぴかのカフェに案内してくれた。〝詐欺師と居候のお気に入りの溜り場〟と銘《めい》打って、〝値段はぼったくり、給仕は愛想なし〟という客引きの文句が書いてあった。

はじめは入るのが躊躇《ためら》われたが、エシュティが私の背中を押した。

「ごめんください」と私は挨拶をした。

「どうしてそんな嘘をつくんだい？」とエシュティはすかさず口をはさんだ。「君はこの店で〝ごめん〟じゃなくて〝美味《おい》しいコーヒーを〟くださいと言いたいんだろう？　だけど美味しいコーヒーはないよ。ここのコーヒーは菊苦草を煮出したまやかしものなんだ。二級品のワックスみたいな味がするよ。だから君には新聞だけ見せよう」

店にはいろんな種類の新聞が置いてあった。ここではそのうち『嘘』と『利己心』それに『へっぴり強盗新聞』と『雇われ者新聞』だけ取り上げよう。

『雇われ者新聞』の一面には太字で次のようなタイトルが印刷してあった。

「本紙は記事の一字一字をお買い上げいただいています。どの政権とも等しく相互利害関係を結んでいます。本紙独自の意見は、汚らわしい私益追求の場合に限り、表明いたします。よって軽蔑ならび無視の対象である読者の皆様におかれましては、どうか本紙記事をまともに取り合わないよう、また人として可能な限り本紙を軽蔑ならび無視していただきますようお願い申し上げます」

「見事だね」私は興奮気味に言った。「ほらこれ、とくに気に入ったよ」

「この町では真実を語るということが当たり前で、誰もがみな実践しているんだ。例えばここに出ているミニ広告欄を見てごらん」と言うと、手当たり次第に広告を読みあげた。「複数前科のある刑務所帰り、経理の職求ム。神経症持ちの家政婦、幼児の子守引き受けます。ハンガリー西部訛りのフランス語教えます。正しい発音は生徒から学ばせていただきます。数時間のレッスン空きあり」

「それで仕事は見つかるのかい？」私はびっくりして訊ねた。

「もちろんだよ」エシュティは答えた。

「なぜ？」

「なぜって」と肩を竦《すく》めた。「人生ってそんなもんだろう」

エシュティは分厚い雑誌を指さした。濃い灰色の表紙に濃い灰色の文字が印刷してあった。

「これがここの一番権威ある文学批評紙なんだ。読者も多いよ」

「タイトルが読めないな。」

『たいくつ』」とエシュティは文字を拾って読んだ。「これがタイトルだ」

「何が面白いんだ?」

「タイトルが〝たいくつ〟ってことさ」

「で、本当に退屈なのかい?」

「自分で見てごらん」

書評をいくつか読んでみた。

「ふうん」と私は感心して唇をすぼめた。「言うほど退屈じゃないな」

「厳しいんだね」エシュティはあきれて言った。「どんな期待にも満足に応えることはできないもんだ。君の期待に反して雑誌のタイトルはけなし過ぎてる。家でちゃんと読んでみたら、本当に退屈だと思うよ。間違いない。すべてはどういう視点でものを見るかだからね」

国会議事堂の前では数千人の人だかりの前で演説をしていた。

「この狭い額、強欲に歪んだこの顔を見ればただちにお解りでしょう。私は何の専門性も学識もなく、この世の何にも向いていないのです。せいぜいのところ、みなさんに人生とは何かを説き、目標へと導くことくらいしかできません。では目標とは何か? それは、ぼろ儲《もう》けして自分の取り分をなるべく多く、あなた方の分はなるべく少なくすることです。そのためにみなさんには愚かな大衆になっていただきます。それともすでにみなさん愚か者でしょうか?」

「違う、ちがう」と群衆は怒って叫んだ。

「では良心にしたがって行動しましょう。みなさん対立候補をご存知ですね。品格ある無私の人です。

りっぱな頭脳の持主で、知性が光り輝いている。この町に彼を支持する人はいるだろうか？」

「いない！」と群衆は声を一つに言った。

「どいつもろくでなしだ！」怒りに満ちた拳が次々と空へ向けて突き上げられた。

暗くなってきた。

われわれは夜の街をあてもなく歩いた。と、突然黒い夜空に太陽がいくつも昇ったみたいに、太陽系のように輝き出した。光の文字がぴかぴか光った。

盗んで、騙《だま》して、すっからかん。

「これは何だい？」と訊ねた。

「銀行のネオン広告さ」とエシュティは愛想なく答えた。

夜も更けたころ、宿に戻った。慣れない出来事の連続に、私は些かくたびれていた。熱があり、くしゃみや咳も出たので、医者を呼ぶことにした。

「先生」と私は訴えた。「どうも少し風邪を引いたようです」

「風邪だって？」医者はびっくりして部屋の反対側まで後ずさりし、ハンカチで口元を押さえて言った。「だったらあっちを向いて。五メートルの距離でもうつるんだから。家には子どももいるんだ」

「診察もしていただけないと？」

「無駄だよ。風邪に効く薬なんてない。癌《がん》と同じで治らないのさ」

「汗をかくのは？」

「いいけど、役に立たないね。これまでの経験では、風邪は治療すると一カ月でも長引くんだ。治療しないと翌日には治ることもある」

「でも肺炎になったら？」

「そしたら死ぬよ」医者は言った。

そしてしばらく考えてこう続けた。

「フリードリヒ大王がある時戦いの終わった後の戦場を歩いていると、死にかけの兵士が彼に向かって腕を広げてすがりついてきたんだ。皇帝は乗馬用の鞭をそいつに振りおろして罵《ののし》ったのさ。〝この悪人めが、永遠に生きたいとでも言うのか？〟私はよく患者にこの話をしてやるんだ。なかなか奥が深い話だからね」

「まったく」と私は答えた。「でも頭痛がするんです。頭が割れそうだ」

「個人的な問題だ」医者は言った。「そんなことはどうでもいい。大事なのは、今この瞬間私は頭痛がしないということなんだ。それよりさらに重要なのは、夜間診察は診療費が二倍になるということだ。さあ早く。急いでるんだ」

医者の言うことは正しかった。翌日にはすっかりよくなった。私はこの正直者の町の永住権を取得することにし、晴れやかな気分で喜び勇んで市役所へ駆け込んだ。

「この上なく喜ばしい気持です」と市長の前に進み出て声を震わせた。

「こっちは喜ばしくないね」と市長は冷たく言い放った。

「なぜでしょうか？」私は狼狽《うろた》えた。「こうして敬意を表して、正直者の誓いを立てようというのに」

「それがわからんということが、愚鈍なばか者だという証拠だ。なぜ私が嬉しくないか教えてやろう。

まず第一に迷惑だし、あなたがどこの馬の骨かも私にはわからん。第二に、私は個人的利権にしか関心がないのに、あなたは公務を増やしてくれる。第三に、嬉しいなどと嘘をついているところからして、あなたはれっきとした悪人だと判断され、われわれの仲間入りをする資格はない。追放を命じる」

それから一時間と経《た》たないうちに、われわれは強制送還用の飛行機に乗せられ、もと来た町に返された。

それ以来ずっとこの町で暮らしている。あちらではなにかと気に入ったことがあった。しかし正直に言うと、この町の方がやはりいい。もしあちらの町の人間もこの町の人間もほぼ同じだとしたら、こちらの人間のことはいろいろ持ち上げてやることができるから。時に手を変え品を変え、甘い言葉で嘘をつき合うということは、その中でも特に褒めるに値するものだと思う。

一九三〇年

第5章　一九〇九年九月十日という慌ただしく意味深い一日の描写。フランツ・ヨーゼフ一世が在位し、ブダペシュトのカフェにあらゆる流派学派に心酔したモダニズム詩人たちの集う時代が鮮やかに蘇るの巻

午前十一時、エシュティはまだ、いつも寝床代わりにしている長椅子でぐっすり眠っていた。

誰かの手が触れたのを感じて目を開けた。

夢から覚めて最初に目に入ったのは、長椅子の端に腰かけた奇妙な人物だった。

「起こしてしまったかい?」

「いやそんなことないよ」

「詩を書いたんだ」シャールカーニはまるでよその惑星から駆けつけた使者のように興奮していた。

「聞いてくれるかい?」と言うと、返事も待たず、やにわに読みはじめた。

月よ、たれ恍惚なる空の乙女
荒くれ者たるどす黒き夜に口づけす
美酒をあおり……

「すばらしいね」とエシュティは呟《つぶや》いた。

口を挟まれて、シャールカーニは気分を損ねたようだった。まるで甘いキスの最中に突然じゃまされた者のように、恨めしそうにエシュティを睨んだ。しかし、そのことばの意味を理解するや、今度は感謝に満ちた笑顔を浮かべた。

エシュティは友に言った。

「もう一度はじめから頼むよ」

シャールカーニははじめから読み直した。

月よ、たれ恍惚なる空の乙女
荒くれ者たるどす黒き夜に口づけす
美酒をあおり、絡みつく髪ぞ
哀しく垂れつ……

左手には方眼紙のマス目入りノートから破り取ったページを、右手はまるでちょっと歯が痛むみたいにぴったりと頬に当てながら朗読していた。

この青年はなにか薄幸なジプシーのバイオリン弾きにも似ていた。髪は黒く、どこか情熱を秘めていた。

蒼白い顔の周りに漆黒の髪がへばりついていた。唇は赤く、血が滲《にじ》んだみたいだ。毛むくじゃらの人差し指には真鍮の指輪が光っている。

細身のネクタイに、大きく胸の開いた紫のベストを身に着けていた。服は擦り切れてはいるがアイロンが当たり、靴は新品だ。ランの香水の香りが部屋に充満していた。

エシュティは目を閉じて、詩の続きに耳を傾けた。

昨夜二人は一緒に街をぶらつき、フェレンツヴァーロシュ（ペシュトの労働者が多く住む下町地区。現在のブダペシュト九区）の賃貸住宅街や鉄道倉庫の上にかかった月を眺めたのだった。今、エシュティが瞼《まぶた》を閉じると、ちょうどゆうべ夜空に浮かんでいたのと同じ月が、真っ暗な眼球に浮かんでくるのだった。その月は、一九〇〇年代の流行に倣って、いくぶん化粧をして艶っぽくめかしこんでいるのだが、現実の月よりもずっと綺麗だった。

「素晴らしい」エシュティは詩の朗読が終わるとそう言って、長椅子から飛び起きた。「素晴らしいよ」

「本当に？」

「本当だよ」

「〝狂ったブランコ〟よりもいいと思うかい？」

「比べものにならないよ」

「誓って言う？」

「誓って言うよ」

シャールカーニはまだ自作の詩の余韻に脈打つように震えていた。なにかとても重大なことが起こったと感じていたのだ。

エシュティも同じように感じていた。散らかった賃貸部屋を見回し、床に落ちた靴下を探しながら訊ねた。

「いつ書いたんだい?」

「夜中、家に帰ってからさ」

二人は少しのあいだ黙っていた。

シャールカーニは彼の方を向いた。

「君は何も書かなかったのかい?」

「ああ」とエシュティは元気なく言った。「昨日はね。どこに出すんだい?」

「〝独立ハンガリー〟紙だ」

シャールカーニはそう言うと、エシュティの机に腰かけ、インクで清書を始めた。

エシュティはそのあいだゆっくり着替えをした。ズボンを履きながら朝刊の文芸記事と詩に目を通した。顔を申し訳程度に水で濡らした。この頃のエシュティにとって、洗顔とはこんな感じだったのだ。個性に何よりこだわっていたため、日中幾重にも顔に塗り重ねられたものを洗い落とすのは気恥ずかしいのだ。行き過ぎた衛生観念に支配されるのは、才能のない奴らのすることだと考えていた。

櫛《くし》やヘアブラシも使わなかった。クッションの羽毛がついた髪を指でぞんざいに掻き混ぜ、夜とはまたひと味違う乱れ方にした。自分にいちばん似合うと思いこんでいる髪型ができ上るまで、そうして鏡の前でいつまでも髪をいじるのだ。それが終わるとネクタイを念入りに結んだ。

シャールカーニは清書を仕上げ、鼻歌で流行歌を歌っていた。

「しっ」とエシュティは言って、ドアの方を顎《あご》で指した。ドアは箪笥で塞がれていた。背後には家主たちが住んでいた。二人の老婦人で、彼女たちは下宿人の敵であり、文学の敵だった。二人そろって暗い気分になった。この箪笥を見るたびに、現実に引き戻されて、いつも孤立無援のような気持ちになるのだ。

「何をしようか?」と二人はひそひそ声で話し合った。

一日が、無限に自由で無限の可能性を秘めた今日という一日が、目の前に広がっていた。

とりあえず階下に降りて、近くの食堂に入った。ホテルの中のレストランだ。

まだほかに客はいなかった。

レストランは明るかった。アーク灯の紫色の光が洗いたての白いテーブルクロスに反射して、まだ誰も生け贄を捧げていない真新しい祭壇のようだ。仕事前のウェイターたちが舞踏会に姿を現した洒落男さながら、まばゆい白シャツの胸元を見せながら早足に歩き回っている。エレベーターが動く音がホテルの壁ごしに響いていた。開いたドアの隙間から、ロビーの革製の肘掛け椅子やヤシの木が見えた。客室係の娘が無防備に欠伸《あくび》をする姿は、今この瞬間にも恋物語が始まるのではと思わせた。二人は午前の静けさにうっとりと酔うようだった。今ここには自分たち以外誰もいない、すべてが自分たちのものだと想像してみた。そして想像さえすれば、それは本当に自分たちのものになるのだった。

二人とも腹は空いていなかったが、とにかく昼食を摂《と》るという仕事を片付けたかったので、食べることにした。シャールカーニは新作の詩を午後三時、遅くとも六時と七時のあいだには間違いなく出版社が買い取るはずだから、それまで二コロナ貸してくれと言った。二人はかたくちイワシのオイル漬けを注文し、パンにオイルを浸《し》み込ませながら食べた。それから鹿の腿肉のブルーベリー添えとバニラクリームを食べ、ワインのソーダ割を飲み、緑の水玉模様のメディア（タバコの銘柄）を一本ずつ吸った。

環状通りに出てきたころには、正午の鐘が鳴っていた。若さに溢れたブダペシュトの町がまぶしかった。九月初旬の太陽が家々のファサードを黄金に飾っていた。二人の頭上には日光が照りつけていた。空は青く、まるで塗りたての天井のように青く、手を伸ばせばくっついてしまうか、ペンキの匂いが移るのではないかと思うほどだった。こんな風に身の回りのすべてが新しかった。ちょうど学校が始まる季節だ。小学生たちが鞄《かばん》を背負い、文房具屋で貰ったシールを握りしめて駆けていた。

エシュティとシャールカーニは突然立ち止った。若い男がこちらに向かって、背中を向けたまま後ろ歩きに、まるでカニのように、しかしかなりの熟練を窺わせる相当速いテンポで近づいてきたのだ。頭のてっぺんにはバザールで売っているような麦わら帽が揺れていた。白いズボンにグレーの厚いフェルトのコート、それに薄ピンク色のゴムの袖カバーをつけていた。手に持った鉄製のステッキをぶらぶらさせていた。

次の瞬間には二人もくるりと後ろ向きになると、その男の方へ向かって後ろ向きのまま早足に近づいて行った。

やがて三人は顔を合わせると、全員で大笑いした。

「よお、相棒!」と二人は大声で男に声をかけ、三人で抱き合った。

やっと三人が揃ったのだ。カニツキとシャールカーニ、そしてエシュティ。もう誰も欠けていない。輪は完成し、世界は完璧だった。クラブの集会の始まりだ。その名もバルカン・クラブ、このような類いのことを自由かつ大胆無敵にやってのけることを最重要課題の一つと位置づけたクラブである。

通行人たちは迷惑そうに、いくらか軽蔑のまなざしで、しかしどこか興味ありげにこの陽気で軽薄な三人の若造を眺めていた。こういう到底理解できない奴らとは関わらないのが何よりだという風に。

カニツキはアスファルトの路上に唾を吐いた。唾は黒かった。まるでインクのように真っ黒だった。リコリス飴（リコリスという甘草の一種をカーボンで着色した真っ黒な飴）を噛んでいたのだ。

左ポケットにはリコリス飴が、右ポケットには紙袋に包んだセイヨウカリンの実が入っていた。

三人はいつもの溜り場、カフェ・ニューヨークを目指して歩いた。

シャールカーニは歩きながら新作の詩をカニツキに読んで聞かせた。とある家具店のショーウィンドウに寝室が展示されていた。ハコヤナギの材木でできた大きなベッドが二台、シルクの毛布や枕で飾られ、サイドテーブルが添えられていた。彼らはそのベッドに靴を履いたまま寝そべるさまを想像した。傍らにはこれもまた想像の新妻が添い寝していたが、それは髪の毛や墨で描いた眉毛をつけた大きな磁器の人形だった。このような想像はあんまり現実離れして気恥ずかしいので、詩のテーマにとっておくことにした。次はペットショップに入って行った。猿がもう少し安くならないかと掛け合い、ライオンはいくらするかと尋ねた。店の主人はろくでもない客だとみて、三人を店から追い出した。

「次は挨拶をするぞ」とカニツキは言い出した。

とたんに三人はすれ違う人に次々と挨拶を始めた。三人が帽子を同時に取るさまは見事に揃っていた。こんな丁寧に挨拶をされるなんてと喜ぶ人もいれば、驚いたあと、なんだ悪ふざけかと気がついてじろじろと睨みつけて通り過ぎる人もいた。しかし収穫はじゅうぶんにあった。十五人のうち十一人が挨拶を返してくれたのだ。

これにも飽きてしまった。

エシュティはラーコーツィ通りの角で風船を二つ買った。ひもをボタン穴に括りつけると、一人を追いかけた。

カフェからほど近いところで人だかりができていた。二人の男が喧嘩している、一人がもう一人を押して今にも殴り合いになりそうだという。

激しい言い合いが聞こえた。

「いいかげんにしろ！」

「とんでもないろくでなし！」

「そっちこそとんでもないし、ろくでなしだ！」

カニツキとシャールカーニが顔色を変えて、互いに睨み合っていた。カニツキが拳を振り上げた。物静かな紳士が止めに入った。

「二人とも、もうおやめなさい、さあ」

カニツキは男をちらっと見ると、いつものようにシャールカーニに向かって尋ねた。

「おい、こいつ誰だ？」

「さあね」

「じゃ、行くか」

と言うと、何もなかったかのようにシャールカーニの腕をとり、みながあっけにとられているのをよそこに、二人は腕を組みその場を立ち去った。エシュティも後を追った。

「ひっかかったかい?」エシュティは訊ねた。

「見事にね」と二人は大笑いした。

そして風船を一つ空に放った。

こうしてカフェにやって来た。

カフェは昼休みだったので、静かで閑散としていた。掃除婦たちが箒やバケツを手に行ったり来たりし、大理石のテーブルを拭いていた。遅い朝食を摂った人たちが支払いをしていた。ひょろりとした芸人が婦人用サロンを急ぎ足で横切っていった。

午後用のコーヒーを焙煎しているところで、豊かな香りが三人の鼻をくすぐった。上階の金箔で飾ったバロック様式のねじれた柱は仏教寺院のようで、何かを待っているかのようだった。

彼らはいつものテーブルに陣取った。まずは金銭問題を整理しておくことにした。カニツキは十六フィレール、シャールカーニは三十フィレール、エシュティの手元には一コロナ四フィレールあった。今日という一日を乗り切るのに十分とは言えなかった。

詩を完成させたので今日一番の稼ぎが見込めるシャールカーニは、午前の出納係を呼んでプリンツェサース（タバコの銘柄）を二十本とブラックコーヒーを注文し、それから今日の午後三時、遅くとも晩六時から七時のあいだに「フレトレン紙」に買い取ってもらうつもりの原稿をちらつかせて、十コロナの前借りを要求した。出納係はその金額をテーブルに置いた。エシュティはダブルのブラックコーヒーを注文した。カニツキは重炭酸ソーダと水と短冊形のメモ帳を頼んだ。

カニツキは重炭酸ソーダを飲んでしまうと、ふざけて目の前に置いてあった水の入った三つのコップに順に口をつけてしまったのだが、そのうちの一つにはエシュティが煙草の灰を落としてあった。そして金稼ぎのためとある娯楽記事を書き始めたとたん、今度は突然立ち上がって頭を抱え込み、急用の電話をかけなくてはと言った。心配事で落ち着かない様子で、照った額に筋を書きこんでいた。相棒たちに下階の電話ボックスまでついてきてくれと懇願した。一人になるのが嫌なのだ。

三人は押し合いふざけ合い、知人と鉢合わせをしたりしながらやっと下階にたどり着いた時には、そもそも何の用があったのか忘れてしまっていた。ずらりとならんだ電話には、四十歳か五十歳くらいの中年の男どもが蛭のようにぶら下がり、長々とドイツ語で話していた。どのみちそう先が長くない連中だ。カニツキは半時間待ってようやく繋いでもらった。勝ち誇った顔で電話ボックスから出てくると、彼女は来るぞ、午後三時にね、と言った。シャールカーニから五コロナを借りると、エシュティにもつい今しがた借りたばかりの二コロナのうち一コロナを返した。

金銭問題がなんとか無事解決すると、三人はほっとしてまたテーブルに戻った。カニツキは記事の続きを二、三行書きつけると、また手を止めた。配達係を呼びつけ、電話の相手に宛てた手紙を託した。それから全員で煙草を吸い、ため息をついた。笑ったり悲しんだりを忙しく繰り返した。街路を行く女たちに窓ガラス越しに手を振ってみた。ウェイターが果物を運んでくると、その果物にいちいち名前をつけてみた。林檎はカーロイ、葡萄はイロナ、プルーンはなんと言ってもエデンで、梨はややわらかくて艶っぽいからヨラーンだといったぐあいに。何か落ち着かずそわそわしていた。文字や色や音を使った遊びをやってみた。それらをいっしょくたに混ぜたりいじり回すのだ。もしこれがこうでなかったらなど、突拍子のない質問を出しあった。そう、結局何をやってみても満足がいかないのだ。

三時になると、シャールカーニは小切手を受け取りに飛び出していった。カフェは賑わい、上階はいっそう騒がしさを増した。この雑多な喧噪の中にいると、生命の鼓動が感じられた。自分たちは何かに向かっている、前へ進んでいるのだと実感した。テーブルも個室もすべて満員だった。煙草の煙が入道雲のように立ち込めていた。この蒸気と生温い水たまりの中にどっぷりと浸かりながら、何も考えずにただぶくぶくとあぶくをたてている連中は、徐々にだらしなくふやけて、やがていっしょくたに煮あった給食のキャベツスープのようになるのだった。あちらこちらのテーブルやビロード張りのソファ、それに椅子のいたるところに、いつもの馴染みの顔が見えた。いよいよみな勢ぞろいし始めたのだ。

若手作家のボガール、それにパタキとウレギが来ていた。画家のアラーチは短剣を腰に差して、フィレンツェ風の騎士の恰好でピアノを弾いているさまを写真に撮ってもらっていた。著名な収集家でワイルドやロダンとも親交のあるベレズナイもいたし、骨の持手のステッキを構えたおしゃべりなシルヴァーシュは、最新の流行語をわざと言語改革辞典や考古学者やアカデミー学術会員が使うような古びたことばとごちゃ混ぜにして、変てこなことばを作ってみせていた。神経科医のエリアーン、工芸作家のゴーヤ、ハンガリー民話の起源を研究する学者のショーティ、ベルリン仕込みの現代写真家のボルドグ、それから悲劇俳優の研究生をしているコプノヴィチがいた。金髪をした大地主の息子ダイカは新カント主義者を自称し、認識論について語っていた。いつも黙り込んだままのコヴァーチは切手集めをして薄笑いを浮かべていた。パリ帰りのモコシャイはヴェルレーヌやボードレールをフランス語で読みフランス語で引用したがるのだが、情熱的なのはよいが発音は間違いだらけだった。〝信頼のおける化学者〟

のベレーニェシュは何かことあって失職し、今はあちこちの新聞の編集部で記事に必要となるデータを集めていた。演出家のコトラも来ていた。彼は舞台にも純粋な文学、それも究極の純文学を求めていて、横に坐っている友人ゲーザ・ゲーザの「死を待つ」という題の作品をちょうど手がけていたが、そこでは人間ではなく物体だけが登場し、鍵が鍵穴と深遠な形而上学的議論を延々と繰り広げるという内容だった。画商のレックスは世論に真っ向対峙してリップル・ローナイ（リップル・ローナイ・ヨージェフ、一八六一〜一九二七。ハンガリーのモダン絵画を代表する一人）を賞讃し、ベンツール（ベンツール・ジュラ、一八四四〜一九二〇。歴史を題材にしたロマン派絵画が有名）を扱き下ろしていた。イクリンスキは天文学者で、クリスティアンは司会者で、マガシュは作曲家だった。国際的社会民主主義者のピルニクもいた。倫理学者で博識家のスカルタベッリは深く太い声でヴントや実験心理学について論じるかたわら、ブダの小道のあれこれについて、自分は人情なんか縁がないと言い張りつつ、人情たっぷりに語っていた。エクスネルについては、血液の病気らしいとしか誰も知らなかった。ボルタに言わせれば、ペテーフィ（ペテーフィ・シャーンドル、一八二三〜四九。ハンガリーのロマン派を代表する国民的詩人。ハプスブルクからの独立戦争で命を落とした）は詩人ではなく、本当の詩人はコミヤーティ・イエネー（ハンガリーの詩人、一八五八〜九五）だったし、シュピッツェルが言うには、世界一の天才はマックス・ノルダウ（一八四九〜一九二三、ハンガリー出身の医者・作家・評論家で世界的シオニズム機構の指導者）だった。お人よしの薬局助手のヴェッシェレーニもいた。シェベシュは日刊紙に短篇をすでに二篇発表し、もう一篇も出る予定だった。抒情詩人のモルドヴァイも来ていた。チャコーも詩人だし、エルデーディ・エルラウエルもまたしかりだった。翻訳家のヴァーンドリ・V・ヴァレールはあらゆる言語から翻訳するのだが、そのどれ一つとして、さらに言えば母語さえもろくにできなかった。金持ち出身のシュペヒトはおっとりとおとなしい若者で、何も書かず、二年のあいだ隔離病棟で治療を受けたのだが、ポケットにはいつも「精神異常は認められず」と三人の精神科医が書いて公印を押した紙を持ち歩いていた。こんなぐあいに全員が揃っていた。

みなが一斉に喋《しゃべ》っていた。人間に自由意志は存在するか、ペシュト菌はどんなかたちか、イギリスの労働賃金はいくらか、シリウス星の距離は、ニーチェのいう〝永遠回帰〟とは、同性愛は認められるべきか、アナトール・フランスはユダヤ人か、など。ありとあらゆることに口を突っ込んでやろうと、みなが熱くなっていた。彼らは二十歳そこそこの若者ばかりだったが、残された時間はあまりないような気がしていたのだ。

エシュティはこの連中のことを、なんとなくしか知らなかった。誰が誰だかよくわからないこともあったが、そんなことは構わなかった。みな自分が何者かなんてまだよくわからないのだ。今がまさに人格の形成される時だったのだから。写真家と詩人を取り違えることもあったし、エシュティが写真家と間違えられることもあった。お互いに気にしなかった。自分たちの人生や思い出や恋愛遍歴や将来の計画を語り、気に入ればとりあえず自己紹介し合い、場合によってはお互いに名前を覚えるのだった。

エシュティはそんな彼らとテーブルを囲み、ことばが響き合うのをうっとりと聴き惚れていた。この喧噪の中、声の一つひとつが彼の心の中の鍵盤を弾《はじ》き、みなが、あらゆるものが仲間だと感じた。彼はまだ人生とは何なのか、なぜこの世に生まれたのか、まったくもって理解できなかった。目的不明で最後は消えていなくなるこの冒険旅行に挑む者は、あらゆる責任から免除され、何でもやりたいようにやってよいのだと考えていた。たとえば車道にずっと寝そべるとか、何もないのに急に大声で泣き喚《わめ》いても誰からも咎められない、など。しかし人生そのものを意味のないものだと思っていたからこそ、逆に人生の細かな部分の一つひとつや人間の一人ひとりについて、それに高尚な思想から下世話な考えまでありとあらゆる理論を例外なくすべて理解したし、すぐさま吸収したのだった。もし誰かがイスラム教に改宗するべきだとものの五分で言いくるめれば、彼はすんなりと改宗したに違いないし、後でやっぱり元に戻ろうとしてもその隙も与えられないのだ。

このように大いなるばか騒ぎの中のいくつもの些細なばか騒ぎに揉まれて生きることは、彼に言わせれば思うほどばかなことではなく、むしろよっぽど正しいし、ごく自然な生き方なのだった。それだけでなく、こういった混迷極まる胸苦しい状況は、必要なことでさえあった。彼はものを書きたかった。いつかこのような日々に吐き気がするくらい失望しうんざりした時には、すべてがはがれ落ちて、どうでもいいものや気まぐれなものだけでなく、本当に大事なものが見える瞬間がやってくるのだと期待していた。しかし、その瞬間はまだやってこなかった。まだ何かを書けるほどには酔いが回っていないのだ。ニコチンにかぶりつき、ダブルのブラックコーヒーを追加注文しては心拍数を上げて、どこまでも知りたがりで貪欲で旺盛な遊び心をさらに刺激させた。そうしつつわが内面の鼓動に耳を澄まし、脈拍はいま百三十だなという具合に、まるで金貸しが金を数えるようにわくわくして数えるのだった。

こんな彼らを女たちが取り巻いていた。二週間に一度家庭を抜け出しては作家の輪の中で自由な時間を楽しんでいる〝チョングラードのマダム〟に文学少女や小悪魔たち、それから病気のせいか顔色の悪い女流芸術家に、黄ばんだ顔をした肉づきのよいクリュタイムネストラ（ギリシャ神話の女性、夫アガメムノンを殺害する）みたいにおそろしく大柄な女など。彼女たちが白や青や黒のドレスを広げて熱気に蒸したこの水溜りに坐るさまは、まるでヘーヴィーズの温泉湖に浮かぶ蓮の花のようだった。どれもが魅惑的だった。女たちに挟まれて、エシュティは視線を迷わせた。いつどの瞬間に人生を変え運命を左右するかもしれない、そんな偶然のいたずらや突拍子もない気まぐれを楽しんでいた。〝チョングラード・マダム〟の手を、その柔らかい指先のピンクに塗られて研ぎ澄まされた爪をじっと見詰めては、もしかしたらこれが運命の女かもしれないと考えるのだが、まるでバラの棘のようなその爪でそっとなでられると、ぞっとして慌ててそのような考えを引っ込めた。〝チョングラード・マダム〟は彼に何を考えていらっしゃるの？　と訊ねたが、エシュティはわざと冷たく微笑んで適当なことを言い、女の想像に任せるのだった。

カニツキは友の胸もとに頭をもたせかけていた。彼は女なら誰でもいいのではなく、たった一人の、何かのすれ違いが原因で連絡が途絶えた女を待っていた。もう三時間は経っていた。お昼には配達係に大事な伝言を持たせたのだが、それも戻ってこなかったので、その配達係を探してこいと別の配達係に命じた。それから向かいのカフェと「泥棒亭」という名のレストランを覗きに行った。戻ってくる時に電話ボックスで小一時間もあちこちに電話をかけたが成果はなかった。もうおしまいだとエシュティに合図を送った。そして、ハムの盛り合わせを注文するとぺろっと平らげ、また重炭酸ソーダを飲んだ。

三時ごろからどこかをほっついていたシャールカーニが、七時近くになって戻ってきた。顔には満面の喜びが溢れていた。人生の新しい時代の幕開けだ、と話し出した。これまで友人らに「君らの方が僕よりよく知っているだろう」と何度となく話していた保育士か何かの女性に会ってきた、仲直りして、やっと、ついにすべてが完全にうまくいくのだと言った。エシュティとカニツキは毎日シャールカーニから、運命の女性に出会ったとか人生の新しい時代が始まるなどと聞かされていた。彼らはそんなことより小切手の方を気にしていた。シャールカーニは顔を曇らせ、まず金は使い果たしたと言った。それから小切手については、予定通り三時に出版社に行ったが、ちょうど相手は虫の居所が悪く、肩越しに振り向いただけで、六時と七時のあいだに出直してこいと怒鳴られた。それで六時と七時のあいだに出直して、おずおずとためらいがちに詩を手渡し、支払いはどうなりますかねと訊ねると、相手はヘロデ大王まがいのもじゃもじゃ髪にすぐカッとなるやくざな男で、この上なく無礼な態度で原稿を受け取るなり唾《つば》を吐きかけるわ足で踏みつけるわ、シャールカーニはというと文字通り蹴とばされ追い出されたという。いったいこの一連のできごとがどんな有様だったのか、彼の一方的な報告からはいかにも想像しがたかったが、とりあえずみんなで出版社の横柄さに腹を立てておいた。

というわけで、三人は一銭も持ち合わせのないまま、何杯ものブラックコーヒーに何本もの煙草と配達人の手数料、さらにはハムの盛り合わせ一人前の支払いをどうしたものかと途方にくれた。目の前にはからっぽで真っ暗闇の夜が広がっていた。何とかしなければ。誰も気にもとめてくれなかった。スカルタベッリはバガヴァッド・ギーター（マハーバーラタの中のヒンドゥー教の聖典）と涅槃について語っていたが、みなたいして関心を示していなかった。ヴァーンドリ・V・ヴァレールは何かのフランス小説を訳していた。周りの連中に derechef（古フランス語で「再び」の意）はハンガリー語にしたら何だろうかと訊いたが、モコシャイがその発音にケチをつけて本を横から取り上げると、これは何かの花の種類でハンガリーには生息しないものだろうと言った。周りからは何か悪態のことばじゃないかという意見も出た。けれど、ほとんどの人はそんなの放っておけと言ったので、ヴァーンドリ・V・ヴァレールはそこを段落ごと放っておくことにして次に進んだ。その時ハンニバールが入ってきた。夜になると姿を現わす物売りで、黒ずんだ顔に口元には気味の悪い薄ら笑いを浮かべながら、子豚の絵のついた葉書を売り歩いていたが、まるでその絵をじかに目にするのは体に毒だと言わんばかりに、絵葉書に続いてすかさずカバーも売りつけるのだった。

エシュティは立ち上がると夜勤の会計担当の給仕をつかまえ、十コロナをツケで借りた。給仕は金貨一枚をくれたが、これを借りを作った友人たちと分け合わねばならなかった。ややこしい計算の末、どうにかうまくいきそうだった。少なくとも今日シャールカーニに貸したままの一コロナはすぐ取り戻せる。しかし、エシュティは思い直すと、カフェを出て通りをひた走りに走った。作家クラブに行ってこれをなんとか六十コロナに増やし、それを三人で仲良く二十コロナずつ山分けしようと考えたのだ。バカラのテーブルでは〝棺桶〟（トランプを入れる細長い箱）の前に賭博のプロで著名なジャーナリストのホモナが陣取っていた。銀行をゆするのが彼の生業だった。エシュティは悪い予感がしたが、それでもたった一枚の大事な金貨をグリーンのコーナーに思い切って投げ入れた。金貨はほどなくしてまるで何事もなかったように巻き上げられてしまった。

　事態はすぐに飲み込めたはずだが、エシュティは十分ほどもその場を動かずにいた。まるで大革命が起こって、ぜったい覆ることのない判決が覆り、ディーラーが金貨を戻してくれるのではと期待するみたいに。

　カフェでは皆が救世主を待つようにエシュティの帰りを待ちわびていた。カニツキは戻って来た二人の配達係につかまり、金を払えと迫られていた。誤解だとひとしきり屁理屈をこねていたが、アスピリンを一錠飲むと、配達係たちの監視のもとメモ帳を開き、ものの五分で何やら書きなぐると、それをやはり配達係たちの監視のもとで売りさばいた。結局稼ぎの余りを家に持ち帰ったほどで、いくらかは友人たちにもくれてやった。

　エシュティとカニツキは、保育士の女からの手紙を待っているシャールカーニを探しに、マーリア通りに向かった。そこから今度は、カニツキの家に行ってお茶を飲んだ。たった一つの大部屋に家族全員が揃っていた。カニツキのおばの一人は絵を描き、もう一人はピアノを弾いていた。三人目のおばは、なぜだか客たちがいるあいだじゅう壁とにらめっこして立っていた。父親は愛嬌のある感じのよい老人で、部屋の真ん中に坐って書きものをしていた。老いた人間特有のゆっくりした手つきで、何度もペンをインク壺に浸しては滴《したた》る余分なインクを丁寧に落とし、周囲の喧噪に構う様子もなかった。閉門の時間が過ぎ、彼らは通りに出てきた。カニツキは『人間の悲劇』（十九世紀後半のハンガリーの作家マダーチ・イムレの長篇戯曲。ハンガリー版『ファウスト』ともいわれる）の一節を大声で暗誦してみせた。真っ暗な広場を通った時、御者風の農夫が手に鞭を持って真直《まっす》ぐ近づいてきて、カニツキの肩に手を載せて言った。

「よお、五十フィレールは返すからよ、手綱をよこせ」

「いやだね」とカニツキは答えた。「手綱は入用なんだ」

エシュティは五十フィレールやら手綱やら、何のことかわからなかった。二人は示し合わせたのか、それとも単に行きずりなのか、とにかく怖くなった。夜の闇が身にまとわりつくような気がした。もう家に帰って、長椅子にひとり横になりたいと思った。自分にも仲間にもうんざりしていたのに別れられなかった。子どもの頃禁じられたことをしたときのように、後ろめたくなった。ガス灯に照らされた人々が一日の労働に疲労した目でじっと彼の顔を見詰めているような、大きな靴音を立てて彼の後ろからついて来るような気がした。ようやく「泥棒亭」に着くとほっとした。

機械仕掛けのピアノがタンホイザー序曲を演奏していた。従兄弟《いとこ》で研修医のガーチ・ヨージェフが両手を彼の鼻先にかざして臭いを嗅がせようとした。この日が初めての解剖実習だったのだ。トルストイを崇拝するファイタイは革の長靴を履いて、夕食にミルク粥を食べていた。若く顎ひげを生やしたビッサームは、林檎のように赤い顔と磁器のように白い歯をしていた。彼は神智学を学んでいたが、じっとこちらの方を見て、偉大なる自然を愛せよ、万物と調和し生きよと温かいまなざしで呼びかけていた。

そこで彼らはまだ時間はあると思い直し、ふたたびカフェを覗くことにした。

カフェでは既に高尚な教養の大饗宴が崩壊し始めていた。上階のテラスには第二軍の指揮官たちが陣取っていた。十八から十九歳の若者たちだった。プッテルとまだ少年のようなハイナルそれにヴォリグはラム酒入りブラックコーヒーを飲み、エジプト産の煙草を吸いながら、古い時代とアカデミーや老輩たちのすっかり朽ち果てた伝統に抗い挑むため、可能な限り高水準の雑誌を創刊しようと相談していた。その傍らではアブメンティスが旋律につける歌詞に頭を捻《ひね》っていて、「おお優しき小鳥らよ」と出だしの部分を口ずさんでいたが、字足らずなのがどうもひっかかり、「おおやかましき小鳥らよ」と変えてみたものの、これもまた使いものにならないようだった。そこで朗々と歌いながら、字数も小鳥にもぴったりとくる他の表現を探していた。旧世代を代表しているのはエルデーディ・エルラウエルだった。午後じゅう根が生えたように一番手前のソファに腰を下ろしたまま原稿用紙と睨《にら》めっこしていたが、「わが人生は言うなれば……」と書いたところで筆が止まり、続きが書けないでいた。わが人生が言うなれば何なのかわからなかったし、何に例えればよいのかわからなかったのだ。しかし驚くことではない。彼の人生は何にも例えられないし、彼の人生は彼の人生でしかなかったのだから。

エシュティたちは、苦悩と哀しみを道づれに原稿用紙と格闘する連中をそっとしておくことにして、ドナウ河岸や東駅周辺をぶらつくことにした。巡回中の警官よろしく、街のあちこちで夜中にほっつき歩く作家のたまごたちを拾っては合流させた。エクスネル、シルヴァーシュ、新カント主義者のダイカ、モルドヴァイ、チャコー、それにまだ何人かやはり芸術や学問がらみの者たち、たとえば音楽教師のオルバーン、チセールそれから工芸家か何かのヴァレンティニなどがいた。こうして夜中の三時になろうというころ、この怪しげな集団はフェレンツヴァーロシュの住宅街にたどり着いた。

街角に夜の商売の女が立っていた。エクスネルが声をかけ、それからみんなで取り囲んだ。彼らは人生を探求する機会とみれば、どんなことも逃したくなかったし、人生経験を自慢するチャンスもまた逃すまいと思っていた。この類いの女たちは、たいがい自分たちよりはるかに年上の、それこそ母親の友人でもおかしくない年齢で、家でならきちんと挨拶して深くお辞儀し、手にキスをするところだろう。しかし彼らはあえて気安く呼びかけ、ふざけてみせた。わざと鼻持ちならない不埒なふるまいをして、調子に乗るのだった。

何やら交渉が始まった。彼らと女のあいだの会話が、時々沸き起こる大きな笑い声で途切れた。輪の真ん中でエクスネルが籐で編んだステッキをちゃらちゃらと振り回し、女は低い声でとぎれとぎれに返事をしていた。

エシュティは一人やや離れたところに立っていた。一緒になってふざける気になれなかった。品がないし、なんだか破廉恥な気がしたのだ。この界隈の道については他のどの地区より詳しかったし、昼も夜もよく起きぬけにとんで来るくらい馴染みの場所だった。早朝のこのあたりは人気がなく、土曜の夜八時から十一時のあいだにはいつも大喧嘩があったし、一時と二時のあいだのうだるような灼熱の午後に派手な服装の女たちが汗を滲《にじ》ませているさまは、安いキャンディーが溶けかかっているみたいだった。

それぞれの家や窓の一つひとつに明かりが灯ったり消えたりするのをいつも見ていた。男達は何か探すふりをしながら当てもなくぶらつき、目を伏せがちにそそくさと建物の陰に消えていった。気のない風にぼうっとしているようでいて実は商品を吟味している男たち、ぽつんと一人キセルで葉巻をふかしている太った老人たちは、向かいの歩道を歩いている街娼をぼんやりと眺めたと思うと、突然何かに引っ張られたみたいに濃褐色のとある門に向かって歩いていくのだった。この界隈のことばにも詳しかった。何度も聞いてもう耳にこびりついていたし、その世界の細部まで知り尽くしていた。特に女たちのことは、一人ひとり知り合いか、そうでなくても顔見知りだった。愛嬌のあるのもぶすっとして下品なのも、貴族的なのも百姓風のも、ひょろっとしたのもチビなのも、あごに生傷や虫けらみたいに咬まれた跡のある女も、犬をつないで散歩する女も、眼鏡をかけたのも、鼻の欠けた顔を隠すために黒ベールを二重にまとい、時折朝方に出没する女もみな知っていた。今、友人らがからかっているこの女のことも見知っていた。よくこの辺を歩いているのを見かけて、気にとめてはいたのだ。

女はエクスネルの手からステッキを取り上げると、それを振り回しながら横町に入って行った。若者たちは固まりになって後をついて行った。エシュティはいったいこれからどうするつもりなのかと思いながらついて行った。建物の入り口で呼び鈴を鳴らし、十一人全員が入っていった。

地階にある天井の低い部屋は、まるで火事場に消防車が到着したみたいな大騒ぎになった。事態の奇妙な展開に、若者たちは喚《わめ》いたり奇声を上げたりしていた。あまり騒がしくすると警察に目をつけられないかと、女は不安そうだった。黙らせようとしたが無理だった。ベッドは五人もいっぺんに腰かけたので、その重みで軋《きし》み始め、今にも崩れそうだった。大地主の御曹司ダイカは両腕を広げ、遠回しの慇懃な物言いで、女に足を洗って健全な生活に戻るよう説教し、わが子に名づけるみたいに勝手に「すみれ」と呼んだ。エクスネルは部屋にある乾板写真を眺め、シャールカーニは部屋を物色していた。チャコーは小さな鉄竈《かまど》にかけてあった赤塗りの鍋の蓋を持ち上げた。ゆうべの残り物の冷たくなった牛肉の煮物とつけ合わせが大事にとってあった。

女はいいかげん静かにしなと言って、部屋の中のものに手を出させないよう視線を右へ左へと動かしながら、男たちを睨みつけた。

カニツキがシャールカーニに何か耳打ちし、シャールカーニがまた隣に囁いた。ぐるっと一周して十一人目の耳にまで届くと、揃って爆笑した。全員で女をじろじろと見た。

確かに、ランプの明りのもとで見ると、外の暗い通りで思ったよりずっと年増の女だった。顎には黒い付黒子《つけぼくろ》があり、赤味がかった金髪の大きな鬘《かつら》をつけていた。カニツキが、きっと鬘を脱いだらビリアードの球みたいにつるつる頭で歯も一本もないに違いないと言うと、どっと笑いが起きた。

やがて白けたムードになり、みなが黙り込んだ。こんなところに来てしまったことを後悔し、どうやってここを抜け出そうかと思案し始めたのだ。女は警戒してぐるりと見回した。その目には不安の色が現われたが、何も言わなかった。

カニツキはそうっとドアまで移動すると、挨拶もせず抜け出していった。これにシャールカーニが続き、次にシルヴァーシュ、エクスネル、モルドヴァイが続いた。それからチャコーが、続いてダイカとヴァレンティン、それにチセールとオルバーンが次々とすべり出て行った。

不良集団はちりぢりに退散してしまった。

「あんたも行くの?」女は最後に部屋を出ようとしたエシュティに気がついて言った。

「ええ」と言って、エシュティはドアの取っ手に手をかけた。「おやすみなさい」

「おやすみなさい」

エシュティがドアを開けようとすると、ふざけた仲間たちが目の前でドアを勢いよく閉めてしまった。

エシュティは外の様子に耳を澄ませた。

連中は階段のところで管理人を待ちながら騒いでいた。けたたましい声が響いていた。シャールカーニの声が、続いてカニツキの声が部屋に向かって何かとんでもないことを叫んだ。

「何言ってんだい、あいつら?」女が言った。

「別に」とエシュティは答えてドアを閉めた。女の耳に入れたくなかったのだ。

女は彼の方を見て言った。

「考え直したわけ? 帰らないの?」

「ああ」とエシュティは言った。そして、「ちょっとだけ坐ろうかな」と言いながら立っていた。

その時、ドンと大きな音がして建物の門が閉まった。管理人が皆を外に出したのだ。とたんに静かになった。

「ばかな奴ら」急に静まり返った中で、女が言った。

何度も肩を竦《すく》める様子が何とも痴愚に感じられた。

その仕種《しぐさ》を見て、エシュティは同情心を怺《こら》えられなかった。彼の脆《もろ》い心はスポンジのように涙をためて、今にも零《こぼ》れ落ちそうだったのだ。

少し経つと、また窓の下で騒ぎ声がした。連中だった。エクスネルが下ろした雨戸をステッキでポロポロとピアノを弾くみたいに叩き、聞き覚えのある声が口々にエシュティにおやすみ、うまくやれよ、まあ楽しむんだなと言うのが響いた。

エシュティはまるで自分が檻に閉じ込められたような気がして、窓の方を見た。なんとかしてここを這い出たかった。置いて行かれたのだ。ハメられた。ひどい仕打ちじゃないか。騒ぎ声が遠のき、辺りはまた静かになった。もう何も聞こえてこなかった。

「行っちまったよ」女は小さな声で言うと、ドアに鍵をかけた。

エシュティは何かこの場にそぐわない態度をとってみようとした。しかし、場違いな態度ほど間違いな態度はないと思うのだった。面と向かって人を傷つけることが、彼には耐えがたかった。そのせいで、彼はうまく言い逃れる方法がない時は、何時間でも退屈な人々につき合うこともあるくらいだった。

女は藤製の椅子をエシュティに向けて押し出し、自分も向かい合って長椅子に腰かけた。

たしかに連中の言う通り、この女はもう若くないし、窶《やつ》れて、微笑むとどこか白痴な風に見えた。でもちょっと見方を変えてみたらどうだろう。想像力を働かせてみると、現実が消えていった。否、そんなことないぞ、大げさに言い過ぎだ。肌は荒れているけど、ずいぶんと白い。歯並びもほとんど揃っている。猫のようにかすんだ緑の瞳に、丸みをおびた色艶《つや》のない顔と狭い額が悪くないと思った。

「名前は?」

「パウラ」女はやや鼻にかかった柔らかい声で答えた。

まじないのような響きのことばだった。枯れたバラをイメージさせる名前だ。

「前は何を?」

「髪結いをやってたよ」と女が答えた時には、エシュティはもう切なさを怺《こら》えきれず、その手を握りスカートを鷲掴みにしていた。

街路に起床のラッパが鳴り響いた。どこかの建物の中庭から軍隊の行進が滑り出てきた。威勢のよい馬に跨《また》がった大佐が先頭に立ち、サーベルを抜いてドイツ語で厳粛な口調で号令を下すと、人の肉体と鋼鉄でできた大きな塊は動き出し、ウッルーイ通りに向かって進み始めた。若く端正な顔立ちの中尉達は、オーデコロンの香りを振り撒きながら、号令に合わせて行進した。サーベルにも黄色と黒の（ハプスブルク軍の徽章）飾り紐にも、朝の眩しい光が反射していた。ハプスブルク皇帝兼ハンガリー国王なるフランツ・ヨーゼフI世が、遥かなウィーンの地に君臨していた。

エシュティはウッルーイ通りを歩いて家に帰った。建物の門はもう開いていて、門番に金を払う必要もなかった。四階の自室へ、昨日の朝十一時にシャールカーニに起こされたあの部屋へ駆け上がっていった。

書き物机の上には葉書が一枚置いてあった。故郷の両親からの便りだった。嬉しかった。

恒例の叔父の誕生日の楽しかった様子が書かれていた。毎年親戚の三家族が一堂に会する日だ。チェンデシュの一家とエシュティたち、それからガーチュ一家だった。あひる肉の混ぜご飯（聖マルティヌスの日に食する伝統料理）にロースト肉のベーコン添え、それからバニラとアーモンド風味のミニクロワッサン。親戚、知り合い、妹の友人皆揃ってよろしくとのこと。弟は担任の先生が厳しいこと、妹はダンス学校に通っていることを報告し、母親は今度いつ会えるの、今月末は葡萄の収穫だから必ず帰っていらっしゃいと書いてよこした。父親は生真面目な角ばった字で署名だけ添えていた。

エシュティは何度も繰り返し葉書を読んだ。胸がこみ上げた。故郷の葡萄畑や庭の蔦が絡まった棚、それに客間の緑のビロードを貼った肘掛け椅子を心に思い浮かべた。大切な人たち一人ひとりを懐かしく思い起こした。彼は自慢の息子であり、大好きなお兄ちゃんでもあった。ふと考えた。母さんのアメジストのブローチ、あれはまるで母さんの瞳の色みたいだな。父さんももう起きているに違いない。明け方の四時には決まって仕事にかかっているのだから。こんなことも考えた。僕の将来なんてろくでもないな、落ちぶれる一方だ。こうも考えた。僕は何だってできる。そして考えた。来年、二十一歳になったら僕は死ぬんだ。こうも考えた。僕は不死身だ。とりとめもない思いがいっせいに溢れた。

忙しくていろんなことがあった一日だったけれど、取り立てて他の日と違うわけでもなかった。混沌としていた一日が今、哀しみという澱《おり》となり、沈んでいた。エシュティは震える手で葉書を胸に当て、平穏な故郷に逃げ場を求めた。そここそが自身の根が張り下ろされ、活力の源がある場所だった。

後ろめたい思いはなかなか消えなかった。スペイン語の不規則動詞を一通り復習してみた。それから着替えてベッドにもぐりこんだ。

しかし、またむっくりと起き上がると、葉書に返事を書いた。明日の午前、家を出る時に投函しようと思ったのだ。

こう書いた。

父さん、母さん、みんな、近況報告をありがとう。遠く離れていても、いつもみんなのことを思っています。

月末に帰っておいでということばにも返事を書く必要があった。ふとシャールカーニとカニツキの顔が浮かんだ。故郷の弟妹たちと同じくらい、彼らのことも好きだった。

こう続けた。

ごめんね、すぐには帰れない。新しい文学の幕開けなんだ。僕もここでしっかり見届けなければ。

もう少し上手い書き方はないのかしばらく考えてみたが、ただこう付け足した。

僕はがんばっています。

一九二九年

第6章

大いなる遺産を手に入れるが、喉から手が出るほど金を欲しがる人間に限って、金の呪縛から逃れられないことを思い知るの巻

夜明け近くのナイトクラブにいた。黒人のバンドが休憩に入った。われわれは欠伸《あくび》を繰り返した。

エシュティ・コルネールが私の耳元で囁いた。

「五ペンゲーあるかい」

エシュティは支払いを済ませると言った。

「変だね」

「何が？」

「〝金に困る〟っていう言い方だよ。金が困らせているみたいな言い方だ。でも実は金が困らせるんじゃなくて、その逆だろう。金がないことが困らせるんだ。そういえば」と言って、エシュティは興味津々といった風にこちらを向いた。「君は暇なとき、ことばについていろいろ思索するんだろう。金があるためにかえって困るっていうニュアンスの表現はある？」

「あるね。フランス語だけど。持てる者の悩み《アンバラ・ドゥ・リシェス》」

「ハンガリー語では？」

「ないよ」

「やっぱりね」と呟いた。

家路に向かいながら、エシュティはまだ考え続けていた。

「金がないのは本当に困ったことだよ。それは間違いない。でも逆もまた同じくらい困りものだ。金があるせいで困るってやつ。金があり余っている場合だ。僕は経験あるけど」

「君が？」

「ああ。金があり余っていた時期もあったんだ。昔ね」と考え事に耽《ふけ》りながら言った。「むかーし、昔」

「あるところに？」

「ていうか、ブダペシュトだけど。相続したんだ」

「相続って、誰から？」

「母方の遠いおば。アンセルム・マリア・テレジアっていう名前のね。ハンブルクに住んでいた。ドイツの男爵夫人か何かだった」

「へえ、そんな話聞いたことなかったよ」

「そう。三十の時だったかな。ある朝、ちゃんとした筋から、おばが全財産を僕に残したって連絡が入ったんだ。予期していたといえばそうだけど、驚いたよ。というのも、おばにはもう一人甥がいて、二人で遺産を分けることになっていたんだ。これがしかし、そうこうしているうちに死んでしまってね。ブラジルかどこかで。煙草ない？」

「どうぞ」

「そんなわけで、ドイツまで出かけたんだ。正直、天国に召されたおばのことは、ほとんど覚えていなかった。子どもの頃、何度か遊びに連れていって貰ったきりだからね。りっぱな農園で、領地内の豪華な館に暮らしていた。桁外《けた》れの金持ちで、桁外れに退屈な人だったよ。庭の池には白鳥やら黒鳥やらが泳いでいた。知っているのはそのくらい。あと、たくさん土地を持っていて、ベルリンとドレスデンにビルをいくつかと、スイスの銀行には預金がたっぷりということ。十年このかた貰った手紙に返事を書いたこともなかったから、財産がどのくらいかなんてまったく知らなかったよ。整理してみてわかったのは、思っていたよりずっと多いってことだった。全部売って現金に換えたよ。相続税と弁護士費用が差し引かれた後、ドイツの銀行から二百万マルクほどを受け取ったんだ」

「二百万マルクだって？　冗談だろう」

「そう思われてもしかたない。じゃあもうちょっと普通の話をしようか。血圧が気になる？」

「いや、やっぱり続けてくれないか」

「要するに、そのお金をみんな両替してトランクに詰め込んで、ハンガリーに戻ったんだ。その後も今までと同じ生活を続けて、詩を書いていたわけさ。絶対に周囲に気づかれないように警戒したよ。だって、バレたら終わりだもの」

「なんで？」

「考えてもみろよ。この国で詩人が金持ちだって？　そんなのありえないよ。ブダペシュトでは、ちょっとでも金を持っていようものなら、もうおたんこなす扱いだ。金があるんだったら、賢いおつむも感性も想像力も必要ないだろうってわけさ。ひどいもんだ。この町は極端に知的すぎて、まさにそのせいで極端に愚かなんだ。世の中は運まかせ、富の分配に理屈も情け容赦もないのに、それを認めようとしない。バイロンは貴族で百万長者だったけど、もしこの国に生まれていたら、才能のかけらもないってことにされただろうね。金のない奴、行き倒れ寸前や病人やお尋ね者、それに死にかかったりもう死んじゃった奴らだけが、賠償金として——つまりお恵みってことだね——情熱の詩人という地位を分けて貰えるわけさ。特に死んじまった奴らはちやほやされる。馬鹿さ加減も甚だしいけど、これに歯向かうのは僕の流儀じゃない。大自然の摂理を相手にするのと同じように、従順に頭を垂れるのさ。勝手気ままな芸術家的《ボヘミアン》生活という伝統も守り続けた。薄汚い仲間の溜り場にも、あいかわらず通い続けたよ。コーヒーはツケで飲む。毎朝わざと襟をインクで汚して、靴の底には木工ドリルで穴を開けた。僕の詩人としての名声に傷がつくって？　何にしろ、この方がずっと居心地よかったし楽しかったんだ。もし金のことを言いふらしたりしたら、あっという間に大勢に取り巻かれて、朝から晩まで訪問の攻撃を受けて仕事もできやしないよ」

「それで、その大金は？」

「これはなかなか僕にとっても厄介だったよ。もちろん銀行には預けなかった。そんなことをしたら、すぐ知れ渡ってしまう。書斎の机の引き出しに手書き原稿といっしょにしまっておいた。二百万コロナといっても、こんな狭い場所に収まってしまうのだから驚いたね。千コロナ札で二千枚。たかだかこんな程度さ。それも原稿用紙と同じ、薄汚れた紙切れだ。夜になって手に取って眺めると、複雑な気持ちになるんだ。嬉しくなかったと言えば嘘になるな。金は大事だよ。持っていれば安心するし、人としての尊厳が生まれ、活力も湧いてくる。万能だ。だけど、ここまでの大金だと、安心というより重荷だった。生活を一新して車を持とうとか、気に入っていた三部屋のアパートを出て、十部屋あるところに引っ越そうとか、これまでの暮らしを抛《なげう》って新たな負担や悩みをしょい込むなんて、そんな愚かなことは当時でも考えなかった。浮かれて派手に遊びまわる生活に憧れたことなんかない。物欲なんぞ捨てたからね。明けても暮れても夕食にはバターを塗ったパンを水で流し込む。安物の煙草しか吸わないし、女も安っぽいのがよかった。つまり、物事を冷静かつ合理的に考えるようになったわけだ。人生の目的とは、わが天職は、夢は？　書くことだ。当時すでに僕は軽く月五百ペンゲーは執筆で稼いでいた。これに月あたり千コロナを足せば、生涯何に束縛されることもない。何歳まで生きるだろうか？　両親も祖父母も五十前に亡くなった。長生きの家系じゃないんだ。それでも僕は六十まで生きると仮定した。法外な見積もりのようだけど、寿命までの残り三十年、利子を除いても三十六万コロナにしかならないわけだ。あとは余分だと思った。だから、分けることにしたのさ」

「分けるって、誰に？」

「そこなんだ。兄弟はいないし、親戚はたった一人。工場を経営している金持ちだけど、夢の中ではそいつがいつも乞食みたいなぼろを着てるんだ。ぜひともやってみたいのだが、寒い夜に僕がおなか一杯で暖炉にあたっていると、奴がやって来て、どうかパンを一切れお恵みをと言う。すると僕は留守だと大声で怒鳴ってやるんだ。こいつに金をやるべきか？　または、その子どもたちにか？　育ちがよくて、さらに輪をかけてうんざりするガキどもに。ああ、やだやだ」

「友だちは考えなかったのか？」

「その頃友だちなんていなかったよ。君にはまだ出会ってなかったし」

「それはどうも」

「とにかく、道で見かけた赤の他人以上に、いくぶんでも親しみが湧くような知り合いは——近いのも遠いのも——誰一人いなかった。誤解して欲しくないんだが、僕は人間嫌いじゃない。ただ、どこかいつも冷めた目で人を見て、人生は虚《むな》しく物事は見方次第と感じるんだ。だからこそ、この遺産も手つかずのまま、あれよあれよと役所に持って行かれるのは嫌だった。遺産を相続する人間って——自分がそうだからわかるけど——恩知らずなのさ。ねえ、君だったらどうしただろうね？」

「みんなと変わらないよ。何か高尚な目的に、慈善団体か何かに寄付するね」

「そう、僕もそれは考えた。まずは孤児院、それから老人施設、盲学校、聾唖学校、女子養護施設に病院など。けれどその瞬間に、孤児や老人、盲人、聾人、少女たち、それに病人から金をピンハネして妻や愛人に宝石をプレゼントする悪い輩が目に浮かぶんだ。この計画はとりやめた。いやはや、僕は人類を救うようには生まれついていないんだ。火事も洪水も飢饉もない時に、戦争を起こして人為的に火事や洪水や飢饉を引き起こす人間ども。僕はとうの昔にいわゆる世間からは手を引いたのさ。僕は違う。何も考えず、勢いのまま生きている自然の方がより身近に感じるよ。で、しばらくして文学賞を構想した。大がかりな基金の設立をね。正直、しばらくはこの考えに悦に入ってたね。でも時間が経つにつれわかったんだが、各種委員会が僕の本来の意志をねじまげるわ、本来こてんぱんに扱《こ》き下ろすべきボンクラやアホに賞をやるわ、まともな者たちを犠牲にして、幼稚で害にしかならない奴らを僕の金を使って育てようとするわ、さらに受賞作品ときたら〝演劇の分類〟やら〝フランス文学の影響について〟云々らしいし、こんな愚かなことが世代から世代へ受け継がれて、永遠の呪いとなってこの世の終わりまで続くのかと考えるとがっかりしたんだ。それでこれもやめた」

「結局どうしたんだい？」

「金を手に入れた時と同じくらい偶然かつ稀有な手法で、これを手放すことにしたんだ。かの古代ローマの狂気の皇帝が、突如として月に浮かんだよ。馬上から両手に掴んだ金貨を撒《ま》き散らす。ありとあらゆる人に見境なくね。」

「つまり、会う人みんなに渡したってこと？」

「おっとどっこい。それがそんな簡単じゃないんだ。そんなことをしたら、僕だとわかってみんなバレてしまうよ。愛想笑いや感謝やごますり、新聞各紙に〝高潔な寄付活動〟などと賞讃されるのはまっぴらだ。そういうのは耐えられない。なんとしても秘密裏に行う必要があった」

「で、うまく行ったの？」

「まあ待って。ペンを手にとって計算したんだ。自分のためにとっておいた三十六万コロナのほかに、まだ百六十四万コロナあって、生きている間に――つまりせいぜい三十年と見積もったわけだが――これを手放さなきゃいけない。毎年約五万四千コロナずつ、月々にすると四千五百コロナ、一日あたり約百五十コロナを処分しなくちゃいけないわけだ。どこから手をつけようか？　はじめはうまく行った。毎晩仕事を終えてから、小切手を書いて――もちろんタイプしたよ――差出人の氏名なしで、百五十コロナを郵送したんだ。金持ちか貧乏人かなどおかまいなしに、住民台帳に載っている氏名と住所をあてずっぽうに書いてね。偶然の赴くままに。この国一番の大銀行に送ったこともある。めったやたらに祝福の雨が降って、この町が興奮の渦に包まれ湧き上がっているのを手に取るように感じたよ。小切手を受け取った人たちは、最初は当然のこと驚いていた。いったい誰がこんなことをってね。でも誰でもすぐに親戚とか心優しい友人とか、金を貸していた相手がやっと返してくれたとか思い当たるふしがあって、〝まあ律儀だこと〟〝ほらね、やっぱりちゃんとした奴だ〟って考えるのさ。念力を使うかすばしっこい妖精みたいに至るところにたち現れて、目に見えない福袋からお宝をばらまいたわけだ。でも一年経ったころ——悔しいけど——バレちまった」

「郵便局で?」

「そこまで脇は甘くないよ。荷物運搬人から伝言配達人から女中から、時には地方や外国からも人を雇って、各地で活動を展開していたんだ。ところが、ある時——これもまた偶然に——ある新聞記者に同じ金額を送ってしまったんだ。これがブダペシュトの大手日刊紙の警察担当記者でね。謎の寄付金について既に何らか耳に入れていた。三六五人いれば、そのうち三百人は自分の利益や儲けに反しても、つい喋《しゃべ》ってしまうものさ。で、翌日には目撃情報や聞き込み調査を掻《か》き集めて、新聞に書きたてたんだ。ご丁寧に僕がタイプした小切手のコピーも添えて、なんともくだらない夢物語をでっち上げてね。〝金の雨〟って見出しをつけて、亡命中のインドのマハラジャのことを報じたんだ。そう、僕の正体を暴くことなく真相を解明したというわけ。なんにしろヒヤッとしたね。小切手を送るのは即座に中止だ。困ったよ。新しい、もっと知恵を絞ったいい方法を考えないといけなくなった」

「わけがわからないよ。なんでまとめて賭けてしまわなかったんだい?」

「そしたら仮面がはがれる」

「じゃあなんで好きな女たちに渡さなかったの?」

「それじゃあ自尊心が傷つくよ。女たちは金じゃなくて僕自身に惚れているんだと、精いっぱい幻想を抱いていたいからね。君は本当にわかってないようだな。僕はこの金を何が何でも人に分けるって決めていた。それも仁義に基づき十分な検討を加えてではなく、気まぐれ、つまりは自然がもつより偉大かつ神秘の法則に従ってね。人生は合理性じゃないんだ。とは言え、こんな大金が僕のところだけに転がり込んで、机の引き出しでカビが生えてしまうなんていう不合理性も、やっぱり腹立たしい。だったらいっそ、僕だけでなく誰の役にも立たない方がいい。一日分の金額が使いきれない時は、良心の呵責に苛《さい》まれた。事態はどんどん困難で複雑になった。数日分が使いきれず、溜まったこともあった。何度かぶっ飛んだことをして目立ってしまい、危うく噂が立つところだった。ある晩なんか、橋を渡っていて――とっさに――橋の上で坐り込んでる乞食の懐に六百コロナをねじ込んで、走って逃げたよ。まあこういうことはめったにしなかったけどね」

「結局どうやって金を手放したんだい？」

「あの手この手でさ。例えば、旅に出れば大きめの駅で途中下車して、ソーセージや林檎なんかを食べる。移動式食堂さながらに箱を首からベルトで下げた販売員のお兄さんと世間話をして、ぎりぎりまで支払いをのばす。機関車が出発の汽笛を鳴らした瞬間、百コロナ札をその箱にぽいと放り込んで、客車に飛び乗り姿を隠す。お兄さんは慌ててこちらを探している。僕の窓に向かっておつりの札束をひらひらさせてね。カフェに入ればテーブルクロスの下に五十コロナ札を忍ばせて、二度とその店には近寄りもしない。貸本屋に登録して、本のページのあいだにところどころお札を一枚挟む。散歩をすれば、時々わざと金を落とす。金額はまちまちだ。こんな時は湿った薪をくべた時みたいに、息を押し殺して通り過ぎるんだ。首尾よくいったこともあるけど、二度ほど追いかけられて――一度は学校の生徒、もう一度は喪服の婦人だったけど――金を返してくれた。僕は赤くなって口ごもり、札をポケットに突っ込んだ。親切に返してくれたのに僕が礼も言わないから、訝《いぶか》しげに見られたよ。発見者への報奨金も渡さなかったしね」

「ろくでもないな」

「君には想像つかないだろうさ。金っていうのは二束三文で手放したいと思っても、どこも引き取ってくれないものだ。それだったら、金なんて要らないし、犬だって喰わない。こうして一年ものあいだ僕は悶々と暮らした。やり方があまりにまずかったから、――よくいう――〝収支決算の結果〟、千五百七十四コロナが手元に残り、誰一人もらってくれる人がいなかった。ところが三年目に入ると運が向いてきた。ブダで開業したばかりの新米の歯医者に通っていたんだ。歯石を取り除いてみごとな金歯を作ってもらったんだが、これが今や僕の詩人としてのアイデンティティーに不可欠な要素となっているくらいだ。そこの待合室の洋服掛けにコートがいくつか掛かっていたが、誰も見ていない隙に僕は全部のコートのポケットに札を幾枚かずつねじ込んでおいた。次の日もまた同じことをした。その次の日もね。一週間で全部使いきった。患者たちは目を輝かせて待合室に坐っていたよ。玄関口の方を繰り返し伺い覗き、金を見つけるとより安全なポケットに避難させて、はしゃぎながら戻ってくる。歯が痛むふりして何度も顔をハンカチで隠すんだが、本当は嬉しくてニヤけるのを見られたくないからなんだ。こうなったら歯の治療より金目当てさ。みんな何度も玄関をぶらついて、この怪奇現象が一日のあいだに繰り返し起こらないかと期待したり、天の恵みを誰かに横取りされないかとハラハラする始末さ。僕はその様子を知らんぷりして盗み見していた。楽しませてもらったよ。ところがこれも束の間、またしくじった」

「また新聞記者に嗅ぎつかれたのかい？」

「そうじゃないけど、こんなにいい歯医者はないって噂がブダペシュト中に流れて、診察に人が殺到するようになって、整理券を配り始めたんだ。僕は六二八番で、いつになれば順番がやってくるか見当もつかない。女中は中に通してもくれないし、しかたないから場所を変えたよ。まだ黄金の恵みの雨が降っていない地域で活動したんだ。そんな場所はもうほとんど残ってなかったけど。前にも増して用心したよ。そりゃそうだろう。いつバレてもおかしくないからね」

「たいへんだね」

「四年目に入るといいアイデアが浮かんだ。スリの廉《かど》で五年刑務所に入った仲のいい友だちがいて、こいつに教わったんだ。厳しい修行だったよ。まず人差し指を伸ばしたり引っ張ったりして、軟骨をやわらかくして親指と同じ大きさにするんだ。スリは親指と人差し指の二本だけで〝ひっかける〟からね。ひと通り講習が終わると、かなり大胆に、時にとんでもないやり方で実行に移してみた。ある式典の行進では、国際的に著名な貴族の称号をもつ年配の要人たちの礼服に一日百五十コロナずつ、それから白鷺の羽飾りのついた帽子の毛皮に五十コロナを挟んだ。国会議事堂の廊下では、財務大臣と経済危機について議論しながら、そのポケットに百コロナ忍ばせたよ。こういう機会はそうそうなかった。だいたいは大勢が集まる場所、たとえばサッカー場や行楽地なんかの人が押し合い圧《へ》し合いする場所やいろんな乗り物だね。ある日曜日の晩、フーヴェシュヴェルジの終点（ブダ郊外の路面電車の終点の場所）で――これはほんとに幸運だったけど――七百五十コロナを盗まれた。この日は何にも仕事をせずに済んだよ。この頃はもう少額を忍ばせるのがやっとだった。探偵が張っていたようだからね。友人たちのポケットやかばんにまで、コロナ札を次々と突っ込んだ。もうだんだん見境なくなったよ。使命を果たすために、朝から晩まで路面電車に乗っていた。五月のある日、――よく覚えているけど――青い目の老人の隣に坐っていたんだ。老人は白髪の顎鬚を綺麗に剃って、考えごとをしながら両手をステッキの柄に重ねていた。コートは擦《す》り切れて、退職した税務署員という風情だった。僕は五コロナ硬貨をポケットから探り出して、この器用な長い二本の指でうまく上着のポケットに滑り込ませてやろうと考えていた。その矢先、老人は僕の手を抑え込んで「泥棒！」って叫び出したんだ。車掌はすぐさま警報を鳴らして電車を停めると、警察を呼んだ。言い逃れしようとしたけど駄目だった。万事休す。こうして僕のキャリアに終止符が打たれたわけさ」

エシュティ・コルネールは黙り込んだ。それ以上何も言わなかった。物思いに耽りながら、強い陽射しがさす通りをとぼとぼと歩き、大きな煉瓦色の建物の前で立ち止まった。この六階の屋根裏部屋が彼の住まいだった。門のブザーを押した。

「君にはあきれるよ」と私は言って、強く抱きしめた。

「で、退屈じゃなかったかい？」エシュティは訊いた。「面白かったかい？　とてもありえない、信じられない話だったかな？　文学に精神的合理性やら意義やら道徳的教訓を求める奴らが目くじらを立てるかな？　よし、じゃあ小説にしよう。明日原稿料が入ったら、さっきの五ペンゲーも返すよ。じゃあね」

一九三一年

第7章 はちみつ入りの焼き菓子に似たトルコの少女クチュクあらわるの巻

「電車に揺られていた」エシュティ・コルネールは話し出した。「東方の旅からの帰りで、暑い夏だった」

僕が乗っていた一等客車はカーテンが下ろされていて、ほかに女が三人乗っていた。トルコの女だったが、頭の天辺(てっぺん)から足の爪先まで、それこそベールも被らず古い因習にも捉われないモダンな女たちだった。お祖母(ばあ)さんとお母(かあ)さん、それから十五歳の少女はクチュク、つまりハンガリー語でいうキチ、キチケ（「おチビちゃん」の意）っていう名前だった。

この美しい三世代家族に僕はすっかり見惚れてしまった。祖母、母、娘が並んで坐っている様子は、さながら雄大なアルプス連峰の冬と夏と春の佇(たたず)まいだった。

おばあさんは八十歳の痩せぎすのご婦人で、黒い服に身を包み、首には大ぶりの黒真珠をつけて、長椅子に腰かけて眠っていた。トルコ語で何やら寝言を言っていた。紫色の血管が浮き出たしわくちゃの手を時々持ち上げて、顔を覆う什(しゅ)種をしていた。人生のほとんどをベールを身につけて過ごしたから、夢の中でも顔をさらけ出しているのが落ち着かなかったんだろうね。

母親の方がより現代風だった。いかにも進歩的なところをアピールするように、以前は漆黒だったであろう髪を明るい金髪に染めていた。あけすけな振舞いで、煙草をぷかぷか吸っていた。車掌が入ってくると——民主的態度を見せようと——自分から握手して、ついでに言うと、ポール・ヴァレリーの新刊本を読んでいた。

クチュクはまるで蜂蜜の掛かったピンクや白の焼き菓子みたいだった。ピンク色の絹のドレスを着て、愛らしい顔はまるでホイップクリームみたいに白かった。彼女もやっぱり髪を金髪に染めていた。何でも母親のするとおり真似しているんだ。トルコ人だということが恥ずかしいようだった。車内で履いていた革のスリッパがなかったら、それとわからないだろう。それ以外にトルコ人らしいところと言えば、客車に持ち込んだ深紅のコンスタンチノープル・ローズの大きな花束の香りが、夜明けからずっとバラ園にいるみたいに客車内に満ちていたこと、そして青い目のおとなしいアンゴラ猫を連れていて、これがトルコ絨毯の上で眠そうにじっとしていたことくらいだろうか。

僕はかの国の偉大なよき予言者ムハンマドのことを考えた。彼はある時、大事な猫が自分のマントの上で眠ってしまうと、猫を起こさないようにマントの裾を切ったという話だ。

三人はウィーンからベルリン、そこからパリ、そしてロンドンへ向かっていた。目を見張るような教養も身につけていた。少女はビタミンBとビタミンCの話を、母親はユングやアドラーなど精神分析の異端の新学派の話をしていた。

彼女たちはいろんな言葉を完璧に話した。最初はフランス語、それも教科書のような綺麗な標準語を話し、次に隠語を、ちょっと経つと今度はドイツ語を混ぜて話した——それもベルリン方言とオーストリア方言を交互にね——、それに英語とイタリア語でもお喋《しゃべ》りに興じていたよ。これ見よがしなところなど一切なかった。ただ子どもみたいに無邪気に、西欧の大人社会でことばが通じること、どこでも自然に振る舞って何でもできることが嬉しかったんだ。一人前に、西欧の人間として扱われることを何よりも望んでいるようだった。

西欧に対する評価が過ぎませんか、とてもじゃないが僕はそんな風に西欧の文明に夢中にはなれませんよと言ってやりたかった。でもやめておいた。嬉しそうな彼女たちに水を差したところで何になるっていうんだい？

そのかわり僕はいつもポケットに入れて持ち歩いている八本の万年筆や、やっぱりいつも口に入れて持ち運んでいる金をかぶせた奥歯二本を見せたり、いろいろ自慢話をきかせたりしたんだ。血圧が高いことや、持っているラジオにランプが五つついていること、胆石ができかけていること、それに親戚が何人か盲腸の手術をしたことなんかをね。僕は誰とでも話を合わせるのが上手いんだ。

彼女たちはすっかり感心してくれたよ。

クチュクは黒いつぶらな瞳で僕をじっと見詰めて微笑んでいた。誠実で真直ぐなその態度に、僕はどぎまぎしてしまった。僕に何を期待しているんだろう？　最初はからかっているのかと思った。でも少し経つと、僕の両手を握って自分の胸に当てたんだ。鳩が鷹を襲うとしたらこんな感じだろうか。

その仕種には擦れたり淫《みだ》らなところはこれっぽっちもなかった。教養があって進歩的な西欧の若い女性なら誰でも、列車で出会った男とこうすると信じているんだね。だから僕の方も努めて、教養ある進歩的な西欧の男がこういう場合にふるまうであろうようにふるまうことにした。

母親は一部始終を見ていたが、構う様子はなかった。さっきも言ったけど——ポール・ヴァレリーを読み耽っていたから。

僕らは通路に出た。追いかけ合っては声を上げて笑い、お互いの手を握り合った。それから二人して窓に肘をついて外を眺めた。僕は甘いことばで囁いた。

「君は僕がはじめて出会ったトルコの娘だよ」こう言ったんだ、もうすっかり打ち解けてね。「最初の最初に出会ったトルコの娘。クチュク、キチ、キチケ。好きだよ。学校の頃、モハーチの戦い（一五二六年にハンガリー南部のモハーチでオスマン・トルコがハンガリーを破り、これを節目にトルコによるハンガリー支配が始まった戦争のこと）について習ったよ。たしかに君の先祖は僕の先祖を征服して、百五十年ものあいだ僕らハンガリー人を屈辱の支配の下に置いた。それでも僕はこの先の百五十年、喜んで君の支配を受けて、奉公でも賦役でもするよ。君は可愛い敵であり、可愛い東方の親戚なんだ。ねえ、和平条約を結ぼう。僕は君たちトルコ人に腹を立てたことなんかないよ。だって、僕たちはトルコ語から一番美しい単語をもらったんだからね。これがなかったら、きっとすごく寂しいよ。僕は詩人なんだ。ことばを愛し、ことばに夢中になる詩人。〝真珠〟っていうことばは、君たちからもらったんだよ。それから〝鏡〟も、〝棺〟も。君は僕の真珠で、僕の心の鏡にきらりと映り込むのさ、棺が閉じられる日までね。〝指輪〟〝指ぬき〟〝小麦〟〝葡萄酒〟どう、わかるかい？ わからないはずないよ、だってこれはみんな君たちのことばだし、僕が使う文字もつづり方もみんなそう。君は僕の指輪、僕の指ぬき、僕に滋養を与える小麦、僕を酔わせる葡萄酒。君たちのトルコ語から受け取った三百三十にのぼる単語は、僕らのハンガリー語の中でとびきり艶やかなことばになって残ったよ。トルコ人に出会ったら、言い尽くせぬ感謝の気持ちを伝えたいと、以前からずっと思っていたんだ。せめて、ことばの借りを一部でも返そう、言語史がこしらえたこの借金を分割払いででも返済しようってね。だって、あれ以来、僕の中では利子がどんどんと膨らんでいるんだ……」

こんな風に夢中になって熱く語っていると、列車は突然真っ暗なトンネルに入った。クチュクはそっと僕に体を寄せてきた。僕は——急いでせきを切ったように——彼女の唇にキスを浴びせたんだ。

僕の記憶が正しければ、ちょうど三百三十回キスしたはずだ。

一九三〇年

第8章　哀れな新聞記者モジョローシ・パリがカフェで突然気が狂い、精神病棟にぶち込まれるの巻

「パリ、パリ」寄り集まった人々が宥《なだ》めようとしていた。

「パリったら。みんなが見てるぜ」

「おーい」と汚職疑惑のことなら何でも知っているベテラン記者のゲルゲイは、手を叩いてウェイターを呼んだ。「ブラックコーヒーを一杯頼むよ。パリ、坐って。ブラックを飲めよ、パリ」

「パリ、こっちに坐れよ」とドイツ紙記者のジマが声をかけた。

「パリ、パリ」

ジャーナリストたちは揃ってこんな風にパリ、パリと連呼していた。八月の酔うような夜更け、十一時ごろ突然転がり込んできたのだった。警察担当記者たちの夜の溜り場となっているカフェだった。最初、集まりの中心にいる人物の姿は見えなかった。半透明のレインコートに新品の麦わら帽が見えるだけだった。同じく警察担当記者のモジョローシ・パールだ。

十年来変わらぬ同じテーブルに全員が集まって着席した。五人の記者は、好奇心を隠しきれない様子でパリを眺めていた。

モジョローシ・パールは新しい麦わら帽を脱いだ。横分けした金髪が、女の子のように小さく繊細な頭部を覆っていた。綺麗なレインコートを鉄製のフックに掛けると、ほっそりとした感じよい上品な青年が姿を現した。四十になるというのにまるで少年みたいで、短ズボンを履いてもおかしくないくらいだった。おしゃれな服装だった。鮮やかな緑のバーバリーに綿のシャツ、それに白いシルクの蝶ネクタイにはうっすらと淡い黄色の縞模様が入っている。まるで店のショーウィンドウから飛び出してきたみたいだ。

パリは大理石のテーブルに丸めた紙包みを放りだした。中には同じようなシャツがもう一枚と、鹿皮の手袋二つが入っていた。荷物はこれで全部だった。

午後一時半にバラトン湖から急行列車で南駅に到着してから、家にも戻っていなかった。

一か月の夏の休暇をヘーヴィーズ（ハンガリー西部バラトン湖近くの温泉地）で過ごしたのだ。そこで休養し、気分転換と実益を兼ねつつ健康状態を回復させた。温かいラジウムの温泉湖に浸かった。鏡のような湖面にはよく育った大きな蓮の花が浮かび、泥水にゆっくり体を浸して、硫黄の混ざった泥を、特に最近痛みを感じる左の二の腕に塗りつけたりしていた。

腕の痛みは一週間で消えた。同時に、頭痛と夜更かしの疲れもとれた。休暇のあいだにすっかり元気を取り戻したのだ。娯楽記事を五本書いて、速達で編集部に送ってよこした。一週間があっという間に過ぎた。三週間はじっとしていられたが、四週目にはしびれを切らし、荷物をまとめると、突如予定を繰り上げて帰京したのだった。

一時半に列車を降りてヴェールメゼー公園（バラトン湖方面から来る列車が到着するブダペシュト南駅横にある公園）やゲレールトの丘を見たとたん、この上もない幸せな気分で胸がいっぱいになった。ブダペシュト生まれだけあって、この町が大好きだった。午後の日差しが明るく輝き、幸せの予感に満ちていた。小さな荷物一つで王宮地区に上ると、漁夫の砦からドナウ河を見下ろし、写真屋に入って撮影をしてもらった。焼き増しを三十枚注文し、友人にばらまこうか、あるいはどこか大衆紙に掲載してもらえるかも、などと考えた。ケーキ屋でお菓子を食べたあとは、あてもなくぶらぶらした。長閑《のどか》なわくわくする時間は夢のように駆け足で過ぎ去り、急に暗くなり始めた。黄金色の日光が鈍い褐色に変わる頃には、涼しい木陰を通りながら丘を下ってペシュト側へ渡り、中央警察署ちかくで友人たちにばったり出くわしたのだ。

「ブラックコーヒーもう一杯！」とゲルゲイがテーブルに近づいてきたウェイターに言った。「やっぱり七人前だ、七人前」と指を立てた。この時エシュテイが店に入ってきたからだ。

エシュテイには、もう半時間も前にすぐ来いと電話があり、その理由も伝えてあった。

エシュテイは窃盗殺人や銀行強盗や逮捕の記事は書かない。自身や周囲の人間に起こる実際の出来事ではなく、ありそうな出来事、つまり詩や小説を書いていて、いわゆる作家の仕事を生業としていた。

このカフェに来たのは初めてだった。ここではいつも警察記者たちが苛立ちながらすぱすぱと煙草をふかしたり、夜中の二時に電話の受話器にかぶりついて、女中が犯した殺人やら家庭内殺人やら花壇荒らしやらの事件について、編集部で待ち構えている速記係に大声で口述していた。犯人や犠牲者の名前のアルファベットを頭文字で――たとえばシュッキなら、シャーンドルのS、ウクスフルのÜ、カーロイのK、またカーロイのK、ちがう、そうじゃなくて、もう一度カーロイのK、それからイロナのI、という具合に怒鳴りながら――確認していた。または、夜明けまで擦り切れた長椅子にずらり並んで腰を下ろし、寝惚《ねぼ》け眼《まなこ》をこすりながら、この国のどこかにいるなかなか死なない古老の政治家や高齢の有名作家のことを、しぶといな、いつになったらめでたくたばってくれるんだと罵りながら、すでに何週間も前にしたためて取り置きしている訃報速報とお涙頂戴的な哀悼てんこ盛りの追悼記事の下書きを抱えて夜を明かしていた。

　エシュティはそわそわしてあたりを見回した。

　エシュティは背が高くがっちりとした体格の男だったが、強そうな外見に反して、内面は弱くて優柔不断だった。寝不足の青い瞳は、いつも何かに怯えている風だった。身振りは大きく落ち着かなかった。自信がないせいで、いつも思っていることと反対のことをしそうになった。信心もなく不安定だった。感じやすい性質《たち》で、以前は坐りの悪い蠟燭立てや疲れた人の顔を見た時など、どんな瞬間、どんなことにもたちまち泣き出すくらいだったが、やがて元来感受性の強すぎた神経を鍛え上げて強靭にし、血も涙もないくらいの冷静さを手に入れ、これを自覚的に芸術創作のエネルギーにすり替えたのだった。あらゆることを感じ、自分の目で見たいと欲していた。このことが唯一の生きがいであり、彼を人間社会に結びつけていた。そして最後に必ず訪れる死というものを恐れていた。そのため家では医学書に埋もれ、食事の前には手を消毒した。病気や病的なもの、腐ったものや異様なものを怖れると同時に惹きつけられもし、人の死を見てみたい、もし見るのが耐えがたいとしても、ちょっと首を突っ込むくらいならできるかもしれないと考えた。悍《おぞ》ましいものやさまざまな人の死のあり方、突然死や緩慢な死など、こういうことを考えるといてもたってもいられなかった。見えざる足に踏みつけられ、存在か不在へとすり替わる瞬間の神秘を目撃できるかもしれないと思うのだ。

そんなわけで、今日もエシュティはここにやって来た。

家で電話の伝言を聞き、受話器を置くやいなやランプを消し、書斎の机の上に山積みにした書きかけの原稿を放り出して、記者たちの集まるこのカフェに飛んできたのだ。

知り合いの記者たちは、電球が切れかけたシャンデリアの下で、暗く赤みがかった光に照らされながら団子になって坐っていた。煙草の煙がもうもうと立ち込めていて、どこにいるのかすぐにはわからなかった。ゲルゲイが右手を上げて合図した。指のあいだにはパイプを差したメディアが火をくすぶらせていた。

エシュティはみんなと順番に握手を交わした。電話をくれたゲルゲイ、次に細面で血色の悪いシュクルテーティ、初対面のヴィテーニにも挨拶をした。さらにドイツ人記者のジマと愛嬌のある禿げのボルザが続いた。ボルザはいつもみんなに〝オッス〟とふざけた挨拶をするのだった。

モジョローシ・パールは最後だった。

パリはエシュティがやって来たことが嬉しそうだった。席から飛び上がると、エシュティがみんなと握手し終わるのを待って、長い間彼の手を握りしめた。なめらかでグリセリンを塗った柔らかい手のひらは、エシュティの手より熱かった。エシュティを抱きしめるように、その胸に顔を埋めるようにして、凭《もた》れ掛かった。

「エシュティ」と声を詰まらせて囁いた。「来てくれてよかったよ。今夜は君が必要なんだ」と感謝を込めた目で見詰めた。「待ってたよ」

エシュティは驚いた。

二人は子どもの頃からの知り合いだったが、仲睦まじくつるんだことはなかった。仕事も関心の領域も互いに違う方へ離れていったのだ。そんなわけで、これまでの生涯にせいぜい三十か四十くらいのことばをやり取りしたことがある程度で、それでさえ、「やあ、どうしてる?」とか「いや、特に」「じゃあな」程度の断片的なものばかりだった。エシュティはそれにも拘らず、――今になって――どこか親しみが湧くのを感じた。思い起こせば、あっという間に過ぎ去った青春時代の二十年間、知らずとこの男のことを気に掛け、思いのほか関わってきたのだ。

何よりもまず、子どもっぽい外見のせいで、年相応に見えないところが目立った。頑固で、時には何週間も誰とも口をきかないし、自分のことは一切話さないところも好きだった。エシュティは自分のことしか話したり書いたり聞いたりできない性質なので、これを不思議に感じていた。仲間内で金欠は自慢話だったが、彼はそういったことは言わなかった。服やシャツはいつもちゃんとして、爪は綺麗に研いでいた。古い貴族の家系だったが、それを口にすることはなかった。その上、まめでよく気がつくところがあって、何でもきっちりとこなすのが得意だった。どこか見下したように他人と距離を保ってはいたが、品よく礼儀正しく接した。そんなわけで、居酒屋でパリにさりげない上品な仕種でテーブルに手招きされると、エシュティは知らずと自尊心をくすぐられて横に坐った。だけど、しばらく様子を見ても、パリは理由ありげに黙りこんだまま決して口をきこうとしなかったので、すぐその場を離れるのだった。彼はワインでもパーリンカでも手あたり次第に浴びるように飲んだ。大酒飲みで、たいがいいつも酔っぱらっていた。それでも酔っている風には見えず、ただ顔が心持ち蒼白く、蠟の仮面みたいになるだけで、かえって思慮深い人間に見えるのだった。

これらすべてをエシュテイはいっぺんに思い出したので、瞬時にこんな風に細部に分割できたわけではない。まだほかに思い出す光景が二つあった。まるで大昔に見た映画のシーンの記憶が、あまりに鮮やかで色褪せないのに似ていた。ある時——もう二十年も前になるだろうか——モジョローシ・パールは夜中過ぎのカフェ・オルフェウムでシャンパンを開け、黄色いスカートをはいた踊り子のほっそりと華奢な太腿に手を置いていた。その様子をアーク灯が昼間のような明るさで照らしだしていた。女は妙に大きな付黒子《つけぼくろ》をして、あきらかに傷か何かを隠そうとしているようだった。もう一つはたいしたことではないが、さりとて見過ごせないできごとだった。二、三年前のある十一月の午後、五時十五分前にモジョローシ・パールは環状通りの大きなカフェの鏡の窓の前に坐り、一人ぽつんと考えごとに耽っていた。籐製の枠で綴《と》じた新聞を手にしていたが、読んでいなかった。エシュテイはその時、環状通りのすぐ彼の横を通りかかったので、学生たちがよくやるように鏡の窓を叩いてみた。

モジョローシ・パールはあいかわらずぼうっと考えごとをしていたので、音が聞こえなかったようだった。エシュテイの方は帰り道ずっと、あの時彼はいったい何を考えていたんだろうかと考えていた。

パリは今もさりげなく上品な仕種で、エシュテイをテーブルの方に呼んだ。エシュテイは腰を下ろした。最近どう、ときいたが、誰も答えなかった。

五人の新聞記者は、今はエシュテイに興味を集中させていた。根掘り葉掘り訊ねたあとだったので、パリはもうさっきまでのように関心の的ではなかった。自分たちがあっと驚く話をひと通り味わったばかりなのに、今度はエシュテイが驚嘆し大笑いするのを見たがった。何度も聞いた小話でも、話して聞かせる相手を変えれば、また不思議と面白くなるというわけだ。

エシュティは表情ひとつ変えなかった。恥ずかしいのかプライドが邪魔するのか——床に視線を落としていた。大理石のテーブルに置いてあった新聞を取り上げて、顔を埋めた。

こうしながら一瞬パリを盗み見た。以前より動作に落ち着きがなく、顔には赤みがさしている。普段より多く、しかも強い酒を飲んでいるようだ。

ブラックコーヒーがまとめて七人前運ばれてきた。

コーヒーは熱すぎてとても飲めなかった。六十度はあっただろう。湯気がカップの内側の縁に大きな水滴となって貼りついていた。

記者たちはコーヒーを脇に押しのけた。ジマはこんなのを〝報道陣〟に出すなどけしからんと、ウェイターを怒鳴りつけた。

パリはやけどしそうなくらい湯気の立つカップを突然掴んだと思うと、最後の一滴まで一気に飲み干した。

エシュティは思わず手から新聞を取り落とし、驚愕して椅子の背にのけぞり、目を見張った。考えるだけでぞっとしたが——この煮えたぎる液体が食道や胃壁にやけどを負わせるさまを想像した。

ゲルゲイは反応を伺うようにエシュティの方を見た。ジマは両手を合わせた。ヴィテーニとボルザは首を傾げた。シュクルテーティはもっと奇妙なことを見てきたのでおいそれと笑わなくなっていたが、これにはつい笑いがこみ上げ、ハンカチで口を押えた。

パリは自分が笑われているのに気がつくと、ごまかそうと一緒になって可笑しそうに笑って言った。

「煙草を一本」

五本の煙草が五人の記者の手から同時に差し出された。パリはそれに火をつけた。煙を深く吸い込み、吐き出した。みんなも煙草を吸った。ゲルゲイは葉巻しかやらないので吸わなかった。あとはエシュティも含め全員が吸った。

パリは人の話にはあまり耳を傾けず、隣に坐っているジマにただこう言った。

「歯の治療もするよ」

「なんで？」

「なんでって？」と肩をすくめた。「そりゃ、治したいからさ。ちゃんと噛めるように。奥の歯を二本抜けばいいんだ。いい掛かりつけ医がいるんだ」

と言うと、口をあんぐり開けて、たいした知り合いでもないジマに口の中を見せた。唾でべとついた虫歯にうっすら金色に光るブリッジが渡してあった。二本の歯の歯茎まで指を突っ込み、これを腕のいい歯医者が痛みなく抜いてくれるんだと言った。

まだ面白みに欠けると考えたゲルゲイは、もっと何か楽しい話を披露するよう、パリをけしかけ始めた。

「さいわいパリは食欲旺盛なんだ」

「そうさ」パリは言った。「毎日桃を三十個食っている」

「なんだって？」とシュクルテーティは聞き返した。

「三十個」

「四十個は無理かい？」

「無理だ。三十個」

と言うと、ジマを相手に、食事や服装や健康に気を配るのがいかに重要かをくどくどと説明し始めた。新しく洋服を四着仕立てたことも話し、それから言った。

「煙草をくれないか」

五人の新聞記者はまた煙草を差し出したが、もう関心はほとんどなくしていた。この晩すでに何度も歯の話や桃三十個の話や新調した四着の服の話を聞かされていたので、うんざりし始めていたのだ。この種の輩は、どんな凄惨なニュースでも喰いついたとたん、つまらないと言って放り出すというせっかちな神経の持ち主なのだが、こうして何のかいもなく、さらにはわざわざエシュテティをここにおびき出したのに空振りに終わったのが恥ずかしかったのだ。そこでシュクルテーティは内ポケットから記事のゲラをつまみ出した。つい一週間前にモジョローシ・パールがへーヴィーズから送り、編集者が当然のこと掲載を見送った記事だった。記事の末尾に記されたパリの名前には、〝上および下モジョローディ・モジョローシ・パール〃という具合に、二種類の貴族由来の称号が連ねてあった。

パリが自分の半生を叩き売りするがごとく、これまでつき合った女たちや手柄話を長々とひけらかしているあいだ、エシュテティは大理石のテーブルの陰でこの記事にじっくり目を通した。

取材記事だった。それもまともでよく書けた記事だった。内容は、この夏バラトン湖周辺で絶対に壊せない錠前なるものが発明され、当地の別荘はみなこれを取り付けたため、界隈の空き巣が二十四時間以内に大挙してハンガリー東北部に移動したというものだった。エシュテティは最後の文を読んでつい笑みを漏らした。

ゲルゲイはこの笑みを見逃さず、シュクルテーティと一緒になってパリにしつこく絡んだ。

「で、パリ、新聞記者の寡婦と遺児たちは？」

「ああそのこと？」パリは赤味はあるが冴えない顔で振り向いた。「エシュティも仲間に入れてやろうか？」と、この話をすでに聞いている仲間にウィンクした。

「そりゃそうだよ。そのために呼んだんだ」とみんながエシュティを指さした。

「エシュティ、絶対誰にも言わないかい？」とパリは馴々しく言った。

「絶対」エシュティは答えた。「ひとことだって」

「つまりだ」とパリは言いながらみんなを見回した。「僕らはみんな億万長者だ。君も、僕もね。短篇一本につき、君ならいくら欲しい？　どう？」とエシュティを煽るように訊いたが、その訊き方が素直で屈託なく、どんな欲深い答えを言っても許されそうだった。「五百かな？　それとも千ほしい？　払ってやるよ」

「どこにそんな金が？」と何か言わないわけにもいかないので、エシュティはまごついて言った。

「どこにかって？」とパリはおうむ返しに言って皮肉った。「絶対誰にも言わないって誓うよね。言ったら終わり。盗まれちまう」

「さっさと言えよ」と記者仲間たちがけしかけた。

「その前にたばこを一本。で」とマッチの火をつけながら言った。「なんのことはない。当然のことながら、崇高な目的があってのことだよ。記者の寡婦や遺児たちが……」

「そこはもういいから。じらすなよ」

「つまり僕と君と、あと誰かが——誰にするかはあとにして——明日、車で町中を廻ってブダペシュトの大物事業家を片っ端から訪ねて、これから話すアイデアを説明するんだ。ただでね。記者の寡婦たちが……」

「寡婦はほっとけ」と記者たちが騒いだ。

「つまりだ、事業家たちに頼んでショーウィンドウに貼り出してもらうんだ。今日から全商品が二十五パーセント割引になりますってね。これだけ。まだわけがわからないよね」

「ああ、わからない」とエシュティは遠慮なく言った。

「まあ待て。さあどうなる？　大衆は狂ったように店に押し寄せる。商人は手当たり次第に売りさばく。何百万という利益が懐に転がり込む。僕らはこの売上げから五パーセントだけ頂戴するのさ。大したことはない。納得のいく額だ。きっとうまく行くよ。まだわからないかい？」

「わからないね」

「つまりね」と今度は耳打ちした。「商売人たちはその後も以前の値段で商品を売る。ここがカギなんだ。もとの値段で。わかったかい？」

「わかった」

エシュティはがっかりしてしまった。結局そんなことか、なんと月並みでひねりがない話かとあきれた。みんなもこりゃだめだとあきれかえった。期待したような話ではなかった。各々帽子を手にそろそろ行くかと話した。

パリも立ち上がった。もっと混んでいないカフェに行く方が、じっくり話ができると思ったのだ。エシュティの腕を取ると突然――さっきの話はすっかり忘れて――明日の朝、自宅前にランチア（イタリア製スポーツカー）を呼ぶからと言った。

外に出ると、夏の夜の空気はいくぶんひんやりしていた。慌ただしく過ぎた昼間よりも魅惑的な、甘美でうっとりする夜だった。静かで波打つように、深い沈黙の中でゆっくりとリズムを刻みながら右へ左へ揺れていた。満ち潮と引き潮のように規則的に交替しながら深く波打ち、その底には幾重もの層や渦が秘められているようだった。橋は明るく灯され、ドナウ河とシュヴァーベン山（ブダ地区の丘）は煌《きら》めく光で点々と縁取られ、まるで大型船の船出を思わせた。打ち上げ花火のように光が舞い、街灯はいつにも増してまぶしく灯っていた。アカシアの木々が街灯の光を浴びてアスファルトにレース模様の影を落とし、これもまた水面のように細かく震え、自在に伸びたり縮んだりしていた。ブダペシュトがまるで海底の町となった。荷馬車は手漕ぎボートとなって夜の帳に揺らぎ、自動車は闇が飛ばす水しぶきをかき分けながら慌ただしく走り回るモーターボートだった。こうした水上の乗り物が一緒になって、大きく腕を広げ恍惚として泳ぐパリを、とてつもない勢いで目的地へと押し流していった。パリはこの規則的で目的をもったスピードのある動きを楽しんでいた。どっちに流されようがいっこう構わないし、波はうっとりと心地よく優しかった。

エシュティは、もう家で横になってよく休んだほうがいいと言ったが、パリは聞こえてもいない様子だった。

中央警察署の前まで来ると、エシュティは別れを言った。パリは彼の手を握った。

「もう行ってしまうのかい？」と悲しそうに言った。「君も行ってしまうの？」と見るまに目に涙をためた。「今、もう？　最後まで見届けずに？」と言って手を離そうとしなかった。

そしてその手を自分の方へ強く引き寄せた。

エシュティは心を動かされた。このブダペシュトで一人暮らしをしていた彼は、まるでマダガスカルかフィジーの島にたった一人でいるような孤独を感じていて、こんなに温かい友情に触れたことがなかった。もう少しつき合うことにした。

一団は騒ぎ声を上げながら建物になだれ込んだ。二十年来パリを知る探偵や書記係や役人たちが挨拶をした。エシュティの腕にしがみつくパリを取り囲んだ集団に、さらに次々と人が加わっていった。野次馬たちが同情とにやにや笑いを浮かべてパリを質問攻めにし、靴音を響かせながら回廊をついてきた。パリは驚きもしなかった。こんな特別な夜にみんなが〝いっしょにいる〟ことは自然なことだし、そのおかげで画期的な新しい計画がいともたやすく次々脳裏にひらめくのを、みんなも嬉しく思っているはずだと思った。ゲルゲイとシュクルテーティが、同時に二本の電話でこの哀れな男をどうしたものか編集部と相談しているあいだ、エシュティはなんとかして気をそらそうとした。夜の情景が目に浮かんだ。うす暗い光にぼんやり浮かび上がる大部屋や板貼りの簡素なベッド。その上に敷いた長い毛の布団には、警官たちが短剣を身に着けたまま横になって休み、けんかで刺された者たちが医者の検視を待っていた。健康そうなりっぱな口髭の監視員らは、この腐敗した世界でも腐敗することなく、補導されたならず者や頬かむりをした出稼ぎの乳母たち、一見品よく着飾った娼婦たちや若いツバメたちを、鉄の檻の前で見張っている。そして、人生のあらゆる哀しみがつまり、暴力と喧騒がうずまくこの場所で、パリの青春が過ぎゆくことを思った。

一行はまた環状通りに戻って来た。先頭をパリとエシュティが歩いていた。パリはもうエシュティの手を握ったり腕にしがみついたりはしなかった。すっかり安心したのだろう。そんなことをしなくても歩けるようだ。エシュティは同情を抑えきれなかった。

後ろでは五人の記者が大声で言い合いをしていた。禿げ頭の優しいボルザは、すぐに車に乗せて家族が待つ家に帰すべきだと主張した。ゲルゲイはこれに反対し、これはもう〝公共の危険〟であり、誰に危害を加えるかわからないと言った。シュクルテーティもこれに賛同した。ところがパリはといえば、一時半に西駅である女と会う約束がある、二時半には「トランシルヴァニア・ワインケラー」で少なくとも五百人の会員を相手に、新聞記者の寡婦と遺児そしてブダペシュト中の商店の割引の話をするのだと言い張った。とにかく今夜のうちに〝搬送する〟ことに話がまとまった。

一同はとりあえず別のカフェに移り、ここで甘口の白ワインを飲んだ。十分後には次のカフェで梨のリキュールを飲んだ。その十分後には、三か所目のカフェで赤ワインを飲んだ。どのカフェでもみな煙草を吸った。どのカフェでもウェイターたちは知り合いだった。彼らは新聞記者にとって忠実なプロレタリア階級の友であり、記者が新聞各紙を渡り歩くように、彼らもまたカフェを渡り歩いているのだった。どこに行ってもウェイターたちは歓迎してくれた。しかしパリはどの店にも満足せずだめだと言うので、ひたすらはしごを繰り返すしかなかった。四つ目のカフェでも五つ目に行くのだと、何か宗教的なものに取り憑かれたように騒いだ。そう、カフェとは新聞記者にとっての教会なのだ。

ここでゲルゲイとシュクルテーティは延々と専門的議論を交わし、聖ミクローシュ病院の精神病棟に電話することに決めた。ヴィルト先生からは、連れて来なさい、受け入れの準備をしておくからと返事があった。

カフェの会計カウンターで、搬送の方法について長々と話し合いが行われた。彼らは警察担当の記者らしく、すべて首尾よく運ぶと心に決めたのだった。

この大きなカフェで、エシュティはあの十一月の午後、五時十五分前にぼんやりと沈んだパリを見かけたのだ。パリはちょうどその時坐っていたテーブルにエシュティを引っ張っていった。しかし今は鏡の窓が開放され、静かな人気のないカフェに夜の空気が満ちて溶け合っていた。二人とも銅製の間仕切りに肘をついた。支配人が来てしばらく立ち話をし、額にしわ寄せながら哀れな客の話に耳を傾けていたが、他の客に呼ばれたので、いつもになく深々とおじぎをして丁重な態度を示すと立ち去った。禿げ頭で優しいボルザは帰ろうとして立ち上がった。三人の娘のために昼も夜も働きづめで、いつも早起きしなくてはならないのだ。パリに向かって無言で山高帽を持ち上げたが、「オッス」とは言わなかった。

ヴィテーニとジマも続いて帰っていった。

パリは彼らが去っていくのをどこ吹く風で見ていた。ゲルゲイとシュクルテーティは会計カウンターで相変わらず熱心に打ち合わせをしていたので、パリとエシュティの二人だけになった。

「これからは小説を書くよ」パリが言った。

「そうか」

「長篇も、短篇もね」と言い足すと、元気なくエシュティの方に寄りかかった。「新聞社は辞めるよ。もう記事は書かない。意味がない」

パリは外に目を向けた。自動車が木の板の上をがたがたと通っていった。

「車のタイヤが〝轟いている〟」パリが言った。「〝轟き〟か」と繰り返した。「ハンガリー語ってなんて美しいんだろうね。こう言うべきだね。走るんじゃなくて、〝轟く〟」

「うん、〝轟く〟」エシュティも繰り返した。あらゆる言葉を何度も煮詰め煎じ、飽きてはまた取り出したりを繰り返してきた。そんな彼も、この言葉は確かに悪くないと思った。

「だけど何を書いたらいい？」パリは突然感極まってしゃくり上げるように言った。

「何だってかまわないよ。好きなこと、心に浮かんだことをね」

「こんなのでもいいかな？　女が部屋にやってくる。聞いているかい？」

「聞いているよ」エシュティはもう頭痛がし始めていた。

「茶色の髪でね。黒髪でもこげ茶でもないんだ」と考えながら続けた。「ココアのような茶色。目はあの花みたいな青色。名前はええと」

「すみれ？」

「いや、ちがう」パリは首を振った。

「忘れな草？」

「そう、忘れな草。それからまるで火のように」と今度はひどく荒々しい口調で言った。「身体は温かいんだが、これが気に入らない。冷たいオーデコロンを太腿や背すじにふりかけて、すっかり冷やしてやるんだ。頭にはあの青い花で編んだ花輪をかぶせよう。棺桶に横たわる死んだ花嫁みたいに。そして去っていく時に」と必死に考え込んだ。「どう終わったらいいかな？　去り際にどう言えばいい？」

「普通別れる時に言うように〝さようなら〟は？」

「だめだ」とパリは反対し、とっさに思いついて言った。「そうだ、こう言おう。〝純心なる戯れを〟こう言われてぐっと来ない女はいない。ひとたまりもないと感じるはずだ。ねえ、こうだよ。〝純心なる戯れ〟」と音を一つ一つ区切りながら言って奇妙な薄笑いを浮かべ、燃えるような目でエシュテティをじっと見詰めた。「君もこう感じるならうんと言えよ。感じるかい？」

エシュテティは女がどう感じるのか理解できなかったが、パリが今どう感じているかを感じることはできたので、うんと言った。

ゲルゲイとシュクルテーティがパリの両わきを抱えて表通りに連れ出したので、エシュテティはほっと息をついた。パリは車に乗ろうと言っても耳を貸そうとしなかった。仲間の二人の腕を何度も振り払おうともがいた。ゲルゲイとシュクルテーティに連れられながら、エシュテティを目で探し、繰り返し叫んだ。

「エシュテティ、イタリア語も勉強するんだ。今晩のうちにイタリア語をマスターしてやる。ねえ、エシュテティ」

西駅を通りかかった時には、さいわいココア色の髪の女のことは忘れてしまっていた。しかし、トランシルヴァニア・ワインケラーのことはしっかり覚えていた。

着くと、パリはがっかりしてしまった。山のような人だかりを期待していたのだ。新聞記者の臨時総会の熱気で包まれた空気の中で、会長を罷免する時のような群衆を期待していたのだが、夜中二時と三時のあいだの居酒屋は休戦状態さながらで、夕食は片付けられ、朝方の常連たちはまだ来ないので、しんとしていた。ただウェイターが何人か、新しいクロスを広げたテーブルにナイフやスプーンを並べていた。仲間の記者は誰ひとり来なかった。パリはしょげきって周りを見回し、手を力なく振り下ろした。こんなくだらないやつら相手に何をしても仕方ないとでも言いたげに。

「ハンガリー」とため息をついて言った。「新聞記者の寡婦たちと遺児たち」それからみんなをテーブルにつかせようとした。

パリは一人キャベツスープを注文した。みんなはもうこれ以上食べることも飲むこともできなかった。パリはじっとスープを凝視するだけで手をつけようとせず、長い間ひっかき回していた。と急に、塩入れの塩と粉パプリカとつまようじを一気にスープに投入し、食べ始めた。噛むとつまようじがぼきぼきと音を立てた。

三人は仰天して立ち上がった。

「ひどいな」とシュクルテーティは顔をしかめた。「こりゃひどい」そして鏡に映った血の気の失せた顔を見た。パリは、酢のような酸っぱい冷や汗を垂らしながら、うす気味悪い笑いを浮かべていた。

「ひどいな」

「なんとかしなくちゃ」とエシュティが言った。「あんまりだよ」

パリはつまようじをスープの中にぺっぺと吐いた。さすがに噛み砕くことはできなかったのだ。

ゲルゲイはメディアをもう一本パイプに差し込み、それからシュクルテーティをテーブル横の電話ボックスに誘い出した。二人は電話をかけるわけでもなく、ただ可哀想にと繰り返しぼやいていた。

少ししてゲルゲイは髪を振り乱しながら電話ボックスから飛び出すと、まっすぐパリに向かってきた。「ばかなことはやめろ！」と形相を一変させて叫んだ。「こんなばかなこと！」

パリはぼんやり他人事のように坐っていた。

「おい、パリ」ゲルゲイは目を覚まさせるように、パリの腕を掴んで揺さぶった。「精神患者が殴られているらしいんだ」

「どこで?」とパリは言って、夢から覚めたようにぽかんとした。

「聖ミクローシュ病院だ。さっき電話したんだ。今夜、精神患者が二人殴られて血を流している」

「スキャンダルだ!」とシュクルテーティは大げさに騒いだ。「全国紙級だ」

「よし、取材だ」とパリは言った。「支払いを済ませろ」と言うと、まるで夢の中で号令を聞いた兵士のように、飛び上がって敬礼した。記者らしく、公共の利益を守るという使命に目覚め、人道主義に突き動かされたかのようだった。「編集部にはもう少し待ってもらってくれ」と指示を始めた。「十段記事にしたい。あと、煙草をもう一本」

エシュテティは今だったら逃げられると思った。もう耐えがたかった。この狂乱沙汰にも、自分自身にも。そっと歩道の反対側に移動し、そこから事の推移を見守った。

最初にゲルゲイがトランシルヴァニア・ワインケラーから出てきた。彼はあらゆる事態に対処する生まれつきの能力と豊かな経験を持ち合わせていた。口笛を吹いてタクシーを呼び止め、運転手にチップをたっぷり約束し、何か耳打ちした。それからシュクルテーティ、次にパリが帽子を手に出てきた。艶のある金髪の頭に麦わら帽を載せたが、帽子はもうすっかりくたびれて繊維があちこち飛び出し、彼の頭と同じように抜け殻のようだった。まずパリが、それからゲルゲイとシュクルテーティが乗り込むと、車は出発した。

エシュティはアンドラーシ通りを家路に向かってとぼとぼ歩いた。この晩だけで三十本煙草を吸い、ブラックコーヒーを九杯飲んだ。ニコチン中毒だしカフェイン中毒だ。息が荒かった。建物の壁に手をつきながら何度も立ち止り、右手首と首の脈を探した。心臓が不整脈のように波打ち、胃がむかついた。それでも来てよかったと思った。ろくでもない目に遭ったが、同時に何か温かいものを感じていた。何か身にまといつくような動物的な温かさ、人間の究極の愛情ともいうべきものを感じた。ほんのしばらくの時間だったが、ひょんなことから無条件に愛されたことが、自分の中で熱い思いとなって膨らんでいた。

悲しさは感じなかった。空にはまだ星が瞬いていた。橋の上にはそよ風が吹き、ドナウ河の水底は深く、たゆみなく前進しながらゆったりと流れていた。書斎のドアを開けると、長年の習慣ですぐに仕事にとりかかることができた。書斎机の前に機械的に腰を下ろすと、無造作に積み重ねた原稿の山から何枚かを抜きとり、目を通しては続きの言葉を探り出したり、頭の中ですでにできあがった小説の一節を紙にしたためた。今晩見聞きしたことはとりあえず傍らに置き、しばらく忘れることにした。またいつか、ここぞという瞬間に心の引き出しから取り出せばいい。

車は夜の町を猛スピードで駆け抜けた。

運転手はチップを当て込んで、制限速度を大幅に超えて飛ばしていた。車のバックランプは紫色の人工的な小さな光を放っていた。ヘッドライトは進行方向の暗い石畳の車道にまぶしい光を投げていた。光は時に新しいじゅうたんを次々に広げていくように見え、時には車が同じ一枚の古いじゅうたんを持ち運んでいるかのような、使い切らず、前へ前へとひっきりなしにすばやく転がしながら広げているかのようにも見えた。

パリは真ん中の座席に坐り、この様子をおもちゃで遊ぶように楽しそうに観察していた。また海の波間に上下に揺られているような気がして、それがさっきより一段と強く感じられた。何度も身を乗り出して水面に顔を映そうとするのだが、波はもう高くなって何も見えなかった。

ゲルゲイは隣に坐っていた。シュクルテーティは向かいの補助席に坐っていた。二人だけで大丈夫だろうかとふと思ったが、パリはおとなしかった。非情な精神科医のところへ引っ張られることも、どうでもよくなったようだ。酒の臭う薄い唇を舐めながら、黙っていた。

こうしてすっかり静かになってしまった。暗闇の中で時おり、彼とゲルゲイ、そしてシュクルテーティの三つの頭が揺れていた。

誰も口をきかなかった。ゲルゲイは欠伸《あくび》をした。

車はでこぼこの地面で飛び上がったと思うと、派手にクラクションを鳴らし、聖ミクローシュ病院の門の前に停止した。

ベルを押すまでもなく、守衛はクラクションの音を聞いて門を開けた。

ゲルゲイが車を降り、それにシュクルテーティが続いた。最後にパリが降りた。

パリは守衛の前に進んだ。

「担当医は？」と守衛が事務的に訊ねた。

「ヴィルト先生だ」

パリは直立していた。おしゃれなレインコートの裾を風がふわりと揺らしていた。

仲間の二人が寄って来ると言った。

「煙草をくれ」

ライターの火がパリの顔を照らし出した。以前のように穏やかで真面目な顔つきだった。

「何時になる？」と訊ねた。

「三時十五分前だ」

「じゃあ行くか」と言うと、大股に、ちょうど新聞記者がどんな場所でも馴れた様子で歩くように前進した。

ゲルゲイとシュクルテーティは一歩遅れてそれに続いた。

二階で錠ががちゃりと鳴った。灰色に塗られた鉄のドアの向こうに、狭く長い廊下が続き、裸電球が二つ照らされていた。パリはドアの前で煙草の火をもみ消し、振り返った。二人は離れたところに立ち、ゲルゲイはほどけた靴紐を結ぶふりをしてかがみ込んだ。パリは一人でドアを入って行った。

その背後で鉄のドアが軋《きし》む音を立てて閉まった。看護師が鍵を掛けた。

ゲルゲイとシュクルテーティはまだしばらく鉄のドアの前で立ちつくしていた。それから階段を降り、待たせていた車に乗り込んだ。

二人とも打ち拉《ひし》がれていた。こんな風でなくても、どのようなかたちであれ、いつかは誰にでも訪れる共通の運命を思った。ゲルゲイはこれまで数えきれないほどの銃殺や絞首刑の場に立ち会ってきたが、今は咳をしてみたり、小声で何か悪態をつくように口ごもるだけだった。シュクルテーティは一日中大声で笑っていたので、わき腹が痛んだ。二人とも黙っていた。ゲルゲイは中央の座席に、シュクルテーティは補助席に坐った。パリが坐っていた場所は空っぽだった。車内は沈痛な空気で満たされた。

「官報」の正規記者であるモジョローシ・パールは、廊下を進んで行った。その廊下はあまりにも、あまりにも長く、到底端まで行きつかないように思えた。ずっと先、百歩ほども先の二つめの電球のあたりに、ちっぽけな人物が待ちかまえているのが見えた。発育不良で血色の悪い、パリよりずっと背が低く貧相な人物で、耳はやや横に広がり、白衣の下からは聴診器が見えた。ヴィルト先生だった。

パリは近寄ると、いつもやるように名前と紙名を名乗った。自分が多くの読者を代表するのだといわんばかりの、控えめだが自意識に満ちた態度だった。

「取材に来ました」とパリは言い出した。「じつは先生、聞いたところでは」と言って口をつぐんだ。

ヴィルトは助け舟を出した。

「何だね?」

「今夜ここで精神患者二人が殴られたとか」

「ここで?」と言ってヴィルトは視線を床に落とした。「そんなことはありませんよ。ここでは患者に暴力は振るわない。それにこの病院に精神患者はいないんだ。神経症患者だけだ。ちょっと疲れて休養しているだけなんです」

「しかし、ちゃんと情報を掴んでいるんですよ、先生」

「いえ記者さん、それは何かの間違いですよ」とパリの肩に手を置き、まるで失礼な笑いを浮かべた。

医者はパリの腕を取ると、恐ろしく長い廊下を何度も繰り返し行ったり来たりした。周囲には病棟が並び、ドアが開いたままの病室からは、車のバックランプにも似た紫色の電光が見えた。眠りについた患者たちは、誰もがやるように日中のささいな出来事を夢の中で無邪気に積み上げたり崩したりしていた。しかし眠れない者も多くいた。痴呆症の第三段階にある無精ひげの太った男は、ベッドの上に坐り、病院の青縞のパジャマを顔に押し当てていた。

パリはこれら患者の病状や回復の見通しについて質問をした。ヴィルト先生は政治や警察について世間話をしたり、共通の知り合いの記者たちのことを話し、しまいには身内のような親しみをこめて梅毒の話題に振った。まさに率直で打ち解けた友人同士の意見交換だった。それから唐突に、ポケットに携帯していたナイフをこちらへ渡すように言ったので、パリはおとなしく従った。医者は礼を言うこともなく、聴診器が入っている白衣のポケットにナイフを滑り込ませた。こうしながらとりあえず病状をおおまかに把握したのだった。時間が遅いので、詳しい診察は朝を待つことにした。

パリはありとあらゆるくだらない話を続けていたが、急に黙ってしまった。何かが違うと感じたのだ。ぼんやりとした表面的な不安感が湧き起こった。とはいえ、それはちょうど道をずっと歩いていて、肩にぴったりしていたズボン吊りがずり落ちて違和感を感じる程度のことだったのだが。パリはふとゲルゲイとシュクルテーティのことを考えた。

その瞬間には、ヴィルト先生はもうパリを小さな病室に通していた。静かで寒々と味気なく、塗装の剥げた部屋には、家具といえば麻布のカバーをしたテーブルと椅子が一つ、ベッドとサイドテーブル、それから暖房機があるのみだった。

医者はベッドに腰かけた。服を脱いでよく休むようにと言い聞かせ、明日になったら庭に散歩に出ようと言った。

パリは個人的自由を奪われたことに対して、報道人の立場から抗議しようとしたが、声にならなかった。唸り声にしかならなかった。自殺の現場でもデモでも葬儀でも、いつでも規制線の内側で自由に行き来できる自分が、まさかその自分がこんな目に遭うとは。

ヴィルト先生は行ってしまった。パリは後を追って廊下に出たが、もういなかった。看護師が一人いただけだった。ドアを開けてくれた人でなく、別の知らない看護師だった。

部屋に戻った。檻のはめられた窓から庭を眺めた。伸びすぎた芝生のヌルデの木のあいだで、白いドクニンジンの花が、まるでちぎり捨てた原稿のように揺れていた。まだ街灯はついていたが、明りがなくても見えただろう。太陽という世界をめぐる正確な時計がぐるりと一周し、今地平線の向こうからゆっくりと登りながら、空を薄紅色に染め始めていた。夜明けだった。

パリは麻布をかけた粗末なテーブルに肘をついた。今度はエシュティのことを考えた。エシュティはというと、明け方原稿の手直しを終えると、電球のスイッチを切り、寝室で服を脱いでシャツ一枚になっていたが、眠れなかった。彼もまたパリのことを考えていた。

パリはこれからどうしようかと考えをめぐらせたが、とりあえずのところは何も思い浮かばなかった。ただ腰を下ろして泣くことしかできなかった。

一九二五年

第9章 ブルガリア人車掌とブルガリア語会話に興じ、バベル的言語カオスの甘美な禍に酔いしれるの巻

「ぜひ聞いてほしい話なんだ」とエシュティは話し始めた。

「先日とある集まりで、ことばができない国には行きたくないという奴がいたんだ。正しいと思うね。僕だって、旅では何といっても人間に興味がある。博物館の展示品よりずっとね。言葉を聞いても理解できないと、まるで精神的聾唖者みたいな、音楽も字幕もない無声映画を見せられているような気分になるからね。苛立たしいし、つまらない。

とまあここまで話して気がついたけれど、"逆もまた然り" じゃないかな。世の中たいていのことがそうだ。お喋りで騒がしい外国人の中に混じって、ぽつんと一人そいつらをじっと眺めているっていうのも、けっこう楽しいもんだ。なんて高尚な孤独だろう、ねえ、誰にも邪魔されず、何の責任も負わない。にわかに赤ん坊が庇護されているような感じ。自分より賢い大人たちに対するいいようのない信頼感が生まれるんだ。喋ったり動いたりは周囲に任せていればいい。そしてすべてをあるがままに受け入れる。この目で、じゃなくて耳で確かめもせずにね——だって、知っての通り、僕は十ヵ国語を話すからね——た

ったの一度だけ、トルコに行くときにブルガリアを通過した時だけだ。ブルガリアにはじっさい二十四時間滞在したにすぎない。それも列車の中だけ。そこで起こったことなんだが、これを話さないなんてもったいない。だっていつ何時僕は死ぬかわからないし——心臓か脳の毛細血管が切れるとかして——、それに他に誰もこんな経験をしたことはないはずだ。

夜だった。夜半も過ぎていた。急行列車は知らない山々や村のあいだをひた走っていた。一時半くらいだったろうか。僕は眠れなくて、新鮮な空気を吸おうと通路に出た。でもすぐに飽きてしまった。美しい景色のかわりに、見えるのは闇だけだ。一瞬でも灯が見えると珍しいくらいだったよ。周りの乗客たちはぐっすり眠って、車内は人っ子一人歩いていなかった。

そろそろ個室に引き揚げようとした時、ランプを手にした車掌が現れた。黒い口ひげを生やした大柄のブルガリア人で、ちょうど夜中の巡回を終えたようだった。僕の乗車券もとっくに確認済みだったから、特に用もなかったけど、挨拶代わりに手に持ったランプを僕に向けてかざすと、親しみを込めた目でこちらを見た。それから僕の横に並んで立った。奴も退屈していたんだね。

いったい全体どういった訳かわからない。でも、こいつと喋ってやろう、なんとしてもって決めたんだ。それも長く続く会話をね。ブルガリア語で煙草は？　と訊ねてみた。ブルガリア語の知識はこれっきりだった。これだって、車内広告を見て覚えたんだ。それ以外にも道中なしでは済まされない単語を五、六個は知っていたよ。「そう」とか「いいや」とかね。だけど、誓うけどそれ以上はまったくできないんだ。

車掌は帽子の鍔《つば》に手をあてて会釈した。僕は煙草入れをぱちんと鳴らして開け、煙草を勧めた。奴は金色の巻紙のを一本取り出して、丁重に礼を言ったよ。僕も一本取り出した。丁重な礼は言わなかったけどね。車掌はマッチを手探りで取り出して煙草に火をつけ、まったく知らない言葉で何か「どうぞ」みたいなことを言った。僕は青い火がゆらめくライターを差し出して、生まれて初めて耳にしたその単語をおうむ返しに言ったんだ。

僕らは蛍族よろしく、鼻から煙をぷかぷか出して輪をこしらえたりした。これはなかなか幸先のいい出だしだと思った。今思い出しても、我ながらたいしたものだと思うよ。このさりげなく蒔いた種が、いつか――まあすぐわかるよ――大きく葉を茂らせる木になって、やがてその木陰でひと休みして旅の疲れを癒すことができたし、おかげで明け方に陳腐な体験だけを列車の個室に持ち帰るなんてことにならずにすんだ。こんなことは、よほど人間を知り尽くして心理学の知識をもってなくちゃできないことだよ。

僕のとった態度が最初から確実で完璧だったことは、君らも認めるだろう。僕は生まれながらのブルガリア人で、僕のブルガリア語はソフィア大学の文学の先生並みだって信じさせたのさ。ここからは、ややクールに、愛想ない態度を見せた。要はお喋りは控えるっていうことだ。そうできるかは僕次第とは言い切れないけれど、まあいいさ。外国人はたいがいその国のことばで喋ろうとやっきになってつい夢中になるから、すぐに外国人だとバレるんだ。土地の人間は逆にうなずいたり、ちょっとした仕種で言いたいことを表して、たいして喋りたがらないものなのさ。喋ったところで、体内に眠る母語という名の宝の山から、使い古して色褪せ擦り切れた言葉を取り出しては、ぞんざいに並べるのが関の山だ。気の利いた表現や過不足ない文学的構文を使っても、大抵は嫌がられる。できるだけ話さないのが賢明だ。だって延々と演説したり分厚い本を執筆したとたん、聴衆や批評家たちがすぐ飛びついて、なんだこいつは母語さえまともに使いこなせないのかって責め立てるし、それにも一理あるしね。

とまあそういうわけで、僕と車掌は打ち解けた沈黙の中で陽気に煙草をぷかぷかやっているうちに、友情が芽生え、真に互いを理解し合い、一生モノの心の絆が出来上がったというわけだ。僕は快活で親しげに振舞ってみせた。時々額《ひたい》にしわを寄せたり、それから変化をつけようと、確かめるように彼の方を見たり、手を変え品を変えやってみた。でもやはり、いつまでも会話を始めないわけにもいかなかった。もうあと一歩で会話が生まれるっていうムードが満ちていたからね。僕は欠伸《あくび》をしてため息をついた。それから彼の肩に手を当て、眉《まゆ》をうんと持ち上げてみせた。いよいよお互い何か訊ねようとする雰囲気になった。僕は顔を上げて声をくぐもらせて言ってみた。「で？」こういう飾らない訊ね方をされて、車掌は子どもの頃の思い出がよみがえったか、またはいつもこんな調子の悪友を思い出したんだろう。「よお、最近どうだ？」ってね。にこっとしたよ。そしてしゃべり始めた。四、五文話したところで今度は黙り込み、こっちの返事を待った。

僕もやはり待った。これにはわけがある。さあなんて答えようかと考え込んだわけさ。ちょっと迷って、決めた。こう言ったんだ。「そう」

経験から知っていたのさ。ちゃんと話を聞いてなかったり、何だかよくわからない時、国でもこういう時はいつもひとこと「そう」って言うんだ。これが無難なんだ。本当は何か扱《こ》き下ろすべきところを、こう言うとまるで褒めたかのように聞こえてしまったとしてもね。そういう時は、皮肉っぽく「そう」って言ったと思わせればいいのだから。「そう」っていうのは、「いいや」の代わりにもなるんだ。

僕の理論が正しいことは、このあと起こったことが堂々証明してくれた。車掌はさっきよりお喋りになった。ところが、ふとまた黙り込んで返事を待つんだ。それで今度は訊ねるような、ちょっと理解できないねと驚くような調子で訊いてみた。「そう?」ってね。これが、いうなれば氷を砕く結果となった。車掌はすっかりうち溶けて喋り出したよ。十五分くらいも話しただろうか。親しみをこめて、話しぶりにも変化をつけてね。お蔭で僕は、もうどう答えようかと頭を悩ませる必要もなかった。

この時はじめて自分の成功を確信したよ。その口からとめどなく言葉が溢れだし、ぺちゃくちゃとやりだしたのを見れば、もう僕を外国人とは露ほども思っていないのは明らかだった。しかし、この確信は揺らがないとはいえ、この状態を維持する必要もまたあった。受け答えという、僕には難度が高すぎる義務から一時的に免がれ、また仮に金の巻紙の煙草をくわえ続けて、〝口が塞がっています〟とか〝ただ今取り込み中〟と示せたとしても、この一人で喋り続けてくれる相手をいつまでも放っておくわけにはいかない。そんなわけで、会話の火が消えないように時々薪をくべる工夫が必要だった。

どうやったかって? 言葉を使ったんじゃない。全身を使って俳優――それも名優顔負けに演じたのさ。顔や手や耳、それに足の指まで動かしてね。でも大げさ過ぎないように気をつけなくちゃいけない。話に耳を傾けている風を演じるにしても、熱心にしすぎると怪しまれる。時にぼんやりと注意が散漫になったり、時にまた注意力に火がついたように見せるのさ。他にも工夫した。時々手ぶりで、それってどういうことなんだい、と示したんだ。君たちはこれが一番簡単な方法だと思うだろう。違うんだ。これがじつは一番難しい。彼がぺらぺら喋ることばのどれ一つとして、僕は本当に理解できなかったんだ。こちらの反応がストレートすぎず断定にならないよう、用心しなくてはいけない。なかなかうまくいったよ。車掌は素直に今言った言葉を繰り返し、僕はまるで「ああ、そういうことか。なら話は違う」と言わんがごとく、うなずいてみせた。

しばらくたつと、ぱちぱち燃える火に小枝をくべるような、小手先の工夫で会話の火を消さないように努力する必要はなくなった。会話は放っておいても焚き火のごとく大きな炎となったんだ。車掌は夢中で喋り続けたよ。何の話をって？　それは僕も知りたいね。交通規則のことかもしれないし、家族や子どものこと、またはにんじん栽培の話かもしれない。どの話題であってもおかしくない。これは神様にしかわからないよ。文章のリズムから、何か楽しく陽気な、長くて起承転結のあるストーリーで、大河小説が結末に向けてゆっくりたゆとうごとく流れているのだと感じ取れた。急ぐ様子はまったく見せなかった。僕もしかり。小川の流れと同じ、脱線するなり何かに巻き込まれるなり好きにさせておこう、いずれ巡り巡って元の流れの心地よい深い淵に戻ってくるのだ。何度も微笑んでいたから、笑い話だったことは間違いない。所々いかにも滑稽《こっけい》な、どうやら面白おかしいピリ辛のジョークもあったようだ。彼は悪友にするように僕にウィンクしてみせ、笑っていたよ。僕も一緒になって笑った。だがいつもというわけじゃない。意見が合わない時もあるものだからね。やりすぎるのはよくない。自然に溢れてくる味わい深いほのぼのとした彼のユーモアに、僕がさりげなく相槌を打ってみせて、話にいい具合にスパイスをふりかけたというわけだ。

夜中も三時になっていた。一時間半ものあいだ僕らはお喋りしていたわけだ。列車は速度を緩めはじめた。駅に近づいたんだ。車掌はランプを掴むと、すまないが下車しなくてはと断わりを入れた。でもすぐに戻る、そしたらまた続きを、つまりこのとびきりの道化話のオチを話すからね、これがまた傑作なんだということを説明した。

　僕は窓に肘をつき、くたびれ果てた頭を冷たい空気に当てた。暗い灰色の空には、まるで深紅のぼたんが花開きはじめるように、夜明け前の光がさしていた。片田舎の人里が目の前に広がっていた。駅舎には百姓やスカーフで頬かむりした婦人が何人か列車を待っていた。車掌は僕といたときと同じように彼らとブルガリア語で言葉を交わしていたが、こちらの方がよっぽど成果があっただろうね。だって、みんなすぐさま車掌のことばを理解して、列車最後尾の三等車のほうへ移動していったから。

　しばらくすると、車掌はふたたび僕の横に戻って来た。口元には笑みを浮かべたままで、面白おかしそうに話の続きを始めた。ほどなく例のオチとやらにたどり着いて、車掌は笑いをこみ上げ、お腹をゆらして大笑いしたよ。そりゃもう大将、なんとも愛すべき微笑ましい奴さ。笑い続けながら、今度はコートのポケットに手を突っ込むと、輪ゴムで綴じた薄い手帳を取り出した。手帳のあいだからどうやらこの話に絡んだ――おそらく切っても切れない関係のものなんだろう、しわくちゃの汚い手紙を取り出すと、僕の手に握らせ、読んでみろ、どう思うか？　ときたんだ。さて困った、どう言おう。鉄ペンで書き崩したキリル文字が目に入ったが、いかんせん、僕は読めない。注意深く手紙を読むふりをしたよ。車掌はそのあいだも横からこちらの様子を窺い、僕の反応を待っていた。「そう」と僕は声をくぐもらせた。「そう……そう……」半ば肯定する風に、半ば否定する風に、たまに疑問をあらわす風にね。そうしながら首を傾げてみせ、まるで「なるほどね」か「ありえないよ」か「人生そんなものさ」のように見せた。これは何にでも有効だからね。「人生そんなものさ」が当てはまらない状況には、これまでの人生で出くわしたことがないよ。人が死んだ時だって、「人生そんなものさ」っていうじゃないか。僕は手紙を軽く叩き、臭いを嗅いでみた――ちょっとカビ臭かった――けど、それ以上何もできないから、彼に返したんだ。

手帳の中にはまだいろんなものが入っていた。今度は写真を一枚取り出してみせたが、犬の写真だったからちょっと驚いたよ。僕は口をすぼめてみせて、まるで大の愛犬家みたいにしげしげと写真を眺めてみせた。でも車掌はこれが気に入らなかったようだ。どうやらこの犬を毛嫌いしているようだった。そこで僕も顔をしかめて、犬に歯を剥いてみせたよ。だけどそれ以上に驚いたのは、車掌が手帳の布カバーから端切れに包んだ得体の知れないものを取り出して、いいから開けてごらんと促したときだった。開けてみたら、大きな緑色のボタンが二つ。たったそれだけ。紳士用コートに似合いそうな、何かの骨でできたボタン二つだ。僕はそのボタンを手の中で軽くゆすってチャリチャリと音を鳴らしてみせ、いっぱしのボタン愛好家を演じてみせたのだが、車掌はいきなり僕の手からボタンを奪い返すと、これ以上見るなといわんばかりに急いで手帳にしまい込んだ。それから数歩下がって、列車の壁にくるりと顔を背けてしまった。

僕はまったく事態を理解できなかった。慌てて車掌に駆け寄ったが、全身の血が凍る思いがしたよ。彼は目に涙をいっぱい溜めていた。この太った大男は泣いていたんだ。最初は冗談まじりに涙を見せまいと必死でごまかしていたが、やがて口元はゆがみ、顎《あご》をわなわなと震わせて泣いたんだ。

まったくのところ、僕は人生のあまりに深くて複雑怪奇な混沌を垣間見た思いがして、気が遠くなった。何が起こったっていうんだろう？　この長い話と笑いや涙はどう関係するというのか？　それぞれがどうつながるのだろう？　手紙と犬の写真の関係は？　犬の写真と緑の骨のボタンの関係は？　それらはみなこの車掌とどんな関係にあるというのだ？　異様な事態なのか、または反対に、至って人間的で健康的な感情の発露なのか？　そもそもこれは何か意味をなすのだろうか。ブルガリア語だろうが何語だろうが。僕はすっかり気が滅入ってしまった。

僕は車掌の両肩をしっかり掴むと、励まそうと必死になってブルガリア語で「いいや、いいや、いいや」と三度力をこめて耳元に囁いた。彼は涙をとめどなく流しながら、やっぱり何か別の短いことばを言ったが、それはきっと「親切にありがとう」という意味だったと思う。または「このくず。いかさま野郎」と言ったのかもしれない。

彼は少しずつ落ち着きを取り戻した。呼吸も穏やかになってきた。ハンカチを取り出して濡れた頬を拭うと、何か言った。しかし今度は声色をすっかり変え、こちらに向かって短くまっすぐに問いただすようだった。きっとこんな内容だと思う。「最初あんたは〝そう〟って言ったくせに、どうしてそのあと〝いいや〟って言ったんだ？」とかね。質問は次第に矢継ぎ早になり、機関銃のように厳しい口調で、僕の胸に指を突きつけた。こうなるともう、ごまかしはきかない。

万事休す。どうやら幸運の女神に見放されたようだ。そこで僕は思い切って高飛車な態度に出てみた。これが功を奏したんだ。僕はぴんと背すじを伸ばし、うんと冷ややかな目で車掌をじっと睨みつけた。そして、車掌のような下っ端など、こちとら相手にするつもりはまったくないといった態度で、僕は踵を返すと大股で歩いて自分の個室に戻った。

個室に戻ると、しわくちゃの小さな枕に頭を埋めた。まるで心臓発作を起こしたみたいに、あっというまに意識がなくなっていたよ。昼近くになって、まぶしい直射日光が差し込むので目を覚ました。個室のガラスを叩く音がして、車掌が入ってきた。次の駅だと教えてくれたが、それから出て行こうとしない。まるで忠実な飼い犬さながら、その場に立ち尽くしているんだ。そして話し始めた。小さな声でよどみなく話し続け、こちらは遮ることもためらわれた。夜中の気まずい出来事の言い訳をしたのか、それとも自分を責めているのか、ただその顔には深い後悔の色と真実の苦悩があらわれていた。僕は冷ややかな態度を取り続けた。淡々と旅行鞄の蓋をして、通路に出すことだけを指示した。

最後の瞬間になると、やはり可哀そうになってしまった。車掌は旅行鞄を駅の荷物運搬人に引き渡し、僕はタラップをゆっくり降りた。それから無言で車掌の方を見上げた。「君の態度はたしかにいただけなかったよ。でも人間誰しも誤りを犯すもの。僕はもう許しているよ」とまあそういう目つきでね。そしてブルガリア語でひとこと言ったんだ。「そう」ってね。

これには魔法の効果があった。はっとしたように表情が明るくなり、元のあの車掌に戻ったんだ。その顔には感謝に溢れた満面の笑みが浮かんだ。車掌は敬礼をすると、幸せに胸をうちふるわせながら、列車が発車するまで直立不動の姿勢で窓際に立っていた。こうして僕の目の前から彼は永遠に消え去って、もう二度とその姿を見ることはなかったんだ」

一九三二年

第10章 バーチカ地方の金持ち百姓の娘ジュジカが井戸に身投げしたのち嫁に行くの巻

エシュティ・コルネールはポルトガルから帰国した。ふと思い立って、一か月ほどイベリア半島に保養に出かけたのだ。そのあいだポルトガル人とポルトガル語だけで会話する、というのが彼の休暇の内容だった。ポルトガル語、そう、〝花のことば〟で話すことだ。

彼は夜ふけに駅からまっすぐ私のところにやってきた。埃まみれだった。雨がっぱの裾にはまだリスボンのそよ風がそよぎ、靴にはタングス川の砂利がこびりついていた。

私はブダのとある居酒屋に誘い出された。きっと旅の土産話を延々と聞かせてくれるのだろうと思ったが、今はそんな気分ではなかったようだ。二人の故郷の話、生まれた町や学生時代、それから懐かしい穏やかな人々や楽しい思い出の話になった。

この夜、私は彼の新しい面を発見した。正直に言うと、それまで彼のことを物好きで気ままな風来坊だとか、ちょっとイカレた文学異端児だとか、何かとそんな目で見ていた。今はじめて、彼は人間で、それも根っからの人間であり私の相棒なのだとわかったのだ。身勝手なおどけ方や大口のたたき方など、彼のことばの端々からはまさにバーチカ（ハンガリー王国南部の地方。おもに現在のセルビア北部の平原地帯）の息づかいが溢れていた。バーチカ地方はまさにわれらのガスコーニュ地方（フランス南西部の地方）だった。彼のあまのじゃくな態度にも、いちいちどこか田舎者臭さが感じられた。

エシュティはワインをしこたま飲んだ。バダチョニ産（バラトン湖北岸のワインの産地）の白に始まり、続いてチョパク産（同じくバラトン湖北岸の村）、その次はアラーチ（チョパク近隣の村）の教会の地下室で三十年間熟成された濃厚で香り高い白の貴腐ワインだった。そこからはずっとそれを飲んだ。

夜明けも近づいたころ、テーブルには白ワインやその他の空瓶がずらりと並び、話題も尽きかかっていた。というのもわれわれはすでに、生きている知り合いのほとんどを殺し、死んでしまった奴らのたいがいを生き返らせてしまっていたのだ。そこでエシュティが訊ねた。

「ねえ、ジュジカのこと覚えているかい？　そう、スチ・ジュジカだよ。あの百姓の娘、あの金持ち百姓のさ。消防署のすぐ近くのぼろ家に住んでいた。まあ百姓ってのはみんなぼろ家に住んでいるものだけど。だけどすごい金持ちだった。

子どもの頃、箪笥《たんす》長持ちに金を隠し持っているとか、干し草袋に千コロナ札をしこたま詰め込んでいるとかいう噂を聞いた。どこまで本当の話かはわからないけど。はっきりしているのは、はち切れんばかりの金を持っていたということだ。生活はその辺の小作農と何ら変わりはなかった。青色の羊毛マントに鍔《つば》のそり上がった帽子を被り、長靴を履いていた。大きなパイプに安物の煙草を詰めて、マッチの火をくすぶらせながら吸っていた。冬には大かまどの脇のベンチに腰かけて、冬眠中の熊よろしく羊の毛皮にくるまって居眠りだ。そして春がやって来ると、おもての木のベンチに腰を下ろして、秋までそこを動かない。誰に話しかけることもなかった。ただ黙って坐っているだけ。まるで金の上にあぐらをかくようにね。

恐ろしくケチな老人だった。あれにかかったら最後、世の中じゅうが飢え死にしてしまうくらいだ。それでも娘にだけは金を使ったな。一人娘だった。他には誰もいない。かみさんを早くに亡くしたからね。

ジュジカは女子修道院に通ってフランス語とピアノを習っていた。今どきの娘たちと変わらず、粋に帽子も被っていた。綺麗だけど不幸な娘だった。このろくでもない世の中のどこにも自分の居場所を見つけられずにいたんだ。ソツなくやるコツだとか、暗黙のルールとか空気だとか、そんなものどんな学校や校則だっていちいち挙げ連ねて教えてくれはしないからね。道で声を掛けられれば耳まで真っ赤になるし、握手を求められると蒼くなって慌てて手を後ろに引っ込めるんだ。悲しむべき場面で微笑んでしまったり、またその逆だったり。でもだからって？　どんな風に振舞おうと彼女は魅力的だったよ。

君は一度か二度しか見かけたことがないって？　まったく出歩かないんだ。無口な父親と暮らしているうちに、父親みたいに無口になった。たいてい家の中に引きこもっていたよ。町に出れば人込みを避けた。いつも恥ずかしそうにして。誰がどう誘ってみても、彼女がケーキ屋に入ってココアドーナツを食べるなんてありえなかっただろう。

嫁に行くのも遅かった。求婚者ならひっきりなしで、門前払いも追いつかないくらいだったけどね。そもそも自分がどの階層に属する人間なのかがわからなかったんだ。百姓の若者たちのことは軽蔑していて、彼らの方もまた近寄りがたく思っていたし、いわゆる若旦那たちのことは金目当ての持参金狙いだと思っていたから、そういう奴らの前に出ると――羨望と軽蔑の気持ちが同時に湧いて――変に緊張してどうしていいかわからなくなるんだ。これって何かわかるかい？　歴史的緊張ってやつさ。今まさに伸《の》し上がらんとする社会階級のね。まだ歴史の舞台で主役を演じたことのない、まだ歴史の配役表に名前を記されたこともない人々、いつも背景でうなずいたり呻《うめ》いたりするだけで、役に名前すら与えてもらえない人々のね。

日曜の午前にはフランシスコ派修道院の昔ながらの教会に、十一時半から始まるいわゆる〝花のミサ〟（村の教会で行われる女性向けのミサで、聖書にローズマリーの押し花を一輪挟んで持って行く習慣からこう呼ばれた）によく通っていた。何度か見掛けたよ。そりゃあもう別嬪《べっぴん》さんだったよ。夏には白い麻のドレスに赤い革ベルトをして、赤い絹製の日傘で大平原の強い陽射しを遮り、それが青白い細面の顔に赤い影を落としていた。まるで燃えさかる炎の中の一輪の百合の花だよ。まるで野の花でこしらえた花束、白と赤、白いドクゼリと赤いケシの花を一緒にしたみたいな。素性を隠した貴族令嬢か、はたまた百姓の娘が公爵令嬢に変装したみたいな。ねえ、やっぱり僕も惚れちまってたのかなあ？

それはそれとして、ある日曜日のミサが終わった時、町の若者たちが教会前の広場をぐるりと取り囲み、細い籐のステッキや真新しい鹿革の手袋を振り回して、片眼鏡を光らせながらお決まりのお上品なマナーで教会から出てきた娘たちを品定めしていたんだ。そこでボロシュ・ピシュタが彼女を一目見てすっかり恋に墜ちたというわけだ。すぐに後を追いかけて声を掛けたのさ。

ジュジカは震えあがって顔をしかめた。ピシュタは話し掛けたが、ジュジカは耳をふさいだ。ピシュタが声をひそめると、ジュジカは今度は耳たぶから手のひらを離して耳を傾けた。彼を見て莞爾《にっこり》した。ついに本当に微笑むべき時に微笑んだというわけだ。

僕らの誰もできなかったことを、どうやってピシュタはやり遂げたんだろうか？　そりゃあいつは立派な男で、すばらしくいい奴だった。何といっても男前だし、髪はカールして鼻は高かった。あの大根役者のルブローイ・イムレが恋愛もので大金持ちの男爵役を演るときみたいな装いでね。夏でもきちんと脛当てをつけていた。それに根っからの自然な教養があった。あれはあとで身に着けられるようなものじゃなく、生まれ持ったものだよ。

あれは何でもできる奴だ。ハンガリーの歌謡曲なら少なくとも千曲はメロディーも歌詞も正確に知っていたし、ジプシーたちをどう扱い指図して手綱を握ればいいかも解《わか》っていて、連中のやたら馴れ馴れしい態度も目つき一つで遠ざけ、上から目線ですましながらも兄貴分らしい愛嬌ある目くばせで彼らの心を掴んだし、〝ただそっと静かに〟をバイオリン弾きがそっと静かに演奏しなかったり、〝波立つバラトン湖〟でツィンバロン弾きが綿を巻いたバチで鋼の弦を打ち鳴らしても十分に響いて波立たない時に、ここぞというタイミングで「ちょっと待った」と注意してみせたし、ビオラ弾きのあばた顔にキスしたりコントラバスに蹴りを入れたり、コップや鏡を割ったり、三日間ぶっ続けでワインやビールそれに貴腐ぶどうのパーリンカ（蒸留酒）をたらふく飲んだり、キャベツスープや冷めた豚肉のパプリカ煮を見て旨そうだと舌打ちしたり、長々とカードを吟味したり、恍惚となって片目を閉じながら半時間もチャールダーシュのステップを踏んで、興奮し狂ったように地面を踏み鳴らして奇声を上げ、踊りの相手を宙に高く放り投げては羽根みたいにそっと片腕でまた抱き留めたりもできた。要は――さっきも言ったけど――人間を他の動物と区別して真の人間たらしめる業は何でもできたということだ。

ジュジカと同じ訛《なま》りで話すこともできた。チャンタヴェールのプスタ（集落から離れた大平原に孤立する農家）で育ったからね。

どこまでも百姓のまま、プスタの申し子だった。口を開ければ農民その人が語り出した。それこそ生きた民衆詩、人間の皮革で綴《と》じた詩集だったよ。

　ジュジカをどうやって堕したのか、それはわからない。でも想像するに、五、六分経たずしてもう彼女に甘いことばを囁いていたと思うね。「ジュジカ、ごきげんよう。その可愛らしい手にキスしよう。君のためだったら二年間でも喜んで番犬になるよ」とね。これをもっと堂々と馴れ馴れしい態度で言ったんじゃないかな。こういうことって想像してもなかなかわからないものだ。まあ、それはよしとして。ジュジカも家まで送ってもらった時には、もう同じくらい恋に墜ちて同じくらい夢中だったわけだ。

　それは前途多難だったよ。日曜日のミサの後、二人はほんの少ししか会えなかった。老人はまるで獰猛なクヴァス犬（ハンガリー原産の大型の牧羊犬）みたいに娘を見張っていたから。そうそう、本当に獰猛なクヴァス犬二匹を中庭で飼っていたんだ。夕方になるとこいつらは鎖を解かれて、柵がちょっとでも軋《きし》む音がしようものなら、血眼で門に突進し、あたり一帯が震え上がるくらい吠えた。ピシュタは会いに行っても彼女に知らせることもできなかった。しばらくは落ち込んで、酒を飲み音楽に酔い痴《し》れた。それから正々堂々結婚を申し込もうと決心したんだ。

　裾長の黒コートで正装し、パナマ帽を被り、ヴェルメシュ・トーニから蓋つきの金時計と金の鎖を拝借して金満百姓の家の門を叩いた。あまり期待は持てなかった。当時はまだ二十三歳の書記見習いだったんだ。給料もまだ、せっかちな債権者の取り立てをなんとか押しとどめるのがやっとという程度だった。できることといえば、先祖の優雅で長たらしい貴族風の姓をいくつか引っぱり出してくるくらいだったろうが、こんな田舎ではそれもあまり役に立たないことはわかっていた。

この日のうだるように暑い夏の昼さがり、老人は頭の先からつま先まで正装して、ブーツに帽子の姿で夜明けからツタの絡まった玄関に坐っていた。彼に目を向けたが、それもたった一度きり。一瞥して品定めをし、軽薄で痩せた洒落男のろくでもない狼野郎で、まったくもって婿には向いていないと判断したんだ。たちまちそっぽを向いてしまった。まるで「出口はあっちだ」とでも言うようにね。家の中に通しもしなかった。ピシュタは玄関先で突っ立ったまま、腰を掛けるようにとも言われなかった。それで自分から坐って求婚の挨拶を始めたんだ。老人は首を縦にも横にも振らなかった。黙っていた。これは大変だよ。反対されればなんとかして説得しようとすることができる。黙られた日にゃあどうしようもないってもんだよ。ピシュタはすっかり打ち砕かれて、とぼとぼと出て行った。出て行きざまに手を差し伸べたが、老人はこれに気づかなかった。ただ――ゆっくり淡々と、まったく急ぐ様子もなく――帽子の鍔に人差し指をひっかけただけだった。

当時うちは同じあの雑草の生い茂った砂埃の通りの斜め向かいに住んでいたんだ。だからその後の顛末も知っているわけさ。といっても、数ヶ月は何事も起こらなかった。十月初めまでね。覚えているよ。肌寒い澄んだ秋の夜だった。満月が明るくて、その光でじゅうぶん写真を撮ったりひげを剃ったりできそうなくらいだった。十一時くらいだったろうか。キャーッという声が聞こえて、そのあと何人かが助けを呼ぶ声がした。女たちは悲鳴を上げ、男たちは大声で怒鳴っていた。寝ていた者はベッドから飛び起きた。みんなあの家に向かって走って行ったんだ。僕が駆けつけた時はもう静まって、中庭にはロープやはしご、それから胡桃《くるみ》取り用の長棒なんかが転がっていた。誰かが蠟燭の火を灯していた。驚いて口をつぐんだ人々が井戸の周囲をとり囲んで――のぞき込んで跪《ひざまず》いている人たちもいたけど――その人だかりの真ん中に、たった今井戸から引き揚げられたばかりのジュジカがシャツ一枚でびしょぬれになって横たわっていたんだ。飲み込んだ水はすでに吐き出させていて、蒼白い月の光の中に咳き込んでがたがた震える真っ青な唇が見えた。濡れたシャツが若々しい胸に貼りついていた。可哀そうに、水に飛び込んで死のうとしたんだ。オフィーリア（シェイクスピアの悲劇『ハムレット』のハムレットの恋人で、入水自殺する）みたいにね。

井戸に身投げしたわけだ。あの丸井戸、農家の井戸にね。世の中ってのはそういうものなんだね。ジュジカは女子修道院に通って、フランス語でラ・フォンテーヌのアリやコオロギの寓話も読めたし、ピアノでケーラー学派（エルネスト・ケーラー、一八四九〜一九〇七。イタリア生まれの作曲家でフルート奏者）の指の練習曲のうち簡単なやつなら一、二曲弾くこともできたというのに、人生が懸かったここぞという局面では結局、先祖代々受け継いだ不可解な本能と頑固一徹の伝統に従って、何世紀という歳月にわたって数えきれないほどの百姓の娘や百姓のかみさんがやってきたのと同じように、自殺といえば夜ふけに井戸の凍りつくような冷たい水に身を投げて、苔だらけの煉瓦《れんが》とヒキガエルに挟まれながら昇天することしか考えられなかったんだ。

父親はちょっと離れたアカシアの木の下で手をもみ合わせていた。これはもう彼にもはっきりとわかっていた。娘が井戸に身投げするというのは、好きな男がいるということだ。これは明確で意味の通る、いかにもハンガリーらしい言い回しだ。これには反論のしようがない。実際これ以上反論もしなかった。すぐに結婚に同意し、心を開き――驚いたことには――財布の口も開いたんだ。持参金として娘に千コロナ金貨四十枚を渡した。ピシュタはクリスマスを待つことなくジュジカと式を挙げたよ。

ここからなんだがね。老人はこの一件以来元気がなくなって、半分に縮んでしまった。すっかり打ち砕かれたんだね。もうくたばるんじゃないかと思われた。え、なんだって？　ちがうよ。この井戸飛び込みのせいじゃないよ。ジュジカが家を出て行って歳を取ってから一人っきりになったことも、たいして悲しいわけじゃなかったんだ。金だよ、あの大金、四十枚の千コロナ金貨を——何だかよくわからないうちに——分捕られたことが辛かったんだ。これを許すことなど到底できなかった。

こうして老人は人前から姿を消して、二度と現われなかった。通りに面したベンチに坐っている姿も見掛けなくなった。家の土間に閉じこもって、ブーツに帽子、手には杖を持って、まるで三等の待合室で列車を待っているどこかの年寄り百姓みたいだった。杖の先で地面を掘っては唾を吐いた。日暮れになる頃には吐いた唾がりっぱな水たまりとなった。人間が唾を吐く時は、考え事をしているものだ。まあイマヌエル・カントが『純粋理性批判』を執筆した時は、こんな風に唾を吐いていなかったかもしれない。しかし、人それぞれだ。この老人が唾を吐くのは、切羽詰まった考え事をしていることを表わしていた。婿のことを考えていたんだ。ずるがしこく彼を騙し、金をもぎ取ったあの鼻持ちならない持参金狙いのことをね。

だけどピシュタは持参金狙いなんかじゃなかった。金貨四十枚がなくても、丸裸でも、井戸に飛び込んだ時のあのシャツを着たままでも、この娘を嫁にもらったはずだ。ジュジカを愛していたんだ。そしてその愛は深まった。こんなに妻を深く愛する夫は見たことがないね。宣誓するまでもなく、さっさと飲み仲間と付き合うのをやめて、二度と酒は口にしなかったし賭け事もやらなかった。妻のそばを離れなかった。独身の時の住まいに彼女を迎え入れて、新居も借りなかった。金は銀行に預け入れておいた。四輪馬車だけ購入して、それに乗って二人であちこち出かけたんだ。夜は人気のない路地を手をつないで散歩した。恋愛結婚というものがあるとしたら、これこそまさにそれだった。

もちろん、恋愛結婚にも欠点はある。結婚に恋愛を持ち込むのは、家で美しく妖艶なヒョウを飼いながら平安を保とうとするくらい愚かなことだ。あまり向いているとはいえない。

この二人もよくけんかした。ピシュタは妻に嫉妬して、妻はそれ以上に彼に嫉妬したんだ。互いの考えることにも嫉妬していた。二人とも若過ぎた。いうなれば子どもだ。嵐が去ると虹が出た。涙を流しながら仲直りするんだ。つまり、けんかしてはキスする繰り返しさ。鳩みたいにね。

結婚後何か月かしたころ、また何かささいなことでもめた。ある春の朝だった。ピシュタはドアをバタンと閉めると、役場へ仕事に向かった。昼に戻ると、家はもぬけの殻だった。台所の火も消えていた。ジュジカは昼食も用意していなかったんだ。しばらくあちこち探してみた。ベッドの下も調べた。午後三時まで待って、それから舅の家に向かった。

老人とは結婚後一度しか会っていなかったが――その時も彼らの方から会いに行ったのだが――冷やかな態度で迎えた。この時も手を差し伸べなかったし、まるで他人に対するような口の利き方をした。事の次第を聞いても驚かなかった。頭を振って肩を竦《すく》めるだけ、娘は戻っていない、今頃どこかなんて誰にも分らないし自分も知らないと、たったそれだけぶっきらぼうに言うんだ。そもそも関心もあまり示さなかった。

ピシュタは中庭の丸井戸も覗いてから、また家に駆け戻った。家に着く頃にはきっともうジュジカは戻ってるんじゃないかと考えた。でも家はもぬけの殻だった。いよいよ心配になってきた。いったいどこにいるのか、どこへ逃げたのか？　ジュジカには友達がいなかった。一人で町の食堂に入るなんて今でもまだできない。ピシュタは町の通りや小路の一つ一つをしらみ潰しに探した。郊外の森も探した。

夜になるころ――すっかり元気をなくして――警察に連絡した。巡査はもう一度老人のところに行ってみるように言った。

他にどうすることもできなかった。しかしその前に家の反対側の裏通りに回ってみると、窓から明かりが見えたんだ。老人は間違ってもランプの灯をつけたりしない。金がもったいないからね。ジュジカがいるにちがいない。窓を叩いてみた。すると中でランプの火が消えたんだ。間違いなく彼女だ。力ずくでは無理だ。彼女のことだ。父親みたいに頑固だからね。力任せだと、それ以上の力で抵抗してくる。門の呼び鈴を鳴らした。ずいぶん経って老人が門を開けた。ピシュタは妻がここに隠れていると言った。老人は否定はしないが認めもしなかった。ピシュタは泣きつかんばかりに、娘の心をなだめて仲直りさせてくれ、そうしたら恩に着るし、どんなことでもするからと頼み込んだ。老人はじっと考え込んだ。それから唐突に、それには五千コロナが必要だと言い出した。

ピシュタは冗談かと思った――実際笑ってしまった――のだが、冗談ではなかった。翌日になると舅は家にも入れてくれず、窓越しにひとこと声を掛けただけで、ピシュタが手ぶらなのを見ると、さっさと窓を閉めてしまった。ジュジカには近づくこともできなかった。手紙も受け取らなかった。つまり、銀行から五千コロナを下ろして、耳を揃えて老人の手に握らせてようやく、ピシュタは妻を取り戻すことができたわけだ。

最初に金を巻き上げられたのはこんな風だった。だけどその後も二度あったんだ。二度目には金額が上がり、一万五千コロナになった。しかし一番深刻なのは三度目で、結婚二年目のカーニバルの時期の出来事だった。

この頃にはすでに相当な金額をすり減らしていた。仮面舞踏会からの帰り道——ジュジカを初めて連れ出した舞踏会だったんだが——路上であまりにひどい言い合いになったものだから、家に着くなりピシュタは玄関で二度彼女に平手を食わしたんだ。ジュジカはくるりと背を向けて、小さなエナメルの靴と妖精イロナ（ハンガリー民話にしばしば登場する美しい妖精）に仮装した服装のまま道に飛び出して、凍えるような冬の夜に泣きながら父親の元へ飛んで帰った。ピシュタはもうさんざん話し合ったり仲直りしたりにうんざりしていただけでなく、戦後賠償金がどんどん膨らむことにも耐えられなかったから、新しい戦術を取り入れると決めんだ。金輪際相手にせず、そのうちに妻が落ち着いてごねるのにも飽きたら、自分から戻ってくるだろうと考えた。決めたことはちゃんと守った。何日かが過ぎ、何週間かが過ぎた。三週間経っても妻からは何の知らせもなかった。あの底冷えの夜に実家に戻ったのかもわからなかったし、生きているのか死んでいるのかもわからなかった。ある晩、舅の家の前を通ってみた。家は固く戸締りされて真っ暗で、まるで城塞かなにかのようだった。

ピシュタは夜明けまで酒を飲んだ。夜明けにジプシー楽団を引き連れて戻ってくると、バイオリンの音色でこの城を陥落させようと試みた。夜がすっかり明けるまで妻の窓辺で楽団に演奏させて、〝ジュジカの瞳は星いくつ〟という自作の歌を歌い、夜が明けるまで彼女の窓と雪雲のたれ込めた空と星に向かって歌ったり叫んだりしたんだ。こんな大演説をぶつ詩人顔負けの大げさなふるまいにたいして、どこかからまともな反応を期待したところで、誰も答えてはくれない。クヴァス犬が怒って吠え立てただけだった。

四週間目も過ぎた。まる一か月が過ぎた。ピシュタはもう我慢できなくなった。弁護士を依頼して、代理で話し合ってもらった。妻はなんとしても離婚したいと弁護士に訴え、夫に素直に同意するよう求めた。弁護士はさらに一週間話し合った。それから老人の回答を伝えてきたのだが、仲直りしたければぽっきり二万コロナだということだった。

これ以上引き延ばしてどうする？　ピシュタは銀行に走り、持参金の残りを全部引き出した。一万九千七百六十コロナだったが——足りない分は友人らからかき集めて——耳を揃えて払った。こうして六週間ものあいだ離れていた妻を両腕に抱きかかえて勝ち誇ったように四輪馬車に乗せると、家に戻ってきたんだ。

僕がこの話を聞いた人たちは、一言一句間違いなくこの通りに事が起こったと言っていた。実際そうだろうと思う。ただ謎が一つある。彼女は最後の一銭まで娘の持参金を取り戻そうとしたこのずる老人とグルだったんだろうか？　そうかもしれない。でも、もしかしたら単に老人に利用されていただけで、彼女自身は夫を取り戻したい、自分の愛情をちょっとでも高く売りたいと思っていただけかもしれない。それもありうる。

もう一つ驚くことがある。この後、二人は二度とけんかをしなかった。これは変だよ。僕にはどうも説明つかないね。君ならどうだい？

そう、そうなんだよ。すっからかんになったとたん、もう二人は幸せだし満たされていた。金に困ることも多かったんだけどね。そりゃあ老人が亡くなれば大いなる遺産が転がり込むこともわかっていたけど。これは日を追うごとに現実味を帯びていた。だが老人はなかなか死ななかった。金の件がうまくいって、実際元気になって若返ったんだ。またじっと黙っておもてのベンチに坐っていたよ。

老人は何年ものあいだしっかりして健康だった。ねえ君、ケチな人間がみんな長生きするのはなぜなんだろうね？　ケチなこと自体が不断の生命力のあらわれで、何であれ真の情熱というものは人を殺すのではなく生かすものだという人もいる。こんな長期に及ぶたゆまぬ情熱は、すぐに消滅するようなか弱い肉体には宿らないという人もいる。ケチは周囲の反感に鍛えられて反抗心でいっぱいになるから、ちょうど善良な人間が家族の大きな愛情によって生かされているように、ケチな人間は家族の積年の憎悪によって生かされているのだという人もいる。あとは、地面がケチな人間を引き留めて離さない、なぜならケチはみんな地面と同様汚れて泥だらけだから、地面にへばりついているのだという人もいる。どれもこれも仮説だ。仮説で決定的なことは何も言えない。だが、ある晩起こった脳出血は決定的だった。老人はこれで死んじまった。ピシュタたちは予想以上の相続をした。五十万コロナちかくだ。

そりゃあ僕だって、なんとかこの最新の民話をハッピーエンドで締めくくりたいと思うし、ようやく報われて豊かに暮らすジュジカとピシュタを永遠の愛のうちに描きたいと思うよ。残念だがそれはできないんだ。老人が死んだのは一九一四年六月二日で、六月二十八日には——聞いただろうけど——戦争が始まった。ピシュタは民間徴用で第一国防連隊の下士官となった。戦場に出かける前に、全財産を戦時国債に投資すると決めたんだ。ジュジカは世間知らずでいかにも土地とともに生きてきた百姓の子孫らしく、最初はこれに反対した。いくらかはやはり金や土地を買うのに充てるよう勧めたんだ。でも結局、男の方が政治のことがわかっているし、戦争が終われば金が増えて戻ってくる、よくやってくれたと後々世界史という名の資本グループから支払われるのだからと夫に説得されて、引き下がった。ただ、完全にこの通りに事が運ばなかったことは、ピシュタは確認のしようがなかったがね。それも本人のせいじゃない。というのは、初めて馬に乗って突撃した時に手榴弾が飛んできて、膝の骨一つ、膝蓋骨一つ残らず、馬もろともこっぱ微塵に消え去ったんだ。まるで地面がぱっくり口を開けて両方とも飲み込んでしまったか、または立派な武器を装着したまま一緒に天の川へ翔け上がって、黄金の橋を渡り、そこから素晴らしく麗しい戦いの黄泉の国に駆けていったかしたみたいだった。ジュジカはしばらくのあいだ彼の帰りを待っていた。財産は次第にすり減って、その後は軍人寡婦年金で生活するのもやっとだった。やがて彼女は町を出て行った。このあいだ帰省したとき耳にしたんだけど、ある農家で住み込みの使用人になったらしい。すっかり百姓らしくなって、鶏を世話してがちょうののどに餌を詰め込んでいるそうだ。

ねえ、人生にはいろんなことが起こるよねえ?　いやあ、退屈するひまなんかないね。だけどいろいろってだけじゃない、人生には深い意味もある。いやまったく。どう、もう一杯飲まないかい?……」

一九三二年

第11章　世界一の高級ホテルについて語るの巻

「君たち、ホテルの詩学というものを知っているかい？」エシュティはこちらを向くと言った。「これについてならいくらでも語れそうだ」

家族的な雰囲気のホテルがある。自宅よりもゆったりと過ごせるし、家庭内のもめごとからも離れる。優しく肩肘張らない親近感のあるホテルもある。特に地方に行くと、音のはずれたピアノにも似て、鏡は曇り、シーツは湿っていて、ひどくがっかりさせられるような悲しいホテルもある。また、十一月の夜の自殺には打ってつけという雰囲気の、打ち拉《ひし》がれて呪われて死んだみたいなホテルもある。水道をひねると水が笑い声をたてるような陽気なホテルもある。いかめしく厳かで静まり返ったホテルもある。お喋りなホテルも塗りたてのペンキが匂う軽薄なホテルも、生意気なホテルもけんか腰で騒々しいアウトローなホテルもあるし、古い錆が伝統ある気品を醸し出す信頼できる穏やかで紳士的なホテルもある。軽快なホテルも重苦しいホテルもあれば、蛇口からも日光があふれ出る健康的なホテルもある。テーブルは傾き椅子の足は長さが不揃いで、簞笥《たんす》は松葉づえをつきソファは肺病にかかり、枕はベッドの上で瀕死状態といった病んだホテルもある。まあ要するに、ありとあらゆるホテルがあるもんだ。

最近外国を周遊した時のこと、帰国の途中とある小さな国に立ち寄ってみた。ここでたまたま泊ったホテルが実に忘れがたいんだ。

品のよいホテルだった。よそでは見られない風格があった。世界でもっとも高級なホテルだと断言してもいい。

夕暮れ時、おんぼろの平屋の家並みを縫うように僕は車を飛ばしていた。デザートローズの結晶でできた円屋根を冠した十三階建ての高層ホテルの前で停車したのだが、これがまた貧相な周辺の環境とは著しい対照をなしていた。どうやらここに迷い込んだ外国の金持ち客を相手にしているんだろう。すぐにこれはただならぬ場所だと思ったよ。

クラクションを鳴らしたとたん、もうホテルの従業員が回転ドアの前にずらりと並んだ。十五人か二十人はいたかな。いっぱしの軍隊と呼べる代物だ。

一人が車のドアを開けて、もう一人が降車に手を貸し、三人目は僕の英国製コートを脱がせ、四人目はアメリカ製の旅行トランクを運び、五人目はスーツケース二個を、六人目はワニ革の鞄を、七人目は座席に放置していたフランス語新聞を運んだ。これらすべてが首尾よく、瞬き一つするかしないうちに終わっていたんだ。

この時仕事にありつけなかった者は、歩道に整列していた。といっても兵隊みたいに直立不動というんじゃなく、行儀よく私語もせず指示を待っていた。

全員が金銀の糸で刺繍をほどこした帽子を被り、紫色のオペレッタの衣装を思わせる奇妙な制服を着ていた。僕は思わず一歩引いて最敬礼をしてしまったよ。そのとたん——どこからか号令が掛かったみたいに——全員がいっせいに帽子を取ったので、今度は綺麗になでつけた頭髪がずらりと並んだ。遠路はるばる来た客をこんな風に出迎えてくれたんだ。揺るがぬ確信に満ちた、少年らしいといってもよい敬意が込められていた。これはおそらく運命の荒波にもまれようとも決して失われることなく心の奥底に抱き続けていた尊敬の念であり、これまで僕に対してこの敬意を示すことができなかったのは、単に今日まで僕に出会わなかったからという理由しか考えられないくらいだった。

僕は自分のために用意されたこのささやかな軍隊をまじまじと眺めた。僕の身を護るためには、こいつらは血を流すことも厭わないだろうと感じたよ。目頭が熱くなった。王様だってこれほどの献身的な姿勢で迎えられることはないだろう。

小さい割になかなかてきぱきとしたこの軍隊は、ラッパを吹いたり太鼓を叩いたりしなくとも、綺麗に髭をそった白髪の紳士の指示一つで解散した。この人物が背後で指揮していたのだ。フロント係だった。英語で話し掛けてきたこの人が、また実にエジソンによく似ていた。

エジソンは南国の花々で飾られたロビーを通って、たいそううやうやしい態度で広い部屋に案内してくれた。革貼りのソファを指して、〝差し支えございませんでしたらお掛け下さいますでしょうか〟と言った。僕が言われた通りにすると、何かボタンらしきものを押した。

広い部屋は音もたてずに上へ動き出した。このときはじめてエレベーターだと気がついたんだ。すばらしく手の込んだエレベーターだった。客の繊細な目を傷めないようにと、淡いグリーンの電球が柔らかい光を放っていた。革製のソファの横には革製の肘掛け椅子が並び、部屋の隅にはそれぞれ小さなテーブルが配置され、その上には煙草一式と雑誌類それからチェス盤の上には人形が飾ってあった。

客が移動中に退屈しないで済むよう、気分転換できるように配慮されているんだ。残念だが僕には気分転換する暇はなかったけどね。というのも、この実に見事な内装に目をきょろきょろさせているあいだに、エレベーターはあっという間に軽快な音を立てて二階の客室に到着してしまったのでね。

二階では褐色の制服を着た別の従業員グループが待ち構えていて、フロント係の指示で正面のドアを左右に開けた。

玄関ホールを通って応接間に入ったが、これが規模からいうと玉座の間といった方がぴったりくる代物だった。重厚なビロードのカーテンが天井に届くほどの大きな窓から美しいひだを作って垂れ下がり、窓の外には青い水が小川となってさらさら流れているのが見えた。この応接間からは、金縁飾りの白い椅子を並べた客間と食堂、寝室、こじんまりとした遊戯室、それに大理石の浴槽を備えた浴室につながっていて、浴室のベネチアガラスの鏡の前には香水スプレーや爪磨きや爪切りばさみなどが一式並んでキラキラと光を反射していた。どの部屋にも――浴室にまで――宿泊客用の電話が三台ずつ用意されていた。一台はホテルの内線、もう一台は町にかけるためのもので、三台目が――ピンク色の受話器だったが――どこにつながっているのかは謎だった。

しばらくのあいだ部屋の様子に目を奪われたあと、フロント係に一泊おおよそいくらするのか訊ねた。フロント係は答えなかった。どうも耳が遠いようだが、この点でもエジソンに似ていた。似ているんじゃなくてエジソンその人に違いないと、この時僕はすっかり確信したよ。

そんなわけで、僕は耳の遠い人によくやるように、大声で質問を繰り返した。老発明家も今度は聞こえたようだった。しかし気を悪くしたのか、ちょっと悲しそうに俯《うつむ》いてしまった。

直立姿勢で並んでいた従業員もいっせいに恥ずかしそうに俯いた。

彼らの繊細な感性はどこかもっと高尚な空間――カネなんていう汚れた考えとは無縁の精神世界――を浮遊しているのだろう。僕の口から飛び出した下世話な話題にすっかり戸惑ってしまったんだ。ちょうど霊感に突き動かされる詩人がじゃがいもの値段を聞かれた時のようにね。

みんな揃って黙り込んでしまった。

僕はなんとか言い訳を試みた。僕は詩人で、物書きという哀れな仕事で日々のパンを稼いでいる、なのでカネは非常に重要で大事だと思っていると説明したんだ。するとフロント係は観念したのか、淡々とややおどけた風に数字を――ドルで――言ったものだから、僕はあやうくひっくり返りそうになったよ。

そこで別の部屋を希望した。

トーマス・アルヴァ・エジソンはこれにうやうやしく頷き、三階に案内してくれた。ここでは黄色い制服の従業員たちが出迎えてくれた。この部屋代も適当とは思えなかったので、四階の白と青の制服のところに行き、次に五階、そして六階とどんどん上の階へと上っていった。

ついに十一階にたどり着いた。ここには赤い制服の、とびぬけて美しい金髪の少年たちが接客にあたっていた。

フロント係はすっかりくたびれていたにも拘らず、相変わらずうやうやしい態度で際限なく長い廊下をエスコートしてくれた。各ドアの上部についたランプが前を通るたび順番に色とりどりに点滅した。

このランプはなんのためなのか訊ねてみた。

これにもすぐには答えてくれなかった。

最初は僕の野次馬根性にあきれたのかと思ったが、そうではなく、この世にまだこの類のランプについて知識のない人間がいるということに驚いたようだった。そして、周囲に気を配りながら言葉少なに、このランプは呼び鈴の代わりになっていると、それぞれに担当が分かれていて、他のお客さんの邪魔をしたりホテルの静かな環境を乱すことのないよう配慮されているのだと教えてくれた。

裏はずれの隅っこにある中庭に面した部屋が、おおよそ〝自分の予算〟に合致するかと思われた。といっても、これでさえ、とても言い表せないくらい豪華できらびやかだったけどね。

ちょっとだけ説明すると、孔雀石のテーブルの上に何か長細いスピネット（小型のチェンバロ）に似た箱があって、白と黒のボタンが八十五個、めずらしい鍵盤のようについていたんだ。

僕は音楽愛好家でピアノの腕前もそこそこだから、すぐにその前に腰かけてベートーヴェンの熱情ソナタを弾き始めた。アレグレットまで弾くか弾かないかというところで、ドアを静かにノックする音がした。

モーニング姿の従業員が立っていた。その背後には黒に身を包んだ従業員の一団が僕の指示を待っていた。瞬時に人数を数えてみたら、ちょうど八十五人だった。つまり、この長細い鍵盤楽器みたいな装置は従業員の専用通報設備であり、僕が――ついうっかりと――弾いてしまったことで、全員を呼び出してしまったようなのだ。申し訳なかったと謝ったよ。

これもいい機会だろうと、従業員のうち管理職の者たちが一人ずつ自己紹介を始めた。

ちょっと驚いたよ。日中の客室係はショパンに似ていて、夜間の客室係はシェイクスピアに似ていた。

この驚きはますます度を増した。というのも、これには何か法則があると気がついたんだ。第一メイドはクレオ・ド・メロード（一八七五〜一九六六。フランスのダンサー）に、第二メイドはマリー・アントワネットに似ていて、掃除婦はかの有名な神智学者のアニー・ベサント（一八四七〜一九三三。イギリスの作家）に瓜二つだった。

しかし、この驚きが頂点に達したのは、従業員の大集団の中に大西洋を渡った英雄的パイロットのエッケナーやロダンやビスマルクやムリーリョ（バルトロメ・エステバン・ムリーリョ、一六一七〜八二。スペインの画家）、さらにはかの悲劇的な最期を迎えたロシア皇帝に肖像画以上によく似た顎鬚の控えめな紳士などを次から次へと発見したときだった。

それだけじゃない。ホテルの支配人はショーペンハウアーにそっくりで、デザート担当シェフはトリチェリ（エヴァンジェリスタ・トリチェリ、一六〇八〜四七。イタリアの物理学者）に、メインシェフはアインシュタインに、倉庫番はカルーソー（エンリコ・カルーソー、一八七三〜一九二一。イタリアのテノール歌手）に似て、さらに色白で虚弱体質風の小間使いの少年はルイ十四世の行方知らずの薄幸の王太子に似ていた。

古今東西の著名人がずらりと揃って、この生真面目な従業員集団の中に蘇ったというわけさ。

ホテルの経営方針とこれがどう関係するのか、経営者自らが従業員をどれだけ有名人に似ているかに基づいて選考し、この奇抜なアイデアを看板に客を呼び込もうという戦略を打ち出しているのか、それとも単なる偶然でこの生きた蝋人形群が寄り集まったのか、僕には判断する余裕がなかった。

ただこれだけは誓って言うが、一言一句この通りだったのだ。このホテルでは誰もが誰かに似ていたし、何もかもが何かに似ていた。

ショーペンハウアーは何でもお申し付け下さいと言った。僕は、散歩に出たいから埃まみれの靴を磨いてほしい、あの青い水が流れる小川で水浴びをしたい、一目見てすっかり気に入ってしまったのでねと言った。

　フランクフルト出身の哲学者は厳しそうな顔に似合わず、この僕の人間らしい欲求をごく自然なことと受け止め、すぐにご希望を叶えましょうと言った。

　出ていく際には、従業員はみなヨーロッパの言語なら数か国語話すし、教養の足りない者でも最低五か国語はできるからと教えてくれた。また、早番の守衛は十五か国語の上にラテン語と古代ギリシャ語もできるから、夜の町に繰り出したらぜひ武勇伝を聞かせてやってほしいと言った。

　ショーペンハウアーはこう言い残して下がった。次にまたノックの音がして、ニコライ二世が入ってきた。いかにもスラブ人らしい大仰さで頭を地面にこするようにお辞儀をすると、まずこちらの顔を覗き込み、それから靴を調べ始めたが、どうもその高貴な指で触るのをためらっているようだった。

　その調べ方といえば、まるで研修医が患者を診るには診たが、患部に何かややこしい病気があるとわかり、大学で学んだ医学の知識でも治療できなくはないが、やっぱりこの病気の専門医に回した方がいいと思っているみたいだった。

　この一連の思考について一言も発することなく、ふたたび深く地面に頭をこすりつけてお辞儀をすると、ニコライ二世も下がっていった。

　少し経つとビスマルクとムリーリョとエッケナーとロダンを連れて戻り、全員で僕の靴をじっと観察し始めた。五人がそれぞれ症状を確認し診断を下そうとしていた。重篤患者を取り囲む医師たちのカンファレンスさながらだった。

　新しい客室係の娘で——記憶が正しければ——それまでまだ会っていないファニー・エルスラー（一八一〇

〜八四、オーストリアのバレエ・ダンサー）が呼ばれたが、これがまた甲高い声で〝それは自分の管轄の事案ではない〟と叫び、剣もほろろだった。

ふたたび全員が出て行き、誠実なビスマルクだけが傍に残った。

何分か経って、今度は廊下担当で赤い制服を着た金髪のとびきり美しい少年四名が入ってきた。車輪のついた電動のよくできた台車らしきものを、皆で小指一本で押しながら運んできた。ビスマルクの高い専門性に裏打ちされた監督のもと、ちっちゃなクレーンを使って僕の靴をその台車に載せると、何度も深くお辞儀をしながら運び出した。

一時間半ほどで台車は戻って来た。靴はぴかぴかに磨き上げられていた。

この高級感あふれる類まれな行き届いたサービスに僕はすっかり感激して、水浴びに出かけた。夜になるまで小川でぱちゃぱちゃとはしゃいで、ディナーの時間になって戻ったんだ。

レストランには何人かの客が寛《くつろ》いでいた。僕の席には晩餐会によく使われるようなえらく長いテーブルが準備されていた。もちろん僕は中央の主賓の位置にひとり坐ったよ。

とたんに十二品もの美味しい料理が運ばれてきた。その中でも特筆すべきは、濃厚なクリーム色のソースのかかった光沢のあるピンク色の海老だね。でもどちらかというと飲む方に忙しかった。まずは好物のビールだ。ペールエールの苦みのある泡、焼き立てのライ麦パンを想わせる芳醇なホップの香りが子供の頃から大好きなんだ。次にワイン。ライン産とギリシャ産アスーだ。最後はシャンパンに落ち着いたよ。ヌーヴォーもヴィンテージも甘口も辛口も次々とワインクーラーに入れて運ばれ、キラキラと透き通って輝く人工雪の中でゆっくりと冷やされていた。

魚料理は魚専用の厨房から、コーヒーはコーヒー専用の厨房から運ばれた。花瓶には何度も新しい花束が差し替えられ、その姿と香りを愛でている間に萎《しお》れることのないよう細やかな気配りがされていた。

夕食が終わって支払いをしようとすると、ウェイターはどうぞお構いなしにと手で遮って微笑んだ。食事の度にこの調子なんだ。あらゆることに隅々まで配慮が行き届いていた。もし僕が町を放火してこいとか大公殿下を殺害して翌日の昼にはその首をごった煮にして銀皿に入れて持ってこいと命じたら、なんの抵抗もなく言われた通りにしたに違いない。

彼らの礼儀正しさは度を増していった。それだけでなく、人数も増す一方だった。四百人とも見えたし、時には八百人とも思えた。だけど滞在中ホテルの客は八人しか見掛けなかったから、僕も含め一人あたり約百人の従業員が配置されていたわけだ。

足音を吸収するふかふか絨緞に覆われた廊下を僕が歩けば、彼らは壁に沿ってまるで女神をかたどった像柱さながらぴたっと直立不動で並んだ。帽子を脱いで静かに挨拶をするので、そこで初めてこちらはその存在に気がつくんだ。控えめで行儀のよいところが彼らの二つめの特性だった。人というよりまるで機械だったよ。

たった一度だけ、ウェイターの一人が煙草を手で覆い隠しながら煙をぷかぷかやっていたことがあった。でも僕に気がついたとたん、欲望の餌食になったことに恥じ入って、煙草はあっというまに消えてしまった。どこへ消えたのかは今でも謎だ。たぶん、至るところに設置されたアスベスト加工の密閉できる灰皿にとっさに投げ入れたか、罪の意識に赤面して口に放り込み、灰から吸い口からまるごと噛みくだいて飲み込んだかしたんだろう。たぶん後者だと思うがね。

繰り返すが、従業員たちは他に類を見ないものだった。日々何かしらサービスしてくれた。木材パルプを含まない本物の和紙に印刷した、表彰状のようなホテル案内や、素晴らしくよくできてわかりやすい価格表を手渡してくれた。ホテル内のダルクローズ・ダンス教室（エミール・ジャック＝ダルクローズ、一八六五～一九五〇。スイスの音楽教育家）やメンゼンディーク体育館（ベス・メンゼンディーク、一八六四～一九五七。ドイツの運動療法医学者）の案内、それからホテルのバクテリア研究所、ホテルの転記速記タイプ事務所やホテルのおしゃれな犬専用プールやホテル自前の自動車タイヤ倉庫の案内、それに最新の設備を備えたホテルの精神分析クリニックでは、著名な精神分析医らが昼夜問わずいつでも専門的な診察をホテル滞在中の神経病や精神病患者を対象に提供していた。

これ以上事細かに説明して君たちをうんざりさせるのはよそう。ただ補足すると、僕はこのホテルに結局のところ十日間滞在して、この魅力あふれる快適な環境を堪能したんだ。

ある朝起きると、僕はベッド脇に備えつけてあった蓄音機に向かって、翌日の午後二時十一分発の電車で帰国するので、大型の荷物とスーツケース類を――ワニ革の鞄は原稿を大事にしまっているから別にして――ブダペシュトの自宅宛てに送るようにと言いつけた。蓄音機の蝋管はニコライ二世を通じてわが友エジソンに届けさせた。皇帝は別の蝋管を持って戻って来た。これを蓄音機に取り付けて回してみると、すでにフロント係は〝必要な手続きを終了した〟旨の伝言が聞こえた。

これを境に従業員たちの緊張は倍増し、毎分毎時間それこそ等比級数的に増加していった。掃除係のアニー・ベサントはため息交じりに挨拶をした。クレオ・ド・メロードとファニー・エルスラーとマリー・アントワネットは悲しみに打ちひしがれて僕の周りを右往左往した。その様子ったら、僕がいなくなるともう生きていけないと、ひと思いに毒をあおってそのうら若き命に終止符を打つのではと心配したほどだ。ショパンもアインシュタインもムリーリョもビスマルクもショーペンハウアーもトリチェリもニコライ二世もカルーソーもロダンも、さらに悲運の幼い王太子も、廊下ですれ違うたびに〝おはようございます〟やら〝こんばんは〟やらと大声をはり上げた。その声ったらまるでカルトジオ修道会の修道僧たちが「死を想え《メメント・モリ》」と唱えるかのごとくだったよ。

そもそも何を想えということだろうか？　ひょっとすると、サービスを受けた分にたいするチップを想えということかなと考えたりもした。しかし、僕がもうすぐ発つせいで彼らがどれだけ悲しい思いをしているかは、顔の表情を一目見るだけで十分伝わったし、真っ赤に泣きはらした目をひた隠そうとするのを見れば、彼らがそんなことを考えていないことは明らかだった。

夜、ディナーが終わると、エジソンはレストランのウェイター長を伴って僕のところへやって来た。ウェイター長が銀盆に載せた何かの紙切れを置いた。それは鉄道の荷物預かり証で、つまり僕の荷物はすべて電車に載せられて速達便で運ばれ、輸送費はホテルの――当然のこと――立て替え払いにより〝精算済〟だということだった。

僕は了解したと頷いてみせ、部屋に戻った。うつらうつら眠りに入ろうとした時だった。とてつもない大声に飛び起きた。僕のすぐ耳元で、男声合唱団か何かが張り叫ぶような声で、ゆっくりおやすみなさいと喚《わめ》いたんだ。僕はベッドから飛び出した。部屋には誰もいなかった。つまり、ホテルの仕事熱心で気配りの利く男性従業員たちが、両方向に通じるラジオのスピーカーを通して僕に話し掛けたのだ。

同様のことが朝にも起こった。違いといえば、今回は女性従業員が甲高い声でおはようございますと言いながら起こしてくれたということだけだ。

出発日の午前中早く、僕はレセプションのエジソンのところに行って支払いをしようとした。カネという言葉を耳にしたとたん、エジソンはそんなことは取り合いません、とんでもありませんというかのような微笑みを顔に浮かべた。まだ〝精算する〟のは早いですよと念を押し、列車が出るのは二時過ぎで、その前にまだ昼食もあるのだからと言った。ところで請求書の方はほぼ用意ができていて、今ちょうど会計処理センターが美的観点から最終チェックを行っているとのことだった。

ワニ革の鞄を手に、僕は町のはずれにあるヤシの木が茂った公園にぶらりと出かけた。ここで日々『障害を乗り越えて』というタイトルの、赤裸々で激情ほとばしる名高い恋愛歌集にコツコツと取り組んでいたんだ。

大理石でできた噴水の縁に腰を下ろした。しばらくぼうっとしてから、僕は長年の手慣れた方法で霊的創造力を呼び覚まそうとした。大理石に何度も繰り返しおでこを打ちつけるという方法だ。僕は完全に理性のスイッチを切ってしまわなければ書けないのだ。

しかしなかなか上手くいかなかった。理性とはとてつもなく愚かなもので、この時も絶え間なく僕に襲い掛かってきたのだ。

それに、この世に理性はつきものだと教えてくれる人たちもいるしね。ホテルの従業員しかり。

つい大きなくしゃみが出た。すると、五メートルの高さのヤシの木に取り付けたラジオのスピーカーから、ホテルの従業員たちが男も女も揃って風邪にはお気をつけあそばせと労《いた》わってくれる声が流れた。

数時間かけて、二行詩をなんとか完成させることができた。これは僕の代表作の一つとなったのだが、最近別れた恋人のエリノールが僕に対して抱いていた意識下の恨みがテーマだ。

この仕事に精魂を使い果たしてしまったので、そのあとまた二時間ほどもぼんやりと宙を眺めていたよ。理性が戻るのを待ちながらね。

我に返ったのは、近くの空き地に飛行機がまるでとんぼのようにふわりと軽やかに着陸した時だった。

飛行機はちょうど僕の故郷に向けて飛び立とうとしていた。なぜだかわからないが、気がついたら僕はもうその飛行機にとび乗って、急げと指示を出していた。

高度計が七千メートルを指す上空で、雲間から高く聳《そび》える山々を縫って、あの青い水のさらさら流れる小川がまるでエリノールが手首につけていたプラチナのブレスレットみたいに小さくキラキラ光っているのが見えた時、急に思い出したんだ。ホテルの勘定を済ませていなかった、二週間ものあいだ僕のそばにつきっきりで侍従してくれた従業員たちにチップを渡すのもうっかり忘れていたとね。

僕は精神心理学については群を抜いて熟知している人間なので、〝うっかり〟だとか理由もなくものごとを〝忘れてしまう〟などありえないことを承知している。だからすぐそれは違うだろうと考えた。

僕は矢のような速さで自己分析をはじめた。飛行機は勢いよく宙がえりをし、僕は頭からさかさまになりながらも精神分析を続け、ほどなくして結論を出したんだ。

僕がしたことは無意識の意識であり意識的な無意識だったんだ。いやあ賢明だったよ。実に賢明だ。他にすべもない。

とどのつまり、こんな高級ホテルの気品ある従業員にカネを払うなんて失礼な真似は、とてもできないということだ。それは無粋ってもんだ。とんでもなく無粋なことだよ。

一九三〇年

第12章　ドイツ留学時代の不滅の恩師ヴィルヘルム・エドゥアルド・フォン・ヴステンフェルト男爵が本章のはじめから終りまで眠り続けるの巻

夜中過ぎ、二時十五分前にカフェ・トルペドーで会うことになっていた。間に合うように行くつもりだった。しかしなかなかタクシーが捕まらなかった。それから雨が大降りになった。そのせいで車はのろのろ進むしかなかった。カフェの個室のドアを開けた時には、もう二時を十五分回っていた。

私が飛び込むなり、みながいら立って、〝しっ〟と諫めた。エシュティ・コルネールのお喋りはちょうどたけなわだったようだが、彼は一瞬軽蔑するようなまなざしをこちらに向けると、黙り込んだ。

相変わらず有象無象の連中が彼を取り囲んでいた。作家らしいのが十人そこそこに、女が一人二人混じっていた。目の前にはグラスに入った辛口の赤ワインに、銀の皿の上にはマスの骨がそっくりそのままの姿かたちで、食べ残しの薄緑色のソースに浸かっていた。

気まずい空気の中で私はコートを脱ぎ、煙草に火をつけた。誰かがここまでの話のあらすじを耳打ちして教えてくれた。

ドイツ留学時代の話だった。ある高貴な品のよい老紳士の話だったが、この人はダルムシュタットの町の名士で――名前はヴィルヘルム・フリードリヒ・エドゥアルド・フォン・ヴステンフェルト男爵といって――地元の文化団体ゲルマニアの会長であると同時に、多くの政治、文学、学術団体や協会や集会や連合や会議や常任委員会や専門委員会の会長や議長をしていた。

「そんなわけで」とエシュティ・コルネールは話を続けた。「さっきも言ったように、いつもこんな調子だったんだ。会長は開会宣言をしたとたんに、もう眠ってしまった。発表者が演壇にたどり着く前に、会長はもう眠っていた。乳飲み児よろしく、あっという間に一瞬で寝てしまうんだ。意識の縁からまっさかさまに夢の底なし沼に飛び込んでしまう。目を閉じるやいなや、深くあどけない眠りに入るわけだ。発表者は演壇に立つと、聴衆の拍手に応えてお辞儀をする。そして着席し、山と積まれた原稿を揃え、咳払いすると論文を読み始める。テーマは動的存在の本質分析だったり、ハインリヒ・フォン・モールンゲン（十二〜十三世紀のドイツの抒情詩人（ミンネジンガー））の恋愛詩における動植物の名称についてなんだが、いずれにしても会長には何の関係もない。だって、彼は知らないうちに自意識の世界から見えざる秘密の扉を通って逃亡してしまうんだから。担保として会長の椅子にその身体だけ置いたままにしてね。

第一の発表者が終えると、会長は印刷されたプログラムに記載された次の発表者の名前を呼ぶ。それから三番目の名前を呼ぶ。で、発表者たちが銘々の義務を果たしているあいだ、会長も自らの義務を果たすんだ。

どういうことかっていうと、発表者たちと会長は何度も中断を挟みながらも、長時間におよぶ継続的というべき夢と影響しあいながら、運命的関係、いわば互いに因果関係にあるんだ。会長は会を開くと目を閉じる、会を閉じると目を開く。初めは僕もこれが謎だったよ。

ドイツに来た時、僕はまだ未熟なひよっ子だった。それまで四年間にわたる遊学では、陽気でこましゃくれたフランス人たちとつき合っていた。ところがパリで、すぐにドイツに行って勉強を続けろ、それもこれまでのような文学は捨てて学問だけするように、という厳しい父の電報を受け取ったんだ。電報には、もし従わない場合は月々の仕送りを止めるとあった。これがきっかけか、はたまたドイツへの無限の憧れからか、僕はこの要請に即座に応えた。有無を言わせなかった父には今も感謝している。父がいなかったら、ドイツ人のことをほとんど知らないまま終わっただろうからね。

もちろんドイツ人については何かと話には聞いていた。人類に音楽と抽象的思考を与えた世界でもっとも偉大な民族の一つだってこともね。思索に耽る憂える民、とあのヘルダーリンも謳っている。僕は本当に悲しい時は、バッハのフーガを口ずさんだりゲーテの詩を呟くんだ。〝針葉樹の森と山の中で、物思いに沈む勤勉な民〟とひとり想像したよ。〝その頭上には星空と倫理的世界観が輝いている〟ってね。要はドイツ人を大いに尊敬したのさ。おそらくどの民族よりもね。でも実際のところは知らなかった。フランス人のことは素直に好きだったけどね。

ドイツ人とお近づきになれるこんな絶好の機会を逃すわけにはいかなかった。目の前に新しい世界が開かれたんだ。乗っていた列車がドイツに入ったとたん、驚くことの連続だった。口はまさに開けっ放し。他の乗客たちに、頭がどうかしたんじゃないかと思われたよ。ものも人間もすべてに秩序があり、清潔だった。

最初に降り立ったのはどこかの小さな温泉町で、そこで砂埃を洗い落とすことにした。海はどちらでしょう、なんて誰に訊ねる必要もなかった。清掃の行き届いた清潔な街路には、きっちり十メートル毎にこじゃれた標識が立ち、塗装した白い看板に人差し指の図とその下に〝この先、海〟と表示されていた。これ以上に正確な道案内はありえないだろう。でも海に出るといくぶん興ざめしてしまった。砂利の海岸の水ぎわから一メートルほどの場所に、やや背の高い、けれど他の標識とそっくり同じ白い塗装の標識が水面から突き出ていて、〝海〟と書いたあったんだ。

それまでラテン世界の人々に囲まれて暮らしてきた僕は最初、これはずいぶん余計なお世話だと感じたよ。だって、目の前には無限の空間が荒々しく波打っていて、北海を痰つぼや洗濯場と間違える人間などいないのは明らかだからね。でもやがてそう考えるのは若気の至りだとわかった。ここにこそドイツ人の偉大さがあったんだ。完全とはこういうことなのさ。彼らは理知的な性分ゆえに、論理的思考によって導き出された結果を示さずにはいられないんだ。ちょうど数学者が解を求める過程で1＝1を使ったり、論理学がペーテル＝ペーテル（であり、パールにあらず）と表すようにね。

ダルムシュタットでは桶職人の親方の元で安い小さな学生宿を間借りした。そこでも次々と驚くことがあった。家族は感じがよくて気が利くし、清潔好きだった。親方の父親は庶民的な年寄りで、よそから来たどこの馬の骨とも知れない僕に、善良かつ人間味ある態度で接してくれた。毎晩僕が戻るとこう訊くんだ。「さて、おまえさん、今日はどんなことがあったかね。第一に人間的、第二に文学的、第三に道徳的観点から話してごらん」この質問にとても即答はできなかった。ドイツ語がまだほとんどできないからというだけじゃない。僕はこういう深い思考に慣れてなくて、ドイツ人の脳みそにとってはごく自然なこの分類法に戸惑ったんだ。不器用な僕の脳はもう破裂しかけていたよ。思い返してみた。その日の午前は図書館でヘーゲルを読んだ。それから学生食堂でハーブ入りクリームを食べて、午後はミンナと一緒に街の公園をぶらついたっけ。はたして図書館は人間的経験で、ハーブ入りクリームは文学的経験で、ミンナは道徳的経験だろうか。それとも逆かな？　それまでこの三つは僕の中で一つだった。図書館もハーブ入りクリームもミンナもごちゃまぜ、人間的経験も文学的、道徳的経験もみんないっしょくただ。たゆまぬ精神の鍛練によってこれをばらばらに分類できるようになったのは、ずいぶんと時間が経ってからだったよ。

　実に不思議な民族だね。こんなに不思議な民族は他にない。絶え間なく思考している。〝主義〟のために生ものしか食べない若者たちや、毎朝〝主義〟によって呼吸法を実践している者、夜には〝主義〟によって身を切るような冬に硬い場所で毛布もなしで寝る者など、いろんな人に次々と出会った。みな目を見張るような教養の持ち主だ。彼らは高校を出て大学（ウニヴェルシタス）に進学する。でもそこで学びが終わるわけじゃない。きっとそのあとには全員そろって大宇宙（ウニヴェルスム）に進学するんじゃないかと思うよ。大宇宙の何万という星に囲まれて数学の問題を解いたり、今後の勉強の計画もぎっしり書き込むんだろう。女性たちでさえ年齢に関係なく、まるで日常の娯楽のことを話すみたいにこういう話題を口にするんだ。ドイツの女はたいがい感情豊かでロマンチストなんだ。フランスの女に似ているね。違いといえば、フランスの女は瞳が大きいけど、ドイツの女は足が大きい。それから心もね。高貴で美しければ、何でもそっくり受け入れる感受性。知り合った最初の瞬間にもう、網羅的かつ聡明で抽象的な自己紹介をする。自分の精神生活の芯と断面の部分、そしてその中心を形成する性質を何点か、それに一般的な状態を開示するんだ。ちょうど病人が医者に病歴を話すようにね。実に素直なんだ。自分の間違いだって隠そうとしない。人間的なことは恥じないのだ。ある離婚した魅力的な女性がいて、僕はもう今にも愛を告白しそうになったんだけど、ある秋の陽の射す午後、菩提樹の並木の下で彼女が告白したんだ。出産の時に痔になってしまって、今でもずいぶん苦しんでいるんだって。別に僕が知りたがったからじゃなく、純粋にその通りだったし、人間として当たり前のことだから言ったんだ。なんという世界。すっかり心を奪われてしまったよ。

　みんな次から次へと順番に立派な邸宅に招待してくれた。外国人に対するとは思えないくらい温かく受け入れてくれるんだ。僕がろくに重きを置かないようなことを大事にしていた。自分たちの民族性にこだわるのと同じくらい他の民族を尊重する。国際主義は唱えるのではなく、実践する。ドイツ人は本能的に人間的なんだ。家族の食卓には僕の席もちゃんとあった。実際、食事の時も驚かされることが何度となくあった。たとえば、夕食では最後に長い棒みたいな形の白っぽくてひどい臭いのチーズが出るんだけど、これはドイツ語で〝死人の指《ライヒェンフィンガー》〟っていうんだ。深紅のリキュールをグラスに注いでくれるんだが、この製造元の公式な名前が〝血の膿《ブルートゲシュヴル》〟なんだ。僕は育ちのよい人間らしく、死人の指に噛みついて、血の膿のどろっとした液体でのどに流し込んだよ。

　ただ一つだけ、いつまで経ってもどうしても馴染めないことがあった。マスタード入れだ。上流の家庭の食卓には見るも異様なマスタード入れが置いてあって、——後で知ったんだけど——これのおかげで工場の持ち主は大儲けして、みなが争って買い求めるものだから、生産が負いつかないほどだったそうだ。このマスタード入れは白くてちっぽけな磁器で、水洗便器の形をしていて、茶色い蓋がぱたんと閉められるところも便器そっくり、〝マスタード〟（ゼンフ）と書いてなかったら間違うところだった。ここにあの黄土色したマスタードを入れて、食卓のだんらんの最中に血入りソーセージに塗るんだ。最初はなぜ僕がこの小ぶりでよくできた笑いを誘う置き物を前にしてなかなか旺盛な食欲を見せられなかったのか、みんな理解できないようだった。面白がられたよ。婚約中のカップルもそんな僕の様子にくすくす笑って、建築中の新居にも同じものを用意することになっているんだと言う。あまり品のない冗談を言うのは憚れるようなりっぱな家庭の主婦までも、客にこのマスタード入れを差し出すんだ。男の子たちは顔をゆがめて容器に鼻を突っ込み、ぽたぽた垂れた茶色いものを何度も嗅いでみせるし、女の子たちはといえば、両親がお行儀よく手を合わせたお祈りのポーズで記念撮影をさせるのが習慣だが、この時ばかりは楽しそうにこびりついたたれをかき集めて、まるでしっかり下水管を掃除するみたいに酢で薄めるんだ。

本当のことを言えば、こんな悪気ない素朴な陽気さにしばらくは違和感を感じていた。その前に僕はパリを体験済みで、モンマルトルのきらびやかな劇場で繰り広げられるありとあらゆる馬鹿げた薄っぺらい裏表の世界を楽しんだし、性愛や堕落に何よりも価値を置きたがるデカダン詩に没頭していたからね。でもこういうのは苦手だった。このあけっぴろげなところ、長閑《のどか》で微笑ましいいたずら心に戸惑いを感じたんだ。だけど、民族性を理解するなんて、簡単なことじゃない。

繰り返すが、ドイツ人は神秘的で、そのすべてを知ることなんて到底できない。誠実で賢く注意深い。病気になった時は、下宿の奥さんみずからベッドを整えシーツを敷いて、枕をぽんぽんとはたいてくれた。タオルを絞って熱を測り、菩提樹のハーブティーを飲ませてくれ、母性愛と相当に科学的な専門知識をもって看病してくれた。看病ができるのはドイツ女だけだ。医者も呼んでくれた。ドイツ人の医者に優るものはいないよ。一番下っ端でも外国の大学の先生より優秀だ。小粒の青い目で熱い額を診て、みごとな客観性と人間的な優しさで診察してくれる。世界一の製薬工場では数えきれないくらいの種類の薬が製造されていて、それを見るだけでたちまち回復してしまう。僕はいつも言うんだ。病気になるならドイツで、死ぬのもドイツがいいってね。でも生きるのはできれば別の場所がいいな。やっぱりここハンガリーか、バカンスならフランスだね。

まあでも僕は生きるためにドイツに行ったわけじゃない。勉強しに行ったんだ。何はさておき、まずあのちょっと堅くてざらついて回りくどくてややこしい、しかし古来からの美しさを持つことばを勉強しにね。でもまだ下手くそでしどろもどろ。言われたことが理解できないことも多々あった。こっちが言うことを理解してもらえないこともしょっちゅう。この二つは打ち消し合うどころか相乗効果なんだ。とにかくドイツ語ができるようになりたくてしかたなかった。秘密警察みたいにいつも聞き耳を立てて、誰とでも話をした。生きた文法や辞書がその辺じゅうを走り回っていたからね。なんとかこれを活用しようと必死だった。三歳児にでさえこちらから挨拶したよ。だって僕よりドイツ語ができるからね。まあ僕だってカントのプロレゴメナ（『純粋理性批判』の序論にあたる）をドイツ語の原典で読んで理解するけれどもね。道端で見かけた単語一つが理解できないと、すっかり気落ちしたものだ。ある時商売人が、ちゃんと解っているくせに、こっちの外国訛りに気がついて、わざと質問に答えようとしなかった時には、死んでしまおうかとさえ思ったよ。たゆまぬ努力を払って勉強したし、進歩するためにはどんな機会も逃さなかった。残念ながら失敗することも多々あった。ある学生パーティのはねた後、馬車をつかまえて帰宅した時のことだ。御者にいくらかと訊ねたんだが、おそらくちゃんと聞き取れなかったんだろう。渡した額が足りなかったんだ。御者は怒りだしてクソ野郎と怒鳴り、持っていた鞭をこっちに向かって振り下ろしてきたんだけど、僕はただひたすら不規則動詞をこうも見事に使いこなして主語と述語を一致させていることや、なんと豊かで変化に富んだ語彙を使うのかに感心して、何としてもこれを書き留めようとペンを手探りした。これを見た御者もすっかり驚いていたよ。自分の豊かな語彙にではなくて、この酷い罵声をおとなしく浴せられている僕を見てだけど。僕のことを何かの宗教の教祖か狂人だと思ったのかもしれない。単なる言語学徒にすぎないんだけどね。

とまあ、曲がりなりにもドイツ語を話しているところであれば、どこにでも出かけていったよ。ゲルマニア協会はじめ各種文化団体に顔を出す人間で、ここまで熱心なのはそうそういなかったろう。なるだけ多くドイツ語を聞きたくてうずうずしていたんだ。内容なんか何でもよかった。

必要に迫られたとはいえ、すっかり話がそれてしまったね。お待ちかね、ヴステンフェルト男爵の話に戻るとしよう。さっき寝ていたところで放ってしまったけど、この人、なんとまだ眠り続けているんだ。その場の人たちはどう思ったかって？　もう馴れっこだったよ。僕もやがて馴れてしまった。最初はやっぱり――なつかしいな――ある会合で横の人に、なんで会長はいつも寝ているのかって訊ねたっけ。その人はこの質問に驚いていた。僕の方を見て、それから会長の方を見て、答えたよ――客観的に――確かに会長は眠っているが、会長は会長だ。そう言って肩をすくめた。まるで僕がなぜ太陽は照るのかと聞いたみたいにね。会長は眠るためにいる。当時それは広く認識され、承認済みだったわけだ。

僕は余計な口出しをしたことを詫びた。時が経って、彼らが正しいとわかった。会長は高齢だった。かなりの年寄りだ。かなりの年寄りでかなり疲れていた。まさにそれゆえどこでも〝文化学術のための疲れを知らぬ努力〟を讃えられていたのだ。〝文化学術の覚醒〟の庇護者ともいわれていた。辛辣な嫌味でもなければ根拠に欠けるわけでもない。この偉大な教養と見識ある人物は、人知れず長年にわたって朝から晩までせっせと駆け回り、公の場で奮闘していたんだ。午前早くにはもう臨時総会を一つ開き、昼は何かの準備委員会を招集し、午後はとある諮問会議の議長を務め、晩は何かの祝賀パーティーでお祝いのスピーチをした。たいがいどこでも会長を務め、どこでもベルを鳴らし、どこでも開会や閉会の挨拶を述べた。そのあいだに顔を出すべきところにはすべて顔を出し、参加者リストにその名前が載っていないことなどなかった。この長年にわたる重責が積み重なって、これだけの熱心かつ有益な活動にすっかり疲れ切ってしまったとしても不思議はない。

そう、まったく不思議はない。だんだん僕自身も、このダルムシュタット中の、ヘッセン州中の、いやドイツ中の人々が至極当然と思っていることを、当然と思うようになったよ。いかにもまだ青二才の学生らしく、ゲルマニアの格式ある木目の壁の広間に大慌てで駆け込み、間に合ったかどうか確かめたい時は、壁にかかった振り子時計に目をやるわけでも演壇や聴衆を見るわけでもなく、ただ会長の席を見さえすればよかった。会長が眠っていれば、学会はもう始まっていた。会長が眠っていなければまだ始まっていないから、廊下に出て煙草を一、二本吸えた。会長が眠ることが同時に精神活動の開始を意味するのだという認識が、実体験を通して僕の中にすっかり沁み込み、確実な判断基準となり科学的な指標となったんだ。

発表者たちも同じ考えだった。会長がいつもこんな風だと、困惑して嫌な気持ちにならないかって？

反対だよ。発表者たちの第一声が会長を否が応でも夢の世界へと連れ去ってしまうと、彼らもまた同じく会長の夢から勇気と新たな発想を汲み取ってくるんだ。会長がまだ起きているとわかると、むしろしばらく待つんだ――水を飲んだり照明を調節したりしてね――でもそう長くはない、だって会長はあっという間に夢の彼方にお出かけだったから。さいしょの数分間なかなか話し出せない者もいた。序論の部分は小さな声で、まるで母親が赤ん坊のゆりかごに向かって囁くようにつぶやき、抜き足差し足のありさまだ。それから徐々に大きく堂々と声を張り上げる。会長の夢が相当な深みに達し、もう何も揺り起こすことがないと確信すると、気の済むまで声を大にして話すんだ。発表者たちがこんな驚くような子供っぽい気の使い方をしたり、深い敬意ゆえ慎重にふるまうことが、意味ないなんていえるだろうか？

　いやそれにしても、こんな風に眠れるなんてね。こんな風に眠る会長というものを見たことがなかったよ。これまでドイツでも、またヨーロッパ中の大小さまざまな国でも会長が眠る姿をたくさん見てきたけれどね。もう僕はドイツ語会話はかなりできたから、ゲルマニアの会合には会長を眺めるためだけに通っていたんだ。でも僕だけじゃなく、同じような目的で来ている者は他にもいた。ツヴェッチケ（ドイツ語で「プルーン」の意味）っていうひょろっと背の高くて若い新進気鋭の医者とここで仲良くなったんだが、彼も会長の観察だけしていた。外国人もいた――ノルウェー人にイギリス人、デンマーク人とかね――彼らもたいがい会長職に就いていて、同業者のこのすばらしい手並みとその秘密やコツそれに経験を、ぜひとも同じく責任ある役職に就いている自分たちも盗み活用させてもらおうと、高齢を押してわざわざ遠方からはるばるダルムシュタットまで来ていたんだ。

　で、どんな風に眠ったのかって？　本格的で驚きに値する完璧さで、最高の芸術的レベルで眠ったよ。それもそうだ。若い頃――二十八歳で――この名誉ある地位に就いて以来――このかた何十年というあいだずっとゲルマニアとその他の文化団体の代表をやっているんだ。豊かな経験の持ち主だ。左右両脇に副会長が一人ずつ、まるで愛人のように侍っていた。フベルトゥス・フォン・ツァイレンツィヒ博士とオイゲン・ルートヴィヒ・フォン・ヴットケ博士だ。この二人にしても、うとうと舟を漕ぐし、居眠りどころかぐっすり眠っていることもあったとはいえ、せいぜいのところ、うさぎのように片目だけつむるか犬のようにぴりぴりしながらだった。鋭い観察眼の持ち主なら、一瞥するだけでたちまちこの師匠と二人の未熟者の違いを見破るだろう。この二人は弟子に過ぎず、副会長であっても会長になることは絶対にないってね。ところがその二人のあいだに挟まれて、この人は確固とした信念と専門性をもって眠っていた。会長、そう、本物の会長だよ。神がそう創りたもうたのだ。地元民たちが言うには、この類まれなる才能はすでに幼少期に現れていたらしい。みんなが無邪気に奇声を上げてボールを追いかけているあいだ、あの人は少し離れた盛り土に腰を下ろしてみんなを統括していたんだって。

その眠り方は意味深く厳《きび》しく厳《おごそ》かで、ことばに言い表せないような品格と貫禄があった。だからといって、起きている時にこれらの特徴のうちどれかが欠けていたなんていうつもりはこれっぽっちもない。起きている時も十分に風格があった。愛すべきだが冷徹で、思いやりがあるが生真面目だった。顎の下までボタンを留めたフロックコートにネクタイをきっちり締めて、アイロンの皺ひとつないズボンを履いて現れると、いつでも場が一気に凍りついた。友人たちが話してくれたんだが、ある夏ドイツ人の探検家たちを招待してダルムシュタットの森を公式に案内した時のこと、森林地区に足を踏み入れたとたん、ツグミもシジュウカラもほかの鳥たちもいっせいに歌うのをやめたそうだ。場の荘厳な雰囲気に気後れしたんだね。しかしこの風格は眠るとさらに度を増した。本人をかたどった謎の銅像ができあがるんだ。眠るとある種表面的でにわか作りのデスマスクを顔につけたみたいになる。若干ベートーベンにも似ていたよ。

さらにその眠り方は高級かつ洗練され、貴族的で、なんというか崇高で品があった。たとえばいびきは絶対かかなかったし、よだれをたらすことも絶対になかった。格式を保っていたんだ。だって男爵、貴族だからね。心持ち両肩のあいだに首を引っ込めるようにして目を閉じる。でもその目の閉じ方というのが、視覚のスイッチを切ることによって感覚をさらに研ぎ澄まし、学術と文学に没頭しようとするかのようなんだ。深い内省のために顔つきも精神性を帯びて、教会の荘厳な雰囲気を感じさせた。老齢のせいで後頭部の筋肉が緩んでいたから、たちまち重力という容赦ない法則によって、頭がどんどん緑の布張りの議長席へ向かってずり落ちてしまい、胸元というか胴体の手前に突き出たようになるんだ。顔が磁石で吸い寄せられるように議長ベルに近づき、ぶつかってベルにキスしてしまうんじゃないかとはらはらすることも何度かあった。でも安心していいよ。そんなことは一度も起きなかったから。

まさにここが驚くべきところだった。その眠り方は自覚的で効率的なんだ。頭がこっくり揺れながら一番低いところまで垂れると、今度は自動的に持ち上がって背筋が伸びる。またその繰り返し。自律的に調節しているんだ。この無限の宇宙の中で、節度と品格を傷つけない範囲の自分の裁量というものがわかっているんだね。夢の中でもやっちゃいけないこととわかっているが、年寄りだからまあこのくらいは構わないし大目に見てもらえるだろう、煙草を吸うようなものだと思っている。規律を重んじるあの性格が、ここぞいう必要な時に発揮されないわけだ。

発表が終わってもまだ起きないなんてことは、一度たりともなかった。勝手に目が覚めるのさ。それも発表が終わる一、二秒前にね。どうやってかって？　それは永遠の謎だね。神経科医の友人のツヴェッチケは、発表者が効果を狙ってまとめの部分でだんだん声が大きく抑揚がついてくるからだっていうんだ。でも僕はこの説明には納得がいかないね。なぜなら、そよ風が吹くような抒情詩の終結部や甘美で神秘に消えゆく音楽でも、彼はちゃんと起きたから。毎回注意を怠らず、学問と文学を呼び覚ます精神となっていつも監視台に陣取り、まるでずうっと起きていたみたいな態度で、羨ましいほど深い見識としっかりした完璧なコメントで〝内容の濃い知的刺激に満ちた、それでいて楽しませてくれる発表〟や〝鮮やかで高水準の、それでいて感じのよい詩作〟に対して謝辞を述べ、会長としての権利と義務を果たすんだ。

ツヴェッチケによれば、発表のジャンルによって眠り方が違うそうだ。人文系の研究発表の時に一番眠りが深くて、抒情詩の時は浅い眠りなんだとか。会長は豊かな経験をもとに各ジャンルの相関関係に応じて夢を分類するんだと、得意げに説明してくれた。だけどこの説明にも納得がいかなかったね。それより最近学者たちが言っている仮説の方が説得力がある。人間は夢という自意識の奥底で時間を測っていて、それというのは地球の自転を原始的本能で感じ取り時間を計る装置で、だから本当に起きなければいけない時にはいつも起きられるし、旅行前には目覚まし時計を五時にセットしても五時一分前にぱっと目を覚ますのだそうだ。この本能が会長にも備わっていて機能したんだろう。

たしかに、たまにここあそこのちょっとしたことで会長も間違うことがあった。いかに並外れた人物で類まれなる精神の持ち主とはいえ、彼だって僕らと同じ人間だ。でも間違ったのは二度だけ。顧問秘書のマックス・リントフライシュ博士が赤髭王フリードリヒ一世を詠んだ歴史韻文小説の一節を朗読した時だ。十分と経たないうちにもう会長が目を開けた。会場全体がこれに気がついて驚いたんだ。聴衆はざわめき始め、よく見ようとして立ち上がる人もいた。会長自身もびっくりしてたよ。もしや居眠りに気づかれたかという思いが一瞬頭をよぎったのか、ちょっと赤くなった。そこで、聴衆をごまかそうと、ずいぶんと邪悪なずるを企んだんだ。すぐまた目を閉じて、自分はわざわざ目をつぶっているのだ、注意深く話を聞くためにはこうしなければならないのだと誇示することにしたのさ。そうして目を閉じて、これ以降目を開けることはなかった。瞼は夢の甘い蜜でべとべとにくっつき、頭は机に向かって通常の軌道を上下しはじめた。こうして顧問秘書のマックス・リントフライシュ博士が内容深い示唆に富んだ小説の断片を紹介し終わるまで、舟を漕ぎ続けたんだ。

もう一回はいつだったっけ？——ああ、そうそう。こっちの方がさらに感動的だった。この学会ではどの発表にも最低一時間半の時間を確保してあった。宮廷顧問のブルートホルツ博士は著名な知識人だったが、その彼がまさにお気に入りの当時ドイツで人気の高かったテーマで発表をした。〝認知世界の第一義的形而上学的根源と四つの形而上学的要因について〟という内容で、やや興奮気味になって興味の尽きない議論にのめりこんだため、すでにまる二時間ものあいだ原稿を読み続けていたんだ。その時会長がぼんやりと瞼を開けたわけだ。深淵な形而上学世界の奥底からぷかりと浮かび上がったみたいに、今ちょうどどのあたりなのか、そろそろ終盤なのかどうかも分からず、発表者と聴衆の方をまるで心霊現象でも見ているようにぼーっと眺めていたよ。さいわいちょうどこの瞬間に、顧問秘書のマックス・リントフライシュ博士が「導入部はこのへんで終わりにして、いよいよ本論に入るとしましょう」と述べたんだ。手術中に手術台に縛りつけられた患者が目覚めかけて呻《うめ》き声を出した時に、麻酔医にクロロフォルムをちょいと足してもらうようなものだね。これを聞いた会長はすぐにまた安心して、彼もまた「本論に入って」ぐっすりと安定的に眠り続けたよ。

会長はどんな夢を見ていたんだろうか？　この点に関しては意見が分かれた。

感情豊かでロマンチックなドイツ女性たちは――この点は実際彼女たちとつき合ったから分かるけど――会長はきっと可愛らしい小鹿の夢とか、大昔の子ども時代に虫取り網を手に野原を走り回っている夢を見ているんだって言うんだ。そのころすでに夢分析に関心があったツヴェッチケは、会長の見ている夢は睡眠をさらに促す夢だ、なぜなら眠ることこそが彼の欲求だったから、夢はさまざまな映像の断片を次々と見せてこの欲求を満たそうとするのだと言った。発表者が演壇から転げ落ちて頭蓋骨が粉々になってくたばってしまうとか、聴衆がパニックになって衝突しあい死闘が始まる、みんな恐怖で絶叫しながら死にものぐるい、シャンデリアは消え辺りは真っ暗闇、ゲルマニア協会の壁は崩壊し、ついに会長は閉会を宣言すると、帰宅してふかふかのベッドにもぐって眠る、という具合にね。理論的にはこの夢分析に同意するよ。だけどこの世界一心優しい会長にこんな役回りをさせるなんて、この神経科医も罪だね。僕はきっと夢の中でも会長は殺人や暴力を躊躇《ためら》ったと思うよ。会長は会議を終わらせることじゃなくて、なるべく会議が継続することを望んでいたというのが僕の持論だ。というわけで僕の想像では、会長はレフ・トルストイ伯爵がダルムシュタットの自分の学会を表敬訪問し、分厚い三巻ものの『戦争と平和』を最初から終わりまで朗読してくれる夢を絶え間なく見続けているんだ。ゲルマニアの会長として、それは何よりもまずドイツの学界にとって名誉なことだし、これで少なくとも一週間のあいだ邪魔されずに眠り続けることができるからね。自慢じゃないが、秀才ツヴェッチケもこの説明には納得したよ。

繰り返すが、会長は善良で高尚で寛容でリベラルな人間だった。リベラルゆえに眠ったんだ。他にどうすることができる？　僕は健康はつらつ、心臓に毛の生えた二十歳の若輩者で、発表を聴きに足しげく通うようになってまだ一年にもならなかった。彼は会長としてもう五十七年間もずっと研究発表を聴き続けていた。ところがそんな僕でさえ次第に疲労がたまり、病の兆しまで現れたんだ。巷では抒情詩と呼ばれるところの胸くそ悪くなるようなボケ状態や狂人の馬鹿騒ぎとか、巷では学問と呼ばれるところの退屈でくどくどした屁理屈とか、巷では政治と呼ばれる耳障りのよいむだ話やできそこないの理論にこれ以上がまんできなくなって、その結果、ある晩僕は下宿で発作を起こした。突然目が回って叫び出し、二時間ものあいだ絶叫し続けたんだ。親友のツヴェッチケが慌てて駆けつけてスコポラミンを注射してくれたから助かったけどね。ほらよく狂乱状態を鎮静させるのに使用する抗鬱薬さ。分かるだろう、尊敬すべき気の毒な会長がもし手遅れにならないうちにこの唯一の対処法を編み出していなければ、彼の健康な精神はこれらの破壊的行為に対し防御しきれなかっただろう。これは純粋に彼の自己防衛の本能がなせる業だ。こうして自己を救済したのみならず、学会を、学術と文学を、さらにはドイツ国民を、いや、あくなき進歩を目指す人類をも救済したんだ。

そう、彼の夢は国民的人類的責務の遂行そのものだったんだ。その眠り方といえば、右にも左にも対等に揺れるだけでなく、男性にも女性にも、キリスト教徒にもユダヤ教徒にも分け隔てなく、つまり年齢、性別、宗教の違いも超えて客観的で偏りなく、ひいきも先入観もない眠りなんだ。まるで人間のあらゆる性悪に対して目をつぶっているように見えた。いや、そう見えたんじゃなくて、事実そうだったんだ。彼が眠りながらこっくりこっくりうなずくのは、まさにすべてを承認するうなずきなんだ。ゲルマニアの高貴さ漂う木目調のホールでは、どんな忍耐強い聴衆でも、時々は発表者をぶんのめしてやりたいとか、脳出血でも起こしやがれとか、舌癌になって唇が腫れあがっていいかげん黙ればいいとか思っている時に、唯一このずっと眠っている会長だけが寛容な態度を示し続けていた。会長の見る夢は、日常や学術や文学と呼ばれる人間の精神活動が生み出すあまたの愚昧や空虚、無駄な努力とくだらない虚栄心、嫉妬と侮蔑をふわりと包み込む天使の羽根なのだ。沈黙は同意なり（クイ・タケト・コンセンティレ・ヴィデトゥル）。それにしても、睡眠ほど完璧な同意の方法なんてあるだろうか？　会長の眠りは破壊に対する建設であり、社会に希望を与え救済した。その眠りは理解と寛容そのものなんだ。

だってね、眠ると人はいつでも理解あって寛容だ。眠っている人が敵になることなどない。眠りに落ちたとたん、人は生に背を向け、死人と同様あらゆる悪の感情は消えてなくなる。「旅に出るとは一時的に死ぬこと」ってフランス人は言うよ。僕は旅が好きで、列車に乗るたび生き返る気がするから、こんな風に思ったことがないけどね。でも眠りはまさにちょっとのあいだ死ぬのと同じ。いや、ちょっとどころか、他でもない自意識である生を離脱するわけで、しばらくのあいだ完全に死ぬことと同じだ。だから眠っている人は武装解除して、意志という鋭いナイフの先を畳み閉じて、もうとっくに撤退するつもりとばかりに、僕らに対して無関心でいるんだ。この地上にこれ以上の良心などあるかい？　僕はいつだって眠っている人には敬意を払い、陰口を叩くなど許さないんだ。「眠れる者には優しく、さもなくばそっとすべき」これが僕の座右の銘だ。正直言って、なぜ眠れる者たちを祝う日がないのかと思うよ。その枕元に花束とは言わないまでも一輪の花を飾らないのか、彼らが眠りについた後にちょっとした和やかな会食を催して束の間の鬼の居ぬ間の洗濯をしようとしないのか、目を覚ました時にはおもちゃのラッパを吹き鳴らしてお決まりの復活を大いに歓迎しようとしないのかってね。そのくらいはぜひともしてあげるべきだよ。

　本当ならもっとずっと尊敬されるべき人だった。だけど、たいがいの人間は手の施しようもないろくでなしで、偏見に満ちているし、猫をかぶっているものだ。しばらくすると会長に対する風当たりも強くなった。とくに詩人たちが、やいのやいの言い出したんだ。詩人なんて血の気の多いイカレタ連中で、二人でいる時は自分たちは伝道者だと吹聴するくせ、三人目が現れると飛びかかってひきずり下ろそうとするし、純潔を謳いながら自分は風呂場に足も踏み入れようともしないし、それこそ街角の乞食にいたるまで世間じゅうの人に噂され人気者になりたいわ、いずれ死にゆく人々の寄付で銅像なんぞ建ててもらって自分だけは永遠に生きたいと思っているわ、ちゃらんぽらんで僻《ひが》み屋の自堕落者で、気の利いたフレーズやことば一つのために平気で大切な良心も売り渡すわ、心の奥底に隠し持った秘密を市場の売り物台に堂々並べるわ、親や子どもの死でさえも利用しようと、何年も経ってから〝夜中に霊感に呼び覚まされ〟て墓を引き剥がし、棺桶の蓋を開けて、虚飾というランプの明りをかざしながら〝追憶〟を探し回ったりするんだ。ちょうど泥棒が死人の金歯や宝石を探すようにね。そうして激白し噎《む》せび泣くんだ、この手の墓場荒らしの盗賊はね。いや失礼、だけど僕は詩人っていうものが大嫌いなんだ。まだ若かった時分、ダルムシュタットで嫌いになった。やつらはこの高徳な会長にがまんならなかったんだ。それもそのはずだ。自作の詩でなんの根拠もなく自らを〝夢の騎士〟やら〝夢見る夢男〟などと言いながら、文字通り夢見る夢男だったこの気高い老紳士を妬んでいた。明けても暮れてもできそこないの嫌味を飛ばしていたよ。何十年にも渡って公の場で堂々と眠りの技を披露するのは、まるで群衆の目前で厳重に密閉されたガラスの箱に籠って絶食する大道芸人みたいだとか。会議の時に眼鏡をかけたまま眠っているのは、ど近眼だからはずすと夢もまともに見えなくて、つまらくなって起きてしまうからだとか。今の会長になって以来、〝人生は短き夢なり〟という美しい格言も意味を失った、なぜなら人生は相当長い夢だということがわかったから、などとね。僕は手を合わせて、お願いだから会長にもっと優しく思いやりをもってくれと懇願したよ。どんなに優秀な人物にも欠点はある、かの余りある能力に鑑みて、そのくらいは大目に見なくちゃと懸命に説いたんだ。ホラティウスのことばも読み聞かせた。「偉大なるホメロスも時には居眠りをする（クァンドークェ・ボヌス・ドルミータト・ホメールス）」とね。するとやつらはこう言うんだ。それはその通りだが、会長は居眠りどころかずっと寝ているんだ、さらには他に能もないとね。

僕は絶望に打ち拉《ひし》がれながら抵抗したよ。でも怒りの渦はみるみる広がり、すべてを転覆させる勢いとなった。詩人たちの怒りの声は、公然と風刺雑誌や批判記事に公表された。みんなが毛嫌いしていたんだ。その理由？　まあやつらの自信過剰で感傷過多な世界観だろう。色鮮やかな毒キノコをほんのちょっぴり育てるためなら、みずからの人生をゴミの山にしてしまうような奴らだ。この潔癖さ、この偉大な他に類を見ないカリスマ性、非の打ちどころのない知の巨人に我慢ならなかったのさ。会長が議長席で穏やかに眠っているあいだ、こいつらはありとあらゆる根拠のない悪口を叩いていた。根性がねじ曲がり、つむじもひん曲がっているからね。船長が舵をとりながら眠ってしまい、氷山にぶつかる様子を連想するんだ。または、鉄道員がレール分岐機の横でいびきをかいて、列車が誤った線路を暴走し、その背後で骸骨がひひひと笑っているのとかね。まったくもってお門違いの発想で、ピントのずれた比喩だよ。船や列車だとそりゃあ気をつけないといけない。これは現実の話だ。もう一つの現実とぶつかれば大変なことにもなるだろう。だけど訊くがね、学術と文学に何の問題があるだろうか？　訊くがね、このじつに尊敬すべき会長が多忙な任務に疲弊して眠っているからって、誰の何に害がある？　訊くがね、むしろみんなにとっていいことなんじゃないか？　僕が正しいと思うよ。

僕の経験からいえば、この世の中で合意と平和を保つには、万事成り行きに任せること、僕らの意志とは関係なく、よって自分で変えることなどほとんど不可能なものごとの法則には首を突っ込まないことしか方法がないのだ。敵味方を分け隔てることのない会長の崇高な夢は、まさにこれを表している。この世のあらゆる混乱は寄ってたかって秩序を生み出そうとするから起こるし、埃は誰もが寄ってたかって掃き集めようとするから舞い上がるんだ。わかるだろう、世の中の諸悪の根源は皆がまとまろうとすること、幸福とはそれぞれがばらばらなことであり、偶然であり気まぐれであることなのだ。一つ例をあげよう。僕は今日一番にここに着いた。数分のあいだこのカフェ・トルペドーの個室に一人でいたんだ。パン売り娘のベルタが入って来た。僕はカイザーロールを一個買って、彼女の唇にキスをした。一瞬前はこんなことをするなんて考えもしなかった。彼女だってそうだ。だから素敵だったんだ。このキスは誰が仕掛けたわけでもない。仕掛けたとしたら結婚という顚末になって、義務で酸っぱくてまずい代物になる。戦争や革命も仕掛けられている。だからあんなにぞっとするほど醜悪で卑劣なんだ。通りで起きる殺傷事件や恋愛のもつれによる殺人や一家追い出しの方がよっぽど人間らしい。文学だって仕掛けすぎるとだめになる。慣れ合いや派閥意識や仲間内のばかボスを〝ちょちょいと誉めそやす〟内輪の評論とかね。だけどカフェのトイレ脇に陣取って、絶対に日の目を見ることのない詩を書いている詩人は、かならず聖人だ。これまであげた例が証明するのは、人類を不幸に陥れたのはひたすら公益のために自分の使命を真に受けて日々一所懸命になっている奴らであり、よい行いをするのは自分のことしかせず、責任回避し無関心で眠っている者たちだということだ。この世界を賢明に操ろうとしないことが間違っているんじゃない。そもそも操ろうということが間違っているんだ。

いつもふざけたことばかり言う僕がこんなに意味深い人徳あることを言うからって、そう驚かないでくれたまえ。生まれてこのかた敬愛すべきこの師匠ほど多くを教えてくれる人に、僕は出会ったことがない。といっても教えを受けたことなんかなくて、いつも眠っていたに過ぎないけどね。彼の存在が人徳そのものだったんだ。嘴《くちばし》の黄色い鼻たれ小僧の詩人連中は偏狭な物言いをして、あれがどんなに聡明な人物か想像もしない。何にも見えず何も分かってないと思っている。いろんな学派が現れては跡形もなく消え行くのも、実はお見通しだったというのにね。ドイツを代表する作家たちが、気がつけばくだらない作家に成り下がっていたり、新進気鋭の詩人がまったく訳の分からないうちに、それこそ世間の人々が何も考えず家で髭剃りでもしている隙にすっかり古臭くなってしまったりするさまも、しっかり見られてたっていうのにさ。彼こそが、道で行き倒れて野垂れ死んだ情熱の詩人たちを見直して評価したし、彼こそが詐欺まがいの俗説を自らが運営する学術会議の場で公然と批判し指弾したし、やはり彼自らが何年か経った時に自らが運営する学術会議の場でその俗説に公然とお墨付きを与えて、その結果しばらくすると大学でも教えられるようにもなったんだ。万事ものごとはどうしようもなく相対的で、絶対の物差しは存在しないと知っていた。人は利害をめぐって喧嘩をするし、たいがいのことには仰々しく抗議するけど、しばらくしたらもったいぶりつつ撤回して仲直りし、かつて犬猿の仲だった人間同士が腕を組んでゲルマニア協会の廊下をぶらぶら歩き、隅っこのビロードのソファに腰を下ろしてこそこそ話し込むもんだってことも知っていた。会長はある時こう悟って以来、何にも驚かなくなった。人間も人生も放っておいてもなんとかなるもので、下手に手を出しちゃいけないということを驚くほど理解していた。こんな賢人にとって、眠る以外にすることなんてあるだろうか。それに正直なところ教えてくれよ。静まり返って蠟燭の火が厳かにゆらめく会長の席、静寂の中に据えられた立派な会長の肘掛け椅子よりも、もっと眠りにふさわしい場所があるかい？　はっきり言おう。会長は聡明で忍耐も洞察力も備え、成熟した大人らしい深い思慮があるからこそ眠るんだ。だからこそ、学問と文学という名の船なり列車なりが、予想外の偶然にまかせて進路を突き進むがままにしたんだ。

　困ったことに、さっき話した詩人連中はじっとしていなかった。古い信頼のおける世代は少しずつ消えていった。定型詩や英雄叙事詩や哲学論文を朗読していた顧問秘書や宮廷顧問は、次々とヴルムシュタットの墓地の柳の木の下に葬られてしまった。新しい世代が頭をもたげ、奴らは分野の境界もお構いなしで、当然のことながらゲルマニア協会のホールに押し寄せてきた。ある陳《ひね》た若造が壇上に立って、今から〝総合的密教的〟小説を朗読すると言い放ったが、小説とは名ばかり、それはたった単語一つだった。しかもなんという倫理観に欠けた恥知らずなことばだったことか。もう一人似たようなひよっこは締まりのないぶつ切れの〝新古典主義的輪廻転生〟の問答とやらを紹介したが、人間の理性では到底理解できない内容で、その長さもまた人間の理性では到底予測できないものだったよ。ある未来派詩人は妙ちきりんなイカレタ詩で戦争を讃美し、宇宙の夜明けと地球の破滅とおまけに復活も礼讃した。会長はいらいらして頭を抱えていたよ。この血の気の多い未来派詩人は改行するごとに奇声を発するか、もしくはいろんな爆発音や機関銃音や騒音を真似てみせるんだ。ババーン、タタタ、シューシューってなぐあいにね。会長は奇声が発せられるたびに、突然夜が明けたみたいに目を開けてしまった。この時初めてこの冷静な人物が怒ったところを見たよ。この青臭い連中を端から端までじろりと睨んだんだ。文学的流派を批判したんじゃない。世界観でもない。それについては他のあらゆる文学的流派や世界観と同様に尊重していた。ただ、礼儀に欠けるし躾けがなってないと思っていた。実際その通りだった。

まったくこんなことばかりで、神経がやられる。顔色が冴えず、疲弊していることが多かったよ。でも――もう言ったけど――まだ他にも会長職をしていた。一日に三、四か所で学会があるとまた元気になって、高炉から取り出したばかりの鋼みたいにピンピンして家路につき、翌日には再び気力満々で仕事に取り掛かるんだ。平気なんだ。睡眠不足はどこでも解消できるからね。必要とあらば、劇場だろうが記念講演の際中だろうが、鎖から解き放たれた民衆が自由ばんざいを叫ぶ革命の混乱のさなかだろうが、オペラ劇場で「神々の黄昏」の公演中のトランペットと打楽器の大音響の中だろうが、展覧会の開幕式では日露戦争で死と背中合わせで闘う兵士さながら、ほんの一瞬その場で立ったままでも、要するに世界中どこでも眠れた。ある時僕はヘッセン公の歓迎レセプションにハンガリーの新聞社の契約記者として潜り込み、会長がヘッセン公に近寄って挨拶するのを目撃した。彼も王室の崇拝者だったんだね。大公はすぐに大公妃を彼に紹介した。若く魅惑的で、首と肩をあらわにしたドレス姿で、煌々と輝くシャンデリアの廊下を、まるで甘美な憂いを湛えた白鳥が滑るように泳ぎまわっていたよ。大公妃は会長の腕を取ると、金の背もたれがついたピンクの花柄のロココ調ソファに案内し、腰を掛けさせると自身も横に坐った。大公妃はお喋りを始め、会長は目を閉じた。大公妃のお喋りは延々と続き、時おり羽根のついた豪華な扇子を口元に当てては、低く響く声を立てて笑った。騎士《ナイト》の称号も持ち、一目置かれた存在のヴステンフェルト男爵は、気の利いた会話に長けた人物だが、ここでも満足げに相槌を打っていた。しかし、なんとこの時すでに眠っていたんだ。この老大家にとっては、どんな美人でもどんなに肌をあらわにした若い女でも、効き目のある睡眠薬の役割しか果たさない。浮世の活動の疲れを癒すためには、どんな機会も逃さないのさ。自宅でもまめに客を迎え入れたけど、そういう時間でさえもね。絶大な影響力のある人だったから、貧しい市民もずいぶん訴えにやってきた。誰の話であれ拒まず耳を傾けたよ。こういう時も彼独特の流儀があった。ベールの喪服を着た未亡人が涙でぐしょぐしょになったハンカチを握りしめて、どうかお力添えを、どうか身の上話を聞いて下さいましと哀願したことがあった。会長は冷静かつ思いやりをこめてうなずくと、未亡人は〝必ず手短に済ませますから〟としきりに前置きを言ったが、誰であれこういう場合〝必ず大変長くなります〟という意味だと、この時もう会長はわかっていたので、目を閉じると、熟練の技を発揮して眠りながら何度も絶妙なタイミングで相槌を打ったばかりか、時おりまるで注意深く聞いているかの様子さえ見せつつ身の上話に最後までつき合い、ようやく話が終わるとすっきり若返った様子で目を覚まし、〝できることは何でもしましょう〟と哀しみに打ち拉がれる未亡人を優しく励ましたのだが、そもそも〝何にもしない〟ことを見越してこう言ったわけだ。でも僕はこういうのを悪意があるとは思わないね。だって会長は分かっていたんだ。他人の助けを求めるような愚か者はいつだって腐ったろくでなしで、助けてやることもできないし、助ける価値もない、こういうだめなやつは自分を欺く以前に自分を欺く能力さえなくて、自分で自分をだます代わりに他人にだましてもらおうとして、みすみす嘘八丁の口車に乗せられようとするのだってね。だから会長は気持ちよくその要望に応えているにすぎないのだ。そんなわけで、期待外れだとがっかりする人などいなかった。会長はさらに尊敬を集め、名声はますます高まり、慈善の人だの、骨の髄まで紳士だなどと賞讃され、みんなに慕われたよ。

僕がこの人をどれくらい敬愛していたか、とても人間のことばで言い表すことなんかできない。そのことをちゃんと言っておかないと、今から話すことを分かってもらえないからね。年度末が近づいていた。夏が来た。劇場も学校も文化団体もみんな夏休みに入り、ゲルマニア協会の門も閉じられた。講演会はすっかり休会となり、発表者たちは各々象牙の塔でゆっくりと互いの作品を読み漁っては、そこに書いてある理論をあたかも自前のもののように発表できるようにと、秋のシーズンに向けて精気を養っていた。僕はリュックサックを背負って、ダルムシュタット郊外の美しい自然を愉しみにハイキングに出かけた。ある七月の朝、学生仲間とルートヴィヒの丘の展望台を目指して出発し、ちょうど意気揚々と〝ラインの護り〟やその他の血気盛んな愛国的唱歌を歌いながらルイーゼ広場に通り掛かった時だった。激震が走るような光景が目の前に繰り広げられたんだ。看護帽をつけた赤十字の看護師が二人、ふらふらの人を連れて歩道を歩いていた。いや、より正確に言うと、まるで自分では歩くこともままならないがらくたを引きずっているというか、持ち上げていると言った方がいい。これが誰だったのか当ててごらん、なんて僕は言わないよ。そういうのはバカ作家がよくやる手法で、——そういうのはたいがい——読者のことをも同じくらいバカ者扱いしてるんだ。君たちは洞察力が鋭いから、もうこれがヴステンフェルト男爵に違いない、今しがた僕が話していたあの会長、われらが会長に違いないとわかっただろう。だけど実のところ、最初の瞬間は僕自身それと分からなかったんだ。あのたくましい身体をした活動的で体力のある老人が、恐ろしく痩せて幽霊みたいにひょろひょろだった。両足はまるで写真撮影機の細い三脚みたいに内股になっている。吹けば今にも飛びそうだ。これ以上はとても言えない。見るも悲惨だった。

会長は眠れなくて苦しんでいたんだ。門外漢はこの病気を軽視しがちだ。眠れないなら寝るな、眠くなればどうせ寝るんだからってね。食欲不振についても同じように言われる。食欲がないなら食うな、そしたら絶対腹が減るってね。だけど両方とも恐ろしい病気で、死んでしまうことさえある。会長の病気にしてもね。もう何週間ものあいだ、寝床に入っても目はぱっちり状態でのたうち回り、それでも夢は訪れない。こんなわけで、ドイツ医学界は不眠症の稀にみる重篤な症例に遭遇し、さしあたり手の施しようもなかったというわけだ。

病床にはダルムシュタットだけでなくドイツ全国から医者が呼び集められたことは、想像がつくだろう？　高名な内科医のヴェイプレヒト博士は、この不眠の原因は長年にわたり休みなく重責をこなし続けたことからくる神経の消耗によるものと診断した。とりあえずあらゆる緊張とあらゆる精神的ストレスを避けて、新聞も読まないように、そして楽しいことをするようにと強く言い聞かせた。陽気な音楽を聴いて、毎日お抱えの四頭馬車に乗って長めの外出をするとか、毎日七分間――それ以上は勧めないが――あの七月のある日僕たちが目撃した自宅の屋敷近くのルイーゼ広場を、例の専門教育を受けた絶対的信頼のおける看護師たちに腕を組んでもらって散歩するとかとね。ハイデルベルク大学の胃腸科の教授フィンゲル博士は、生ものを摂取する食事療法を指導した。ライ麦パンと果物とヨーグルト――それから一日一回朝七時に——軽い下剤と一日一回——夜の七時に——三十二度に温めたカモミールティーにレモンを数滴絞ったものをね。ゲルスフェルト教授、あの世界的に有名なゲルスフェルト博士には電報を送ってベルリン大学から駆けつけてもらったのだが、数日にわたる検査ののち、博士は診断を下して公表した。ぬるま湯で半身浴をするのがよいといって、その日のうちに博士自ら看護師たちに手伝わせて用意した。お湯は徐々に冷まして、次にまた温める、その後また今度は急激に温度を下げる。こうしながら三分毎に頭に冷たい水をかけるんだ。就寝前には室内で軽い体操をして、寝床に入るや否や頭にドイツ製の新型冷却器を当てる。パイプの中を新鮮な水が循環して、頭蓋骨とあれこれ負担のかかった脳みそをいい具合に冷やしてくれるんだ。これらの療法をすべて繰り返し熱心に看護師たちに説明し、何度も実践させた後、博士の方は安心してベルリンに戻っていったが、会長は安心できなかった。神経科医のH・L・シュミットはいろんな睡眠薬を試した。臭素ナトリウムやベロナール（一九三〇年代中ごろまで使用されていたバルビツール酸系睡眠薬）やクロロホルム（麻酔剤の一種）やトリアノール（前立腺の治療に用いられる薬品）を、最初は少量、やがて大量投与してね。だけど、薬をとっかえひっかえしようが混ぜ合わせようが、無駄だった。何の効果もなかったんだ。ツヴィーディネク博士とライヒェンスベルク博士とヴィッティンゲン二世博士は三人とも神経科医で三人とも名医の誉れ高かったが、精神分析学の方面からアプローチしたものの、やっぱり何の結果も得られずじまいだった。会長はそのあいだ弱る一方だった。どうやら医者たちはもうあきらめたようだって噂が、ダルムシュタットの町に流れたよ。

　僕がこの知らせをどんな気持ちで聞いたか、みんな分かるだろう？　この唯一無二の存在、人道主義の化身が命を落とすなど許せないよ。ある日、僕は立派なお屋敷に会いに出かけた。ホールにも使えそうな大きな寝室に足を踏み入れると、すっかり光を遮り、豆電球が薄暗く照らす中に、会長の姿が見えた。胸がぐっと締めつけられたよ。高く積み上げた枕のあいだにうずくまって、まるで学問と文学のために戦う兵士のように、頭にはヘルメット型冷却器が取り付けられていた。噎《む》せるようなケシの香りがベッド脇の自動式電気噴霧器から病人に向けて吹き出して充満していた。ベッドの向かい側には――明らかに医者の指示によるものだろうが――遠い昔の叶わなかった夢を記憶に呼び覚まさせようという目的で、白い大幕に静かな湖畔の風景のカラー写真が投影されていた。でも会長はしじゅうベッドから飛び出そうと必死にもがいて、そのたびに二人の看護師がその手を掴んで押さえていた。顔はすっかり生気を失っていたよ。

僕を見て喜んでくれた。僕を見知っていたし、一、二度学会の後で――これは僕にとって忘れられない名誉だけど――声を掛けてくれたこともあった。すっかり肉の落ちた手で僕の手を取ると、せわしなく指をいじっていた。僕は友人の若い医者ツヴェッチケを呼んではどうかと勧めてみた。最近自分の診療所を開いたばかりだが、僕は彼が賢いし本物の医者だと思う、絶対的信頼を置いているからってね。諦めかけていた召使たちは、といっても行き遅れの女中と退役将校と法律顧問の三人だが、一も二もなく僕の提案に飛びついた。迎えを遣わせると、ツヴェッチケは瞬く間にとんで来た。

ツヴェッチケは何はさておき窓をすべて開け放ち、電球と幻灯機を消した。南向きの日光が寝室に差し込んできた。それからベッド脇に腰かけて病人に微笑みかけた。診療なんかしなかった。僕と同じく彼もゲルマニアの学会のことを知り尽くしていた。心臓の上をトントン叩きもしなければ、もったいぶって瞳孔を調べたり脈を測ったりもしないし、いつも持ち歩いている金属の小槌で膝をコンコン叩きもしなかった。頭に装着した馬鹿げた冷たい機械を取り外し、何にもしなくていい、いままで通り暮らして何も無理しないようにと進言したんだ。緊急に何か臨時総会か専門委員会を招集するのが一番だと考えたものの、これは夏休み中なので不可能だった。ツヴェッチケは頭をひねり唇を噛んでいたが、突然立ち上がると、僕に会長を着替えさせるように指示し、踵を返して部屋を出ていった。この時、僕にずっと会長に付き添っているように、すぐに戻ってくるからと小声で言ったんだ。

会長にサロンコートを着せて黒いネクタイを締め、折り目正しくアイロンを当てたズボンを履かせたと思ったらもう、閉じられたドアの向こうから隣の部屋にいるツヴェッチケの特徴ある声が聞こえてきた。ややプロイセン風の発音で〝右、左、前へ進め〟と指揮を執っていた。僕らはみなあっけにとられて聞いていたよ。会長自身も興味津々に頭を上げた。寝室の両開きのドアが大きく開けられた。そしたらなんと、ツヴェッチケ直々の指揮のもと、六人の弟子がゆっくりと慎重にゲルマニアのかのずっしり重い樫の木のテーブルを運び入れ、ベッド脇に置いたんだ。もう一人の弟子が会長の椅子も運び入れた。ツヴェッチケはこの様子をずっと無言で眺め、満足げにうなずいた。ポケットから司会用のベルを取り出すとテーブルの上に置いた。そしてこの上なく気配りの利いた優しい物腰で会長をテーブルに案内し、椅子に坐らせると、ベルを鳴らして開会の宣言をして下さいと言ったんだ。会長はベルを鳴らし、「開会を宣言する」と言った。この時に奇跡が起きたんだ。医学界から気が気でない世間の人々まで、一か月ものあいだ待ち続けていた奇跡がね。会長の瞼が下がり始め、深く健やかなる夢の中に身を沈めていったわけだ。

ツヴェッチケと僕は並んで立ったまま、緊張してその様子を見守った。彼の方は学術的専門性の観点から、僕は作家の野次馬根性でね。ツヴェッチケは懐中時計を取り出し、秒針を押して呼吸を測った。勝ち誇った顔で僕の方をふり向いたよ。胸部は規則的に膨らみ、血色の悪かった顔には赤みが戻り、見る間にふっくらしてきた。長い間疲労していた身体がやっと休養をとったんだ。眠りという自然の営みそれ自体が治癒の役割を果たした。会長はこの時も学会の会場でいつもやるように分別と礼儀をわきまえて眠り、頭を深く垂れてはまた持ち上げていた。この状況を見て、僕の会長に対する驚嘆は増すばかりだった。というのも、これはこの人が自宅でも外と変わらぬ振舞いをしている、つまり本物の紳士だということを示していたのだからね。十二時間ぶっ続けで眠ったよ。ツヴェッチケはその間一瞬たりともそばを離れず、昼も夜もその傍らで食事をとった。夜更けになって、ついに会長が手にベルを握りしめ、鳴らしながら〝閉会を宣言〟したのを見た時は、万感の思いだった。これは十分な睡眠をとったことを意味していたし、命を救ったことをも意味していたからね。

みんなはツヴェッチケを帰そうとしなかった。別室が用意され、会長が完全に回復するまで二週間のあいだ付き添ったんだ。とはいえ、ほとんどすることはなかった。会長は眠る時――いつも正装して顎までボタンを留めて――会長席に坐ってベルを鳴らし、起きるとまたベルを鳴らした。この驚くほど単純な治療法は、ドイツの医学誌に掲載されることもなく、新学期が始まる前には終了した。その後、もう学会が始まると必要がなくなった。でもツヴェッチケへの恩は忘れなかったよ。彼は会長の主治医に迎えられ、その栄えある人脈のお蔭で、まだ若くして――若干二十六歳だったからね――町の病院の神経精神科の教授になり、その半年後には宮廷顧問の称号も与えられたんだ。

というのが僕のドイツ体験だ。ああ君、勘定を頼むよ。ディナーに赤ワイン、ブラックコーヒー四つとミリヤム（煙草の銘柄）が二十五本だ。また喋りすぎたかな。僕のお蔭で徹夜だね。みんな、見てごらんよ。一月の霧の中を夜明けの光がペシュトの街角に、このカフェ・トルペドーの窓に柔らかく差し込んでくるよ。汚い爪のピンク色の指をした夜明けだ。さあ、もう帰って寝よう。それともまだ帰りたくないかい？　だったらもう一杯コーヒーを飲んで、この話の顚末を話そうか。最近は自分で自分の話を聞くのが何より愉しみなんだ。

会長の消息は長い間判らなかった。戦争が始まって、僕はすっかり遠くに引き離されてしまったからね。昨年になってドイツを旅行したんだ。回り道をしてダルムシュタットに行ってきた。急行列車を一本遅らせて、そのあいだにツヴェッチケも訪ねた。いやあ、とても妙な感じだったよ。十五年前に別れた時と同じ神経精神科で再会したんだから。白衣姿で僕の前に現れ、抱きしめてくれた。象牙のフレームの眼鏡をかけて、ビール腹になっていた。その他大勢のドイツ人学者と同じようにね。あの頃は一緒にそういうのをずいぶんとからかったものだがね。まじまじと見詰めてしまったよ。もう若い頃のようにがさつで人を食ったような笑い方はしなかった。その代わりに絶えずゆっくりと間延びした笑い方をするんだ。楽しい話でも悲しい話でも、ことばの切り目で必ず笑う人っているじゃないか。彼もそんな風に話した。結婚したんだ――ハハハ――、娘が生まれたよ――ハハハ――、だけど四歳の時に脳膜炎で死んだんだ――ハハハ――って調子でね。でも僕は不快に思わなかった。精神科医にはみなそれぞれ独自の流儀があるからね。

医局は秩序正しく保たれていた。廊下も窓も床もぴかぴかに磨き上げられて、痰壺はみな所定の位置に並べられていた。看護師たちは凶暴な患者よりも彼のことを怖れていた。ツヴェッチケは、一覧表や図説の入った新発見の論文を準備していた。脳組織学が専門なんだ。研究室のフォルマリン液の中では病気の脳みそがゆらゆらしていて、それをハムのスライサーに似た、だけどそれよりずっと精巧な機械で紙のような薄さに切り刻み、そこから人間の心や精神の神秘を読み取ろうとしていたんだ。医局を隅々まで案内してくれた。僕にとっては目新しくないものだ。子どもの頃からこういう場所が好きでしかたないんだ。精神科は地球のどこでもまったく同じだ。ちょうど国会議事堂のようにね。精神病理学の公式を用いれば、どの民族もどの場所でも同じことが言えるらしい。女性病棟では踊ったり叫び声を上げ、男性病棟では塞ぎこんで悲痛な悩みに打ち拉がれている。庭では痴呆症の患者が樹の下で子どものようにぼんやりと物思いに耽っている。ある石工見習いは体の中に空気が溜まっていると言って、明けても暮れても鼻をブーンと威勢よくかみ続けていたんだが、これが――本人も自慢していたが――見事に功を奏した。十七年前に入院した時は、おでこの高さまで空気があったが、今は胸の乳首のあたりまで下がったんだ。僕らは一緒に予測をしてみた。もしこの行為を突発的に邪魔するものが何もなければ、七十歳になる頃にはすっかり空気が抜けているねってね。ここでも各人のやるべきことがあり、楽しみがあるんだ。

僕は何をさておき、二つのグループが鋭く対立しているところに興味があった。その二つのグループが人類全体を象徴していると言っていい。妄想症の人間は生意気でろくでなし、言うことはデカくて疑い深いし、実際よく人を疑う。不満だらけで、やたら行動を起こそうとする。世の中のためにとうそぶく政治家みたいにね。奴らは物陰からこそこそ目を細めてこっちを観察し、〝なるほどそういう奴か〟と見定めたがる。社会の幸福のためにいつ何時でも叩きのめしてやろうという調子だ。じっとしていられず、世界めがけて突進して、これを二つに切り裂こうとする。統合失調症の人間は変わり者で個性的、何かとびっくりさせられるし自己非難しがち、突拍子なく謎が多い。生まれながらの作家みたいにね。奴らの話すことには僕たちにはとうてい理解できない目標がいっぱい詰まっている。僕は後者のほうが好きだな。ここでもこのタイプと仲良くなった。芝生の隅に二人の若者が固まってじっと立っていた。三人目の、ヴルツブルクの銀行家の御曹司かなにかで蒼白い顔をした若者は、芝生の周りをぐるぐると何周も散歩していて、僕とすれ違うたびにとびきり丁寧な挨拶をしてくれたので、僕も同じように尊敬をこめて挨拶を返したよ。だけど八周目にすれ違って僕が八度目の挨拶を返した時、突然顔に唾を吐き掛けてきた。僕はこの上もなく嬉しかったよ。だって、この病気についてかねてから持っていた自分の意見が正しかったと証明され裏付けられたのだからね。

ツヴェッチケは精神病患者に関心がなかったようだ。例の独特の間延びしたゆっくり笑いをしてこう言った。こいつらは縛りつけておけばいい、相手をしたってしようがない。そのうち解剖して脳の組織を調べれば十分だって。お茶にも招いてくれた。夫人を紹介してくれたが、これがマドンナみたいな女性で、金髪を丸みのある額の上にぴったりなでつけて、黙って握手をし、黙ってもてなし、最後まで一言も口を利かなかった。僕らはレバーペーストを食べてビールを飲んだ。そこでやっと会長の消息が分かったよ。会長は誰よりも長生きして、戦争も革命も生き延びたんだ。そのあいだにさまざまな世代が去っていった。戦場で命を落とした者もいた。未来派も表現主義者も前衛主義者も新古典派も構成主義者も次々死んでいった。でも彼は活動し続けた。眠る者こその生命力だね。九十歳を迎えた時、主治医の勧めでさらに会長職を増やしたんだ。最期の数年は十七種類の会長職を朝から晩まで休みなくこなした。昨冬九十九歳で亡くなったそうだ。百歳の節目を迎えることは叶わなかったんだね。

親友に別れを告げて、僕は会長の墓参りに出かけた。そこでこれまで果たせなかった感謝の気持ちを伝えようと思ったんだ。ツヴェッチケは笑いながら抱きしめてくれた。僕のレインコートのポケットに一冊の本を突っ込み、きっとそのうち役に立つからと言った。僕は車を飛ばして、狂人の集まりから、今度は死人の集まる場所へと急いだ。会長の墓はすぐ見つかった。男爵家の紋章に飾られた先祖代々が眠る荘厳な墓石に安置されていた。大理石の柱には、ただひとこと「安らかに眠り給え」と刻まれていた。生前誰一人としてこの人に面と向かって命令口調で話せなかったというのに、後世の人間はこうも無神経に命令するんだね。「どうぞ安らかにお眠りください」と僕は小声を震わせて、敬愛する父に対するように呟いた。そして立ち去り際に会長のこと、そして過ぎ去ったわが青春時代に思いを馳せた。目から涙がはらりと落ちたよ。

あいにく手ぶらで急遽駆けつけたものだから、花一本持って来られなかった。でもこの厳めしい墓に花は似合わなかっただろう。気まずい思いでポケットに手を入れて、ごそごそやってみた。するとあのツヴェッチケが道中の退屈しのぎにくれた本があったから、包みを開けてみたんだ。クロプシュトック（フリードリヒ・ゴットリープ・クロプシュトック、一七二四～一八〇三。ドイツの詩人）の『救世主』だった。あの六歩格で書かれた英雄叙事詩で――どの世代も口を揃えて世界で一番退屈な本だという、あまりに退屈すぎて、評価の良しあしに関係なく、まだ誰も最後まで読み切ったことがないというやつだ。クロプシュトック自身も、書くには書いたが読めなかったという話だ。僕はこの本を開いてじっくりとページをめくった。どの部分を読もうか？　どこでもよかった。会長も生きている頃、何よりも静けさを好んだ。僕たちすべてと同じく、死んでしまった今も平穏に眠りたいと願っているだろう。僕はゆっくりと単調に第一歌を口ずさみ始めた。すると驚いたよ。隣の墓標にからまっていたアサガオが、まるで夜が来たように花びらを閉じてしまった。虫が一匹あお向けに地面に落っこちて、催眠術にかかったように動かなくなった。墓石の上をひらひら飛んでいたちょうちょが舞い落ちて、羽根を閉じて眠ってしまった。この詩が花崗岩の墓石を通過して神に召された亡骸にまで届き、死者の夢も——永遠の夢も——果てしなく深まるのを僕は感じていた。

誰かが両肩を摑んでゆすったので、僕は目を覚ました。墓地の外で待たせていた運転手が気にかけて来てくれたのだ。第一歌の真ん中あたりで、僕自身眠りに落ちてしまっていたんだ。慌てて車に戻り、大急ぎで駅まで飛ばした。間一髪のところだったが、すでに走り出した列車にかろうじて飛び乗った。列車は豪快に火花を飛ばし汽笛を鳴らしながら、猛スピードでベルリン目指して駆けていったというわけさ」

一九三三年

第13章　善人らしく運に見放された未亡人に救いの手を差し伸べるが、あまりに気の毒で他になすすべもなく、結局殴ってしまうの巻

午前十一時、入浴しようと思っていたところだった。

パンツ一枚でベッドから飛び出すと、裸の胸元と腕をむき出しにしたままパジャマも着ず、緑色の革スリッパだけ足にひっかけると、急いで浴室へ向かった。

古い住宅で、浴室は部屋を三つ通った先にあった。

三つ目の部屋は客間で、そこに婦人が立っていた。爪先までたっぷりとした黒いドレスを着て、ベールを目深に下ろしていた。

エシュティは見知らぬ婦人を見て飛び上がって驚き、後ずさりした。どうやって突然目の前に現れたのだろう。

まず最初に、自分が裸であることを思い出し、せめて紳士らしくふるまおうと、両手で毛むくじゃらの胸元を隠した。

婦人は驚いて叫び声を上げた。後ずさりすると、何度もおじぎをした。これまで何度も訪ねて来てようやく初めて会えた相手と、まさかこんな風に対面するとは。これですべては台無しだと思ったのだ。

「すみません」と婦人は震え上がって弁解しようとした。

「何のご用で?」とエシュティは訊ねた。

「あのう」とうろたえて言った。「そのう……また今度……どうしましょう……まさかこんな……すみません……」

「玄関のほうへ」

「こちらへ?」

「そう」とエシュティはつっけんどんに言った。「そこ」

女はまるで客間に垂れこめた暗黒の雲さながらに、ゆっくりと出て行った。エシュティは浴室に移動し、用意された温かい朝風呂に浸かった。

腹立たし気に呼び鈴を鳴らした。

女中がやってきて、浴室の入り口に立った。

「ヨラーン」と浴槽から大声を出した。「ヨラーン、いったい気でも違ったのかい? 誰でも彼でも家の中へ通すなんて」

「私じゃありません。ヴィクトルです」

「どこに通した?」

「玄関です」

「だけど客間にいたぞ。目の前に。ありえんよ。何の用だ?」

「旦那さんをお探しで。これまでも何度か」

「用事は？」

「知りません。きっと文学の用事では」と女中はさらりと言い足した。

「文学の用事ね」とエシュティは繰り返した。「全集でも売りつけたいんだろう。頼み事ばかりだ。何かの詐欺だ。訪問泥棒だ。家じゅう掻き回されるところだったよ。下手すりゃ家ごと持っていかれちまう。何度も言っただろう。乞食には何かちょっと恵んでやって、もう二度と近づけるなって。客に会うのは日曜日、十二時から一時のあいだだけ。それ以外は絶対だめだ。分かったか？　それだって、誰なのか事前に知らせること。今は留守だ、誰が来ようと。死んだと言え」

「承知しました」と女中は言った。

「え？」とエシュティはこんなにあっさり聞き分けがよいことにやや驚いて、訊き返した。「とにかく帰ってもらってくれ。また日曜日、十二時から一時のあいだだ」

女中は、ぴちゃぴちゃいう水の音がして、主人が風呂に入っていると分かると行ってしまった。軽い足取りで、もう隣の部屋に移動していた。エシュティは後ろから大声で言った。

「ヨラーン」

「お呼びですか？」

「待つように言ってくれ」

「待つって？」

「ああ、すぐ行く」

石鹸《せっけん》で身体を洗いもせず、浴槽から出て服を着ると、玄関に向かって声を掛けた。

喪服の女が入ってきた。客間はふたたび満杯になった。曇った冬の午前で、蠟燭のかたちをしたガラスの白いシャンデリアは煌々と灯っているというのに、彼女がいるとまるで黒雲が立ち込めたように辺りが暗くなった。

外は雪が舞っていた。

「どういったご用で?」とエシュティは訊ねた。

婦人は答えず、突然泣き始めた。か細くすするような、老いた女性らしい押し殺したような声で涙をこらえていた。

聞き取れたことばといえばこれだけだった。

「どうか助けて……た……たすけ……」

つまり、助けてくれということだ。

ベールを上げて、涙に濡れた顔を拭《ぬぐ》った。深い緑の瞳をしている。その深い緑の瞳に白いものが交じった髪が降りかかっていたが、完全に白髪にはなっていない。まるで狂ったように乱れた髪のふさが、黒い帽子の鍔の下からはみ出していた。

「未亡人だな」とエシュティは思った。「すっかり落ちぶれた未亡人。ひどい姿だ」

婦人は大きな音で鼻をかんだが、みっともないし滑稽に見えることは気にもしない様子だった。慌てたのか、傘まで部屋に持ち込んでいる。大事なものだから玄関に放っておけないとでもいうようだ。傘からは水が滴り、ぴかぴかに磨き上げた床に水たまりをこしらえていた。

靴も服もぼろぼろだった。

しかしどこから来たのだろうか？　この町のどの地域、虱《しらみ》だらけの刑務所か、町はずれの廃屋か薪倉庫か、そしてなぜまたちょうど彼のところに、何の紹介も推薦状もなくやって来たのか？

彼のことを知っていたからだろう。個人的に知っているのでなく、作品を知っていたのだ。よくあることだ。

作品を存じ上げていますと語る手のものだ。

未亡人は話し始めた。こんな立派な人が自分のことを理解してくれないわけがないといわんばかりに。

「僕は立派な人間なんかじゃない」エシュティは心の中で呟いた。「僕は悪い人間だ。もしくは悪くさえない。他の誰とも違わないただの人間だ。昔の純粋な心をまだ大事に持っているのは――そう、単に作品に書くためだけだ――ちょうど解剖学者がもうとっくに何も感じない心臓や思考をやめた脳みそを何十年とホルマリン漬けにして完全な形に保っているのと同じで、これが作家という職業上の機密であり匠の技だからだ。ある一定の歳になれば誰だってそうだが、僕だってほとほと人生に疲れている」

婦人は彼の詩集を何冊も読んだと話した。

「それはちがう」エシュティは心の中で一人議論を続けた。「混同してはいけない。それは文学だ。僕が書いたことがみんな現実になったら、それこそ大変だ。僕はガス灯だ、と書いたことがある。でも、もし誰かにガス灯に姿を変えられそうになったら必死に抵抗するだろう。それからどこだったかに海に沈んでしまいたいと書いたこともあった。でも深さ三メートルのプールで泳いでいると、ここではとても立てないなという不安がいつも脳裏を横切るし、浅い場所にたどり着くなりちょっとホッとするもんだ」

先生の作品には何ともいえない繊細な感性が表れていますわ。本当にとても繊細な感性が。

「そんなことあるわけない」とエシュティはさらに考え続けた。どうもこの〝感性〟という言葉にはむかっ腹が立つらしい。「心を扱う人間がどれほど厳しく無慈悲で強靭な精神を必要とするか、みんな知らないのだ。それに、優しい人間は必然的に野蛮でもある。優しさとは野蛮さの隠れたもう一つの姿で、野蛮は優しさの隠れた姿なんだ。まったく、善と悪、それに慈悲と無慈悲は実に奇妙な関係にあるのだ。互いに引き離したら作用しないし、どっちかが欠けていたら成り立たない。目のよく利く人が青と赤、蝶と毛虫が同じに見えないのと同じことだ。確かに正反対で両極だが、いつも自然と相互に影響しあって、状況に応じて交替し、互いを名乗り合い、循環し変化する。まるで電気のプラスとマイナスみたいに。まあいいだろう。ただ、紙に書かれたものが〝繊細〟に感じられるのは、単に正確で機械のように精巧だからで、その背後には僕という人間がいて――糞食らえだ――毎日調子がいい時も悪い時も、気分が乗る時も乗らない時も、何時間と書き続け、ため息を漏らしたり歯ぎしりしながら、この言うことを聞かない指をひたすら動かしているからに他ならない。この僕が繊細かって？　だったら鍛冶屋も繊細だよ。失礼だが、むしろ僕は鍛冶屋だ。金床に槌をふるい、愛馬が埃っぽい国道をもっと早く走れるように蹄をこしらえてやるんだ。立派な鋼の馬蹄をね。だって羽の生えた馬は飛べないもんだ。飛んでるように見えて、実のところ地面を走っている。まさに地べたをかけずっている。要するに僕は職人だってことだ。この骨格を見るがいい。それにこの大きな手、さっき裸の時にご覧に入れたこの胸、神様が創造したまんまの胸もね。それともどうだい、実際のところ鍛冶屋というより、いけ好かない虚弱体質の詩人みたいに見えるかね？」

エシュティは立ち上がると、ありのままの自分を見せようと婦人に近づいた。わざと無礼なくらい近寄りながら、ようやく本題に入ることにした。

女はあれこれと思いつくままに話した。

まるで開け放しの引き出しから一つずつものを取り出すみたいに、材料を探し出しては次々と訴えた。

こうしていると気分も落ち着くようで、今はもうすっかり泣きやんでいた。

なまじ苦しみは、遠くから鳥観図のように全体を抽象的に眺めている方が、近寄って見るより辛いものだ。細かい部分をいじくり出すと、冷静になり楽になって、少なくとも混乱を整理しなくてはと気が張りしっかりする。こういう時に、爆弾の部品のタイヤやネジや蝶番が見つかるものだ。こうなればもう簡単。些細なことがはっきりすればもう安心できるのだ。

エシュティはどんな話が飛び出そうが覚悟を決めていた。死や飢え、刑務所に貧困、猩紅熱に脳膜炎それに精神病まで何でもかかって来い、だ。

次は身上に関する情報だった。

婦人の亡くなった主人は、かつてある市場町で小学校の校長先生をしていたが、昨夏長い闘病の末、五十二歳で癌で亡くなったという。

「なるほど」とエシュティはまるで癌は悪くないというようにきっぱりと言った。

田舎を出て上京し、今は一部屋に台所つきのアパートに五人で住んでいる。つまり四人子どもがいる。大家族に少ない年金、これまたよくある話だ。下の男の子は十二歳で、中耳炎の手術をしてから今も耳の穴がふさがらず、膿が垂れてくるという。

「なるほど」

兄のほうは工場に通って機械工の見習いをしている。給料はまだ出ない。

「なるほど」

上の女の子はお針子だが、出歩けない。冬のぬかるんだ道で履く靴がない。

「なるほど」

エシュティは残るは肺結核だなと考えていたら、驚いたことにその瞬間、婦人が〝肺結核〟と言ったのだった。下の女の子が肺結核らしい。

婦人自身はどうかというと、どんなことでもいいから仕事をしたい、まだ働けるからという。できればキオスクまたはせめて新聞スタンドがいい。冬でも夏でも朝から晩まで坐っていればよいので。

「ああ、なるほど」

エシュティが思っていたより話はずっと短かかった。

結局のところ、これらはみな人生が産み出すささやかで——たわいもない——訴えであり、たいがいは工場製品みたいにうんざりするほど同一規格なのだ。工場は個性的なものを作らせない。とはいえこの想像力の欠如、この単調で月並みなことこそが驚きだ。こんな安物を配られて、それがまるで与えられた運命と思って身に着ける人たちがいるのだ。

エシュティはそんなことを考えていた。

「それで終わり?」

しばらく待ってみた。

それだけだった。話は尽きた。

エシュティは腰を下ろし、婦人の方を向いた。

「お役に立てることは？」

そう大したことのない――彼にとっては本当にとるに足りない――金額で、このはからずも不幸な目に遭っている大家族が当座しのげるだろう。誤解をしないでほしい。彼女も哀れな子どもたちも、施しだとか金を恵んでくれと言っているのではない。貸してくれたら一所懸命に働いて返す、場所はどこであろうがしっかり働き、とにかく最後の一銭にいたるまできっちりと、約束通り月賦にして支払うという話だ。

エシュティはこれを聞いて腹が立った。こういう奴らはみなこんな風にうまく言って、元本を増やすビジネスを勧めてくるのだ。しっかり資本主義の原理に乗っかっている。なんとよくできた話。これに比べればバンク・オブ・イングランドなんかまるで信用できない代物だ。

「まったくのところ」と独り言を言った。「バンク・オブ・イングランドだな」とバカな考えに一人笑いしそうになった。

エシュティはこういったくだらないことを考えるのが好きだった。

これだけ苦労話を並べたてられると、つい大笑いしてしまいそうになる。いそがしく口周りの筋肉を動かして身体的負担をかけることで、笑いが漏れるのを食い止めようと考え、早口に喋りはじめた。口と頭を忙しく回転させると、笑いをがまんしやすくなるのだ。

「つまりこういうわけだね。過渡期的、一時的にこれだけの金額が必要だと。いやね、奥さん。私にだっていろいろ事情があるんでね」と、かつて何年も前に自分が金を無心した時に言われた銀行家のせりふを言ってみた。その時はたしかにもう少し服装はまともだったが、がっかりしたことに大差はなかった。この瞬間まざまざとこの光景が蘇ったので、急いでことばを継いだ。「親戚に友人たち、それから使用人もいる。他にもいろいろ。私も働いているんだよ、額に汗して。もうたくさんというくらいね。書いた文字の数だけパンに化けるわけだ」〝菓子パンだろ〟と心の声が響いて聞こえた。〝菓子パン、菓子パン、このろくでなし〟

婦人は黙っていた。じっとエシュティの目を見詰めた。

まだ心の声が鳴りやまずにいた。エシュティは慌てて立ち上がると、急いで隣の部屋へ移動した。

それからややゆっくりとした足取りで戻って来た。左こぶしを握りしめていた。テーブルに札をいくらか置くと、目をそらした。

未亡人は思わずこれを目にし、顔に驚きの表情を浮かべた。彼女が訴えた分よりいくらか多く、きりのいい額だった。

やって来た時には凍え固まっていた思いが、床の上に溜まった雪解け水と同様、溶けて溢れた。受け取ってよいものか戸惑っていた。もちろん遠慮なく取っておけということだ。

女は金を握りしめ、感謝の意を示した。これ以上ない大げさなことばで感謝を口にした。

「神様ですわ」

「いいから」とエシュティは遮った、「住所を書いて。キシュペシュト（ペシュト地区南東部の郊外）だね。そういえば、下の娘はいくつだったかな」

「十六です」

「熱が？」

「夜だけです。朝はいつも平熱ですの」

「そうか。考えておこう。肺病専門クリニックに入院できるかもしれない。まだわからないがね。とにかくやってみよう。来週連絡をくれたまえ。いつでもいい。これが電話番号だ」

翌日には手紙が届いた。家族五人全員の署名がしてあった。長い手紙だった。書き始めは〝親愛なるご主人様〟だった。

こうしてエシュティは自らの周囲に限定されるとはいえ、新しい社会的身分の称号を得て昇進したのだった。

こうも書いてあった。〝優しい心の持ち主……〟エシュティは自分の心、優しい心に手を当てた。

下の娘をどこかの病院に入れるという約束は、我ながら思いつきだった。どちらかというと、社交辞令というか形式的なもので、別れ際に婦人が擦り切れたかばんにお金をそっとしまい込む時に、話をそらさないと気まずいだろうという彼なりの品のよい気遣いであり、またあまりに何度も繰り返される感謝の意思表示に耐え切れなくなり、つい今後の親切に気を向けることで紛らわしたのだった。

エシュティは毎朝目が覚めると、電話機をベッドまで持ってこさせるのが日課だった。枕元のまだ温かい布団の中に、ちょうど猫を入れてやるように電話機を押し込むのだ。この電気の通ったペットが彼のお気に入りだった。

大きなベッドの中でゆっくり気分よく伸びをし、ぬくぬくと寝そべったまま受話器を取ると、番号を告げた。ベッドの中にいながらにして町とつながる。眠気の覚めぬまま、電話線の向こうから遠い肺病クリニックの慌ただしい朝の様子と従業員のてきぱきとした声を聞いた。旧友の医者を呼び出した。

「空いているベッドはあるかい?」「空いているベッドなんてあったためしがないが、たいがいなんとかできるものだ。お母さんと一緒にその娘も来るといい。必要書類を持ってね。なんとかなるだろう」
二、三日して医者から連絡があった。無事入院できたとのことだった。
あとは新聞スタンドだ。

これもなんとかしてやらなければと感じていた。人としてというより、もはや身内のような思いだった。未亡人と会って以来、親戚になったみたいに感じるのだ。

まずはこの家族を訪ねてみることにした。

彼らの暮らす部屋の天井からは、むき出しの電線が一本ぶら下がり、たった一つの裸電球が家族全員を照らし出していた。

下の娘のマルギットちゃんはすでに入院していた。上の娘はアンゲラという名で、器量が悪く愛想もなかった。妙な抑揚をつけて話し、鼻は白くまっすぐで、まるでチョークでできているみたいだった。中耳炎の高校生のラツィ君は、ラテン語文法にかじりついていた。職を求めて歩き回った工員の長男も成果なく帰宅し、ろくに挨拶もせず部屋の隅に引きこもると、頑固で探るようなまなざしで客をじろじろと観察した。まるで何者か見定めようとしているようだった。エシュティは自分がどう思われているのか想像もつかなかった。

新聞スタンドの件はなかなかスムーズに運ばなかった。

この種の認可を出す役所の担当者はにやりと笑って、ハンガリーでは大臣の革貼りの椅子の方がまだこの手のガラス製の檻より手に入りやすいもんだと話した。近々空きが出るなんていうのはありえないらしい。

エシュティは納得した。しかしさすがにこの未亡人を大臣の椅子に坐らせるわけにはいかないので――少なくとも妙な目で見る輩もあろうから――、なんとかガラスの檻をとがんばった。厳しく容赦ない法律や条項や条例があることは承知していたが、そういう法律や条項や条例を振りかざす人間は、善かれ悪しかれ専門知識を動員すれば取り除くことができることはわかっていた。人間が相手であれば不可能などない。こうして必要に応じて愛想笑いし嘘を言い、ごまをすりおべっかを言い、威張ったり無遠慮にふるまってもみた。未亡人については、ある場所では母方の近い親戚で信心深いカトリック信者だと言ったり、別の場所では昔からの敬虔な新教徒と言ったり、平和条約による難民だと言ったり、よそでは白色テロルの犠牲者でウィーンからの出戻りだと紹介した。

こういうことに関しては、エシュティは臆することがなかった。

いったい何が彼をここまで奮起させたのか？　彼自身知りたいくらいだった。

夜更けに例の家族のことをふと思いだしたり、時に必要な役所の誰かを捕まえるためだけに朝早く起きた時、自問するのだった。

人助けができると自分を偽っているのだろうか？　誰かの力になるふりをしながら、密かに権力への欲求を満たしたいのか、自己犠牲の感情に酔い痴《し》れているのか？　何かの罪滅ぼしか？　それとも単に欲望に駆られて面白半分でやった結果であり、人をどこまで動かし得るか試したいのか。

エシュティはこれらを検討した結果、すべての疑問に対してノーと言わざるを得なかった。

一所懸命になるのは別の理由からだった。それはつまり、とっさの思いつきでまとまった金を渡してしまったからに他ならない。そこから娘を無償で肺病クリニックに入院させることになり、ところがそのせいで今度は母親に職を見つけてやらなければならなくなった。一つの行いが必然的にもう一つの行いを生むのだ。ここで母親の仕事がだめになるのは悔しい。あと少しうまくまとまれば、あと少し丸く収まればと思わずにいられないのだ。

商売人がその筋で言うところの、〝欲は身を失う〟だ。

未亡人はついに新聞スタンドを手に入れた。環状道路の人通りの多い街角の一等地だった。

九月の明るい陽射しがガラスのスタンドに反射して、ずらりと取り揃えた外国の雑誌を眩しく照らし、デコブラ（モーリス・デコブラ、一八八五～一九七三。一九二〇～三〇年代のフランスのベストセラー作家）やベッタウア（フーゴ・ベッタウア、一八七二～一九二五。オーストリアの作家）の流行本がつやつやと光を放っていた。女は元気を取り戻し、笑みを浮かべながら忙しそうに動き回るようすは、まるで大観衆の前で舞台に立つ女優さながらで、通りの賑わいから一線を画しつつも風景に馴染んでいた。

エシュティは時々通りがかりに立ち止ったが、もう支援者としてではなく、買い物客として立ち寄るのだった。本当は必要もないのに新聞を一部買い求めた。マルギットちゃんは最近どうかと訊ねた。

「お蔭さまで」と未亡人は片手に手袋をはめ、新聞を整えながら話した。「ありがとうございます。だいぶよろしいのですけど。ただ食事がひどくて。量が少ないんですの」と耳打ちした。「差し入れしているんです。一日おきにバターをいくらか。歩くんですのよ。市電には乗れませんから」

次は高校生の息子の話だ。

「可哀想に、今年落第しましたの。昨年は三つ落としましたわ。耳が悪いためですの。聞こえないんです、先生の話が。左耳がすっかり聞こえなくなってしまって」

エシュティはこの世で丸く解決できることなどないと考えていた。なぜなら、ある場所で悲惨な状況に継《つぎ》を当てたところで、今度はたちまち別の場所に穴が開いてしまうのがオチなのだ。それでも密かにちょっとはよくなるだろうと期待した。うわべだけでも状況が改善し、いくらか安心し、気分が明るくなり報われるような一言が欲しかった。今や彼が物乞いをするはめに陥っていたのだ。

冬の雨が激しく降る日だった。ずぶぬれの街角にたたずむ新聞スタンドは、まるで電気塔に似ていた。未亡人の代わりに縫製工場で働く娘が詰めていた。娘は神経質そうな張った声で歌うように言った。

「ママは風邪を引いたの。ママは足が痛むの。ママの代わりに私が働いているの」

エシュティは家路に向かいながら新聞スタンドのことを考えた。上の娘も寒そうにしていた。次に寝込んでいる未亡人のことも考えた。家に帰ると暖炉のそばに坐った。薪が赤々とした光を濃い褐色のカーテンに放っていた。

嫌気がさして立ち上がった。

「もううんざりだ」とため息をついた。「まったくうんざりする」

それ以来、新聞スタンドのことは乗り合いバスを待っているあいだ遠くからちらっと様子を伺うだけにした。この家族につき合うのはもう金輪際だった。できる限り避けて通った。

「死んでしまえばいい」と呟いた。「僕も死んでやる。あの家族と同じくらい惨《みじ》めなまま。どうせみんな死ぬのだ」

未亡人とその家族は執着しなかった。すべては――何もかも――あなたのお蔭ですと何度も礼を言うと、あとは自らの足で歩んでいった。それ以上エシュティに迷惑を掛けようともしなかった。もう彼らを見かけることも、噂を耳にすることもなくなった。

五月のある日、風が道ばたの埃を舞い上げて落ち着かない夕方だった。エシュティは菓子店に坐ってチョコレートを飲んでいた。店を出たところでぱったり未亡人に出くわした。

先方は気がつかなかった。

エシュティの方から声をかけた。最近どうしているか、ずいぶん会ってなかったねと話し掛けた。

婦人はしばらく黙っていた。

「息子のラツィが」と口ごもり言った。「ラツィが」と言って声を詰まらせた。

高校生の息子は二か月前に死んだという。

エシュティは足元の地面に目を落とした。少年が眠っている土だった。

未亡人は順にすべてを話した。マルギットちゃんは今では朝も熱があって、肺病サナトリウムではこれ以上面倒を見切れないと言われ、家に帰されそうになっている。アンゲラは母親に代わっていつも新聞を売らなければいけなかったために、縫製工場をクビになった。新聞スタンドは人に譲ってしまった。彼女も足が痛んでずっと坐ってはいられなかったので。多分これでよかったのだろう。

エシュティはうなずいた。

「そのとおりだ、そのとおり」

二人はガス灯の下に立っていた。婦人の顔をまじまじと見た。初めて会ったときほど苦労でゆがんではいなかった。表情は硬いが落ち着いていた。

母親や親戚の女たちにあまりにそっくりだ。どうしてこうもみな精気を失い、落ちぶれてしまうのだろうか。その目はまるでこの自分を非難しているようだ。何か激しく、ほとんどぶしつけに罵られているような気がした。

無性に腹が立った。

「僕に何ができる?」と一人憤った。「それとも僕がこんな目茶苦茶にしたというのか? だいたい僕にどうしろというんだ、何だっていつもこの僕に」

抗うように体が動いた。未亡人に近寄るなり、いきなりその腕をつかんだ。喪服に身を包んだ華奢な老婦人を強くゆすり、まるでつかみ合いのようになった。

「どうどう。はいどう」暴れ馬を制するかのように大声を上げた。

それから脇道に走って逃げ込んだ。

「なんてことをしたんだろう?」と息を切らした。「僕としたことが。ご婦人に、か弱い貧しい女に対してなんということを。何をしでかすのやら自分でも恐ろしい」

壁にもたれた。まだ興奮で息が荒かった。それなのに嬉しかった。言い表せないほど嬉しかった。ようやくついに、たっぷりやっつけることができたのだ。

一九二七年

第14章　教養はあるが誤って悪い道に逸れた翻訳家ガルシュによる、数々の謎に包まれた犯行が暴かれるの巻

僕らは詩人や作家を目指していたなつかしい友人たちのことを話題にしていた。かつてともに世間に出て腕試しをしたものの、その後芽が出ず消息が途絶えてしまった友人たちだ。時折誰かの名前を持ち出しては、もう誰も覚えていないだろうねえと僕らはうなずき合い、口元にうっすらと微笑みを浮かべた。とっくに忘れたと思っていた顔がまるで生き還ったように目の前に浮かび、僕らはその挫折した夢や人生を思った。ふと静まり返ると、友が手にするはずだった栄光の冠が、まるで墓場に敷き積もった枯葉のようにカサカサと音を立てるのが聞こえるようだった。僕らは黙り込んでしまった。

ガルシュの名前を誰かが口にした時も、こんな風にしばらくみんな黙り込んでいた。

「可哀そうに」とエシュティ・コルネールが沈黙を破った。「僕は何年か前に会ったよ――と言っても七、八年も前になるかな――とても哀れな境遇だった。その頃探偵小説の仕事のことでちょっとした事件があったんだが、それ自体がまた探偵小説そのものでね。僕の経験した中でも最高級のスリルがあり、そして辛いものだったよ」

君らもあいつのことはある程度知っているよね。才能があって情熱的で感性豊か、それだけでなく良

心的で教養もあった。外国語にも長けていた。英語などは、噂ではウェールズの公爵まで英語の個人レッスンを申し込んできたほどよくできたそうだ。四年間ケンブリッジに住んでいた。

だけど、あいつには致命的な欠点があったんだ。いや、酒じゃない。そうじゃなくて、手にしたものは何でもちょろまかすんだ。手あたり次第にね。懐中時計だろうが室内履きだろうが大型ストーブのダクトだろうがお構いなしだ。盗んだ物の面積や体積がどうでもいいように、その価値にも関心がなかった。盗んだきり目もくれないなんてこともあった。ただ盗みたいから盗む、それだけで満足なんだ。僕らは親友だったから、なんとかまともな道に引き戻そうとした。あいつのためを思って諭した。叱ったし、脅しもした。あいつは僕らに誓いを立てたよ。自分の悪い習性に打ち勝つんだと、何度も約束してみせた。でも理性ではどうにもならない。生まれつきの習性の方がずっと強力で、結局挫折の繰り返しだ。

知らない人に公共の場で恥をかかされたり罵られたことは数限りないし、行為がばれてしまったことも数限りない。そんな時、僕らはいつも何とかして事態を収拾しようと奔走した。しかし、ある時ウィーン行きの急行列車の中で、モラビア人の商人の財布をくすねようとしたところ気づかれて、次の駅で警備員に引き渡されてしまったんだ。手錠を掛けられてブダペシュトに戻って来たよ。

その時も僕たちは何とかして彼を救おうとした。詩のできばえの良し悪しが言葉の選び方にかかっているように、人の運命も言葉次第だってことは、君たちも物書きだから心得ているよね。これは窃盗犯ではなくて、窃盗癖があるにすぎないと証明しようと頑張ったんだ。知り合いだと窃盗癖だが、赤の他人だと窃盗犯になるものだ。でも、裁判所にとって彼は赤の他人だったから、窃盗犯とみなされてしまった。その結果、懲役二年をくらったわけだ。

刑務所を出て、ある十二月の朝まだ暗いうちに、クリスマス前だったろうか、空腹を抱えすっかり窶《やつ》れて僕のところにやって来たんだ。目の前で跪《ひざまず》いて、どうか見捨てないでくれ、助けてほしい、仕事をくれないかと泣きつかれた。実名でものを書くわけにはとてもいかない。だからといって、書くこと以外何もできない男だ。そんなわけで、僕は心温かく人徳ある出版社を探し出して彼を紹介した。すると、次の日には早速とあるイギリスの探偵小説を翻訳してくれと頼まれた。とてもじゃないがこんなもので手を汚したくないと思わせるような代物だったがね。まあ読むわけじゃない、翻訳するだけだ。何なら手袋をして訳せばいい。題名は——今も覚えているけど——『ヴィツィスラーヴ伯爵の秘密の館』だった。しかしそんなことはどうでもいい。僕は何かしてあげられるのが嬉しかったし、彼も食い扶持をつなげると喜んで仕事に取り掛かった。一心不乱に仕事をして——締め切りより前に——三週間で原稿を仕上げたんだ。

数日して出版社から電話があり、僕の推薦で依頼した翻訳はまったく使い物にならない、こんなものにびた一文支払うわけにいかないと言われて、僕は飛び上がって驚いた。どういうわけなのかまったく理解できなかった。車に乗って一目散に駆けつけたよ。

出版社側は黙ったまま原稿をよこした。きれいにタイプ打ちをしてページ番号も書き込んであり、ご親切に赤白緑の国旗色の紐で結び綴じしてあった。まさにあいつの仕事だとすぐわかったよ——言ったと思うけど——こと文学に関しては信頼できるし、やたらと細かいんだ。原稿を読んでみたが、感動で叫びそうになったよ。明晰な文章、知性溢れる表現、それに気の利いた言葉選びの数々。こんな駄作にはもったいないくらいだ。僕は感心しながら、このどこに非難すべき点があるのか訊いてみた。すると今度はまた黙ったまま英語の原作を手渡し、二つを比べてみろというんだ。半時間ものあいだ、僕は原作本と翻訳原稿のあいだを行ったり来たりして目を通した。そしてしまいに驚愕して立ち上がってしまった。まったく出版社の言うとおりだ、と叫んだんだ。

なぜかって？　詮索してもむだだよ。ちがう。何か別の小説の翻訳だったわけじゃない。それは間違いなく『ヴィツィスラーヴ伯爵の秘密の館』の流れるように自然で芸術的でところどころ詩的情感溢れる翻訳だったんだ。いや、だから違うって。誤訳はただの一つもなかったよ。あらためて思うが、英語もハンガリー語も本当によくできる奴なんだ。もういいってば。こんなこと聞いたことがないだろうからね。問題はそこじゃないんだ。まったく違う。

僕にしたって、徐々に段階を追うようにして気がついたんだ。まあ聞いてくれ。英語の原作はこんな一文で始まるんだ。「荒れ果てた古い館にある三十六の窓はみな煌々と輝いていた。二階の舞踏会の間では四つのシャンデリアがまばゆい光を放っていた……」ハンガリー語訳はこうなっていた。「荒れ果てた古い館にある十二の窓はみな煌々と輝いていた。二階の舞踏会の間では二つのシャンデリアがまばゆい光を放っていた……」目を見開いて続きを読んだよ。三ページ目では原作者はこう書いている。「ヴィツィスラーヴ伯爵は皮肉な笑みを浮かべながら膨れ上がった財布を胸元から取り出し、請求どおり千五百ポンドをぽんと投げ出した……」ハンガリー語にはこう訳してあった。「ヴィツィスラーヴ伯爵は皮肉な笑みを浮かべながら膨れ上がった財布を胸元から取り出し、請求どおり百五十ポンドをぽんと投げ出した……」いよいよ不吉な予感がしてきたが、次の瞬間には――残念なことだが――悲惨な確信に至った。三ページ目の下の方、英語の原作ではこう書かれていた。「エレノーラ伯爵夫人はイブニングドレスに身を包み、舞踏会場の一角に坐っていた。先祖代々受け継いだ宝石を身にまとっていた。ダイヤモンドで飾られたティアラは神聖ローマ帝国の皇后であった高祖母から受け継がれたもので、白い胸元には本真珠のネックレスが美しい輝きを見せ、その指にはダイアモンドにサファイアそしてエメラルドの指輪がずしりと並んではめられていた……」驚いたことに、翻訳原稿ではこの豪華な描写の部分がこんな風に訳されていた。「エレノーラ伯爵夫人はイブニングドレスに身を包み、舞踏会場の一角に坐っていた……」ここまでで終わり。ダイヤモンドで飾られた髪も真珠のネックレスも、ダイヤとサファイアとエメラルドの指輪もどこかへ行ってしまった。

もうわかったかい？　かつて作家仲間だった哀れな男、もっとまともな人生を歩めるはずだったあの男がいったい何をしでかしたのか。とどのつまり、エレノーラ伯爵夫人の先祖代々の宝石を盗んだわけだ。さらには同じようにあの愛すべきヴィッィスラーヴ伯爵からいともやすやすと金を巻き上げ、千五百ポンドのうち百五十ポンドしか残してやらなかったし、同じく舞踏会場にあった四つのシャンデリアのうち二つを盗み、さらに荒れ果てた古い館の三十六ある窓のうち二十四枚を盗んだというわけだ。めまいがしたよ。この驚きが頂点に達したのは、彼がこれまでやってきたことすべてに完全な一貫性があることに疑問の余地がないと確信した時だった。翻訳の筆の進むに任せて、初対面の登場人物相手に手当たり次第に盗みを働いていたんだ。動産だろうが不動産だろうがお構いなしに、聖域ともいえる個人の懐に手を突っ込んだ。手口はさまざま。たいていは財産がドロンと消えてなくなる。原作の英語小説を豪華に飾り立てた絨緞や金庫や銀食器が、翻訳では跡形もない。またある時には半分または三分の二を失敬する。客車に運び込まれた五つのトランクは二つになり、あとの三つについては言及もない。僕が一番ひどいと感じたのは、――これは明らかに悪意による男らしくないやり方だからね――貴金属や宝石を価値のない安物の素材にすり換えたことだ。プラチナがブリキになり、金が銅になり、ダイヤモンドがボヘミアのクリスタルガラスや単なるガラスになったりという具合にね。

僕はすっかり落胆して出版社を後にした。気になったので、原稿と英語の原作は譲ってもらった。この探偵小説に潜む本当の謎を解きたいと思ったので、家に帰ると捜索の続きに取りかかり、盗難品の正確なリストを作成したんだ。午後一時から翌朝の六時半まで休みなしに調べ続けた。その結果明らかになったのは、翻訳を通して元の英語から実に百五十七万九千二百五十一ポンドを不正かつ不法に取得し、さらに金の指輪を百七十七個と真珠のペンダントを九百四十七個、懐中時計を百八十一個、イヤリング三百九組、トランク四百三十五個、これに加えて森や耕作地などの領地と伯爵や男爵の屋敷、その他にもハンカチやつまようじや呼び鈴などのこまごまとしたものなど、長々と数え挙げてもきりがないし、その意味もないようなものが盗まれていた。

これらすべての動産および不動産をいったいどこに隠したのか。そもそも紙の上、つまり想像の世界の存在に過ぎないのに、盗むことに何の目的があるのか、これについてはさらなる調査が必要なので、これ以上根ほり葉ほりするのはやめておこう。ただ確信したのは、彼が今もってまだ罪深い欲望あるいは病魔の虜であり、回復の見込みもなく、社会が善意で支援しようとしても無駄だということだ。僕は倫理的に奴を許せなくなって見放した。なるようになればいい。それ以来、あいつからは風の便りも届かないよ。

一九三二年

第15章　パタキは息子について悩み、エシュティは新作の詩について悩むの巻

ある冬の夜、エシュティ・コルネールは書斎で出版社に宛てて手紙を書いていた。ペンは紙の上をすらすらと滑るように走った。そのときだった。突然、執筆に集中できなくなった。どこからかことばが聞こえてきたのだ。

空を見上げるのはなぜ？
それはさすらう惑星たちの足音が聞こえるから。
それは彼方に迷う星の光が見えるから……？

手紙を放り出すと、するすると流れてくることばを書きとめ始めた。それからしばらく待ってみた。まだ続きがあるのだろうか、または——よくあることだが——遠いどこかで通信機が故障してしまったみたいに、空からのメッセージはぱったり途絶えてしまうのだろうか。
しかし今回は次々とことばが溢れ、紡がれ、輝き始めた。耳を澄まして待っていると、新しい声が聞

こえた。窓にかかった緑色のカーテンにじっと目をこらした。カーテンの向こうに、星降る天体が手に取るように見えた。

長い時間夢中になって紙にしたためた。そもそも完成して初めて、何が言いたいのかが自分にもわかるのだ。

自分でも驚いていた。

何度も読みなおした。詩の中ほどの三行を削ってみた。やはり元に戻したほうがいい。一語として変更するわけにいかない。このままがいいのだ。

タイプライターを取り出して、布で拭いた。

タイプし終わったところで門のベルが鳴った。女中が来て、パタキさんがいらっしゃいましたと告げた。

「やあ」とエシュティはタイプライターの向こうから顔も上げずに声を掛けた。「かけてくれ。すぐ行くから」

パタキは暗がりに立っていて、表情は見えなかった。

エシュティの方を見ていた。エシュティは相変わらず書斎机のタイプライターをぱちぱち叩いていた。

煙草の煙にすっぽりと包まれ、ぼさぼさの髪をスタンドの明りが照らしていた。

パタキは腰掛けようとせず、ずっと立っていた。

このところ二人はあまり会っていなかった。

わざわざ訪ねてきたことにちょっと驚いたが、エシュティは何も言わず、今は構う余裕もなかった。

まだぱちぱちと打ち続けていた。署名を入れると、タイプライターから出来たての詩をひっぱり出して言った。

「詩を書いたんだ。聞いてくれるかい？　タイプ打ちで二枚になる」

パタキは部屋の反対側の隅にある肘掛け椅子に腰を下ろした。エシュティはゆっくりと一語一語はっきり聞き取れるように読み上げた。


空を見上げるのはなぜ？

それはさすらう惑星たちの足音が……


出来上がった詩はまるで弧を描くようにゆっくりと宙を舞い、またふわりと降りてくるようだった。読みながらエシュティはますますこの詩が気に入った。これはきっと後世に残る作品となり、年月が経っても、ゼロからこの詩を書き上げた今宵を思い出して幸せな気分になるに違いなかった。結部の盛り上がりは――感嘆詞というか叫び声がいくつか並んでいるだけなのだが――この部分に特に満足していた。

エシュティは原稿を机に置いた。

「いいね」と、やや間をおいて、暗がりからパタキの声がした。

「気に入ってくれたかい？」エシュティは訊ねた。褒められると今度はつい疑ってかかる性分なのだ。

「本当に気に入ったかい？」

「ああ、とてもね」とパタキは答えた。

肘掛け椅子から立ち上がり、スタンドの明かりの所までゆっくり歩いてくると、エシュティの両手を握り、訳ありげに言った。

「実はここに来たのはね、これまで経験したことのないくらい、死にたい気分だからなんだ」

「何だって」とエシュティはびっくりして言った。

「ラツィが」とパタキは口ごもった。「ラツィがね」

エシュティは天井のシャンデリアを灯した。見ると、友は蒼白な顔をしてわなわなと震えていた。

「どうした？」と訊いた。「ラツィに何があったんだ？」

「一時間後に手術を受けることになっている」

「どうして？」

「盲腸だ」

「なんだ、そんなことか。まあ坐れよ、エレク、さあ。馬鹿だなあ。水を飲むかい？」

パタキはひと口だけ飲んだ。

「ああ」とため息をついた。「もうだめだ、だめだよ。病院にはとてもいられなかった。午後に運ばれて、いま手術の準備をしている。僕はとても見ていられなかった。母親がつき添ってる。車を待たせてるんだ。すぐ行くよ」

「いつから悪いんだ」

「ああ、それはね。ええと、どうだっけ？」と言いながら、汗ばんで血の気を失った手のひらを顔に当てた。「一週間前から胃が痛いと言っていたんだ。何を食べても胃が痛いってね。うん。クリスマスで胃を壊したんじゃないかって考えた。クリスマスにはなにかと食べ過ぎたからね。うん、うん。それでいろいろやってみて、下剤とかね、うん。でもよくならなかった。で、今朝になって吐いたんだ。すぐにラーツを呼んで、そのあとヴァルガとエルザス先生をね。それで、盲腸なんだ。九時に手術だ」

「なんだ、それだけかい？」

「熱があるんだ。三十九度二分も。こんなに熱が高いのは、盲腸に膿《うみ》が溜まっている証拠だよ」

「盲腸なら必ず熱が出るさ」

「虫垂炎になったら大変だ」

「その時は寒気がするよ。寒気は？　ね、ほら。虫垂炎なんかじゃないさ」

「そう思う？」

「ああ、そうさ」

「だけど麻酔をするんだ」

「局所麻酔にしてもらえばいい」

「それがまたできないんだ。エルザスができないって言うんだよ」

「じゃあ全身麻酔でいいんだろう」

「だけど心臓が弱いんだ。猩紅熱をやってから心臓が弱くなってね、絶えず休息をとらせないといけないし、体操も免除されているんだ。あの子にもしものことがあったら、僕は生きていけない。分かるだろう、一瞬だって生きられない」

「いくつになる?」

「九歳だ」

「九歳だって。もう大きいじゃないか。エルザスは二、三歳の子どもも手術するんだ。これまで失敗したことなんか一度もない。そもそも子どもの生命力はほとんど奇跡的と言っていい。新鮮な細胞、使い古されてない生命力に満ちた組織、体力のある大人が死んでしまうような病気だって、子どもは平気なんだ。すっかり安心していればいいよ。盲腸を取り出して、はい終わり。一週間で治るよ。明日には、それどころか今日、一時間半のちには君だって笑ってるよ。君も僕も笑っている」

パタキは静かになった。恐怖を吐き出してしまうと抜け殻のようになり、この散らかって息の詰るような空気が漂う書斎をぼんやりと見回した。

「失礼した」と突然エシュティは言って顔をしかめた。「失礼したね。僕ときたらうんざりさせてしまった」

「うんざりって?」

「こんなくだらないものでさ」

「どんなくだらないもので?」

「この詩だよ」

「え? ああ、いやそんなことないよ」

「いや、そうだよ。君がこんな精神状態だっていうのに、――とにもかくにも――申し訳ない。できたてほやほやの空想の産物でおもてなしするなんてさ。まったくひどいよ。本当にひどい」

「そんなことない。それどころか聞いていてよかったよ。少なくともちょっと気が紛れた」

「ちゃんと聞いてくれたのか？」

「ああ、聞いていたよ」

「いいと思う？」

「もちろん」

「で、具体的な感想は？」

「すばらしい。君の代表作になるよ」

「代表作っていうだけかな？」

「相当な代表作だよ」

「あのさ、僕は無理に褒めてもらいたいとは思っていない。そういうのはね、大嫌いな人間なんだ。君にはぜひ嘘偽りのない感想を言ってもらわなくちゃいけない。僕は一つ書き上げると、いつもそれが特別な作品のように感じるんだ。そういうものさ。君だってそうに決まっている。それからだんだん見慣れてしまって、飽きてくる。こんなものを書いて意味があったんだろうかと落ち込むんだ。だいたい、僕ら物書きなんてろくでもないよ。みんなが頭痛がする時に、僕らの頭痛に誰が関心を持つかね？　さあ、それで感想は？」

「だから、素晴らしいって言ったじゃないか」

「冒頭部分はその通りだと僕も思う。〝それは彼方に迷う星の光が見えるから……〟ピンと来たんだ、まさにピンとね。でもこのあと――中ほどだけど――たしか――さっき読んでみた時に感じたんだが――

——なにかいまいちなんだ」

「どこが?」

「短い行が続くところさ。覚えてない? 〝おお、輝くカルブンクルスの宝石……〟わざとらしくない? 大げさでくどくないかな? ここがちょっとまずいよねえ」

「べつに何もまずくない」

「そう思うかい?」

「ああ、そう思う」

「ねえエレク、最後まで聞いてみて全体にちょっと演説調じゃないかな?」

「演説調かだって? 僕はね、格調高いのは大のお気に入りだよ。演説調の詩があったっておかしくはない」

「君はそうか。僕はどんな演説調もいただけないと思うんだ。それは詩歌《しか》じゃなくて、甘ったるい菓《か》子《し》だよ。正直に本当のことを言ってくれ。これが演説調だったら、全部破り捨てて、金輪際もう詩は書かないつもりだ」

「そんなこと言ってないよ。演説調なんかじゃない。まったく演説調じゃない。最後の部分もとてもいい。〝生きん、生きん。〟ここ、すばらしいよ。他の人たちもきっと気に入るよ。ヴェルネルには見せたのかい?」

「まだだ」

「じゃあ見せろよ。すっかり感心するよ。あれはそういう奴さ。間違いなく巻頭に太字で掲載するだろう。今までにない成功だ。傑作だよ、まさに傑作」

エシュティはタイプした原稿をまだいじっていた。パタキは懐中時計を取り出した。

「九時十分前だ」

「いっしょに行くよ」

二人は家の前に待たせていた車に乗りこんだ。車は雪の積った暗い夜道を走っていった。父親は自分の息子がどうなるのだろうかと考えていた。詩人は自分の詩がどうなるのだろうかと考えていた。

「もし膿が溜まっていても、自然に消えるかもしれない」

エシュティはうなずいた。

しばらくして今度は彼が言った。

「やっぱり中ほどの三行は削るよ。そのほうがすっきりする」

パタキはそれがいいと言った。

それ以上もう口をきかなかった。

互いにこう思っていた。

「くだらない。自分のことばっかり」

病院の玄関に到着すると、パタキは二階へ駆けあがっていった。エシュティもあとに続いた。

先に麻酔をされていたラツィは、半ば眠った状態で、ちょうど背の高い台車に乗せられ、煌々と照らされた手術室に運ばれていくところだった。

一九三一年

水浴びを楽しむ人々はみなドナウ河の真ん中まで泳いでいき、ウィーン行きの船に近づいては、大きな波にどんぶら揺られながら歓声を上げていた。

エシュティは午後になるといつも海水パンツで川岸に横になり、うらやましそうにこの陽気な人々の様子を観察していた。誰よりも泳ぎに自信はあったが、想像力もまた誰にも増して逞しかった。そしてその結果、臆病になってしまうのだった。

ある日のこと、急に思い立って、何が何でも向こう岸まで泳いで渡ることにした。

筋肉質の両腕で水をかいた。気がつけばもうドナウ河の真ん中まで来ていた。ここで少し呼吸を入れると、自己点検を始めた。息は上がっていないし、心臓もちゃんと動いている。まだ相当泳げるはずだ。その時だった。自分に恐怖感がないことに気づき、恐怖感がないという考えがあまりに恐ろしく感じられ、とたんに恐怖を感じ始めたのだった。

泳いで来た方を振り向いたが、その岸は向こう岸よりももっと遠く感じられた。それで向こう岸に向かって泳ぎ出した。水はだんだんよそよそしく深く冷たくなっていった。左足がつった。右足をかき出すと、今度は右足の筋肉も引きつり始めた。いつもするようにあお向けに浮かぼうとしたものの、じたばた水をかいて回転したり沈んだりするだけで、水もいくらか飲み込んでしまった。何度か一瞬浮かび上がったが、やがて暗黒の水の絨緞にからめ取られながら、深く深く沈んでいった。両手で必死に踠《もが》きながら。

岸辺では人々がこの様子を見て、川の真ん中で誰かが溺れているぞと騒ぎだした。

青い海水パンツの若者が、この様子を更衣室の垣根に肘をついて見ていた。すぐさま波間に飛び込むと、矢のような速さで泳いで近づいてきた。

間一髪のところで間に合った。

ちょうどエシュティの頭が水面にあらわれた瞬間、若者はその長い髪を掴むと、岸辺まで引っ張って泳いでいった。

岸辺に着くと、エシュティはまもなく意識を取り戻した。

目を開けると、まず空が見え、次に砂と日向《ひなた》に立ちつくす人だかりとそのぎらつく裸の身体が見えた。やはり裸で黒いサングラスの男が傍らに跪《ひざまず》き、脈を測っていた。医者のようだ。

エシュティを取り囲んだ人たちは、青い水着の若者の方を興味津々で見ていた。どうやら——この若者が、みんなが息を飲んで注目する中、彼を死の縁から救い出したらしい。

若者は一歩前へ出て、横たわっているエシュティに向かって手を差し出した。

「エリンゲルといいます」

「エシュティだ」とエシュティも名乗った。

「ああ有名な方ですね」と若者は控えめに言った。「みんな知ってます」

エシュティは〝みんな知っている〟人物らしく振舞おうと努めてみた。

恥ずかしかった。

これまでの人生、いろんなものをもらってきた。子どもの頃は綺麗な切手セットや、名づけ親からは金の指輪ももらった。大きくなると作品への讃辞も何度か、さらにはアカデミーの賞金ももらった。しかし、ここまでのものは一度たりとも誰からももらったことはない。ただ遠い昔、父親と母親の二人からもらい受けたのを除いては。

今知り合ったばかりのこの若者は、彼の命を返してくれたのだ。もしこの日の午後、この若者がたまたま水浴びに来なかったとしたら、またはあの運命の瞬間に、この若者がいきおい頭から水に飛び込むのではなく、煙草に火をつけるなりしていたら、彼は今頃どこか深い所で魚に囲まれ、川底の……どこか知らない場所で……想像の及びもしない場所で……そう、彼は生まれ変わったのだ。今、二度目の生を受けたのだ。三十二歳にして。

エシュティは体を起こすと若者の手を強く握りしめた。

震える声で言った。

「ありがとう」

「いえ、とんでもありません」

「ありがとう」とまるで道端で煙草の火を誰かからもらって礼を言うように言った。そしてそのことばの薄っぺらさを感じたので、語気を強めて感情を表現しようと思い、心をこめて繰り返した。「ありがとう」

「たいしたことでは」

僕の命が？　とエシュティは思い、それから声に出して言った。「りっぱな行動でした。英雄的です。人間的だ」

「嬉しいです」

「こっちはことばにしようもない、いや本当に……何とも言いようがない」エシュティはどもりながら言って若者の両手を握り、激しく何度も振った。

「どうかもう」と若者はたじろいだ。

「せっかくだ。ぜひとも少し話をしたい。どうだろう、時間は？」

「いつでも結構です」

「今日は？　いや、今日じゃないな。明日、うちでコーヒーでも。いや、待てよ。夜の方がいいな。そうだ、グラスゴー亭のテラスはいかが。夜の九時に」

「光栄です」

「では来ていただける？」

「もちろんです」

「ごきげんよう」

「ごきげんよう」

若者はおじぎをした。エシュティはまだ濡れた若者の身体を抱き寄せ、それから立ち去った。更衣室に向かいながら何度も何度も振り返り、手を振った。

九時ちょうどにグラスゴー亭に着いた。相手を探したが、まだどこにも見えなかった。電気扇風機の近くのテーブルでは、麦わら帽の男たちが涼をとりながら、女たちとフルーツカクテルシャンパンを飲んでいた。

九時半になると、エシュティはそわそわし始めた。若者に会わないのは良心が許さなかった。互いに見失い、行き違いからこの最大の恩人に二度と会えなくなるのは絶対に嫌だった。ウェイターたちを次々と手招きで呼び寄せ、エリンゲル氏はまだかと訊ねた。

ところが今考えると、どんな風貌か思い出せないのだった。思い出すのは青い海水パンツと前歯に金歯が一本あったことだけだった。

ようやくエレベーターのすぐ脇にいるのを発見した。観葉植物の陰のウェイターたちが忙しく出入りしている所に、こちらに背を向けてじっと待っていた。エシュティは近寄っていった。

「エリンゲルさんですね?」

「はい、そうです」

「ここにいらしたんですか。どのくらい前から?」

「八時半です」

「私がわからなかった?」

「いえ」

「じゃあなぜいらっしゃらなかったんです?」

「作家先生のお邪魔ではないかと思って」

「何ということだ。お互い気がつかないなんて。いや面白いね。さあ、遠慮なくこっちへいらっしゃい。こっち。いいから。荷物はウェイターが移動させるから」

エシュテティより頭半分背が低く、痩せて筋肉もなかった。紅いあばたのある顔に、金髪の髪を前分けにしていた。白い夏物のシャツにベルト、シルクのネクタイ姿だった。

エシュテティはその顔をまじまじと見詰めた。これが恩人なのだ。英雄、真の英雄とはこんな風貌なのだ。しばらくの間ただ感嘆して凝視した。その額は険しく、強固な決意と意志が滲み出るようだった。そこには生命力が漲《みなぎ》っている。これこそ彼が文学にかまけてなおざりにしてきた本物の生命力だ。人知れず日の目を見ない場所に、どんなに多くの価値ある人間が生きているかという思いが頭をよぎった。特にこの素朴さに魅了された。このような素朴さを彼は持ち合わせたことがなかった。生まれ落ちたその時から、彼にとって人生は複雑極まりなかったのだ。

「とにかく何か食べよう」と気さくな口調で言った。「すっかり腹ぺこだ。そうでしょう」

「いえ、少し前に軽く食べたので」

「それは残念」とエシュテティは機嫌よく言うと、メニューを吟味し始めた。「いや残念だ。というわけで、食事でいいね。ああ、ちょっとよろしいかね？　前菜はスズキ？　いいねえ。エンドウ豆も実にいいねえ。チキンのフライにきゅうりのサラダ。ケーキは野イチゴとホイップクリーム添え。すばらしい。ビールと、あとでワインもね。バダチョニ産がいいな。ミネラルウォーターも。全部持ってきてくれたまえ」と矢継ぎ早に言った。

エリンゲルは彼の前でまるでなにか間違いをやらかしたみたいに、目を伏せがちにじっと坐っていた。テラスの電気ランプが、まぶしく輝く光を夏の夜空に向けて放っていた。はるか下方には、真っ暗な闇の中に町の埃っぽい建物や橋が静かに眠っていた。ドナウ河の両岸をちらちら揺れる光のすじが形どっているのが見えた。

「シャツのボタンをはずして楽にして」とエシュティは声をかけた。「この時間でもまだひどく暑いね。僕は一日中裸で原稿を書いていましたよ。身に着けていたのは万年筆だけというありさまだ」

エリンゲルは黙っていた。

エシュティは若者の手に自分の手を重ねて、優しく訊ねるように言った。

「さあちょっと自己紹介してほしいな。仕事は?」

「会社の事務員をやっています」

「どこで?」

「第一ハンガリー石油」

「おおそれは」とエシュティは大きい声を出したが、自分でもなぜだかわからなかった。「それはそれは。ご結婚は?」

「独身です」

「僕もだ」とエシュティは言って、空に向かって声を立てて笑った。この高いテラスにいると空がいくぶん近くに感じられた。

「僕の人生は悲劇そのものなんです」と意味深なようすでエリンゲルが言うと、金歯の上の血行の悪い歯茎が見えた。「父を早くに亡くしました。まだ三歳になる前でした。残された母は五人の子どもを女手一つで育てたんです」

〝これはまだ原材料でしかない〟とエシュティは考えた。〝意味もなければ中身もない。形あってこそ初めて意味もあるし内容もあるのだ〟

「さいわい」とエリンゲルは続けた。「それから家族みんな何とかやってこれました。姉たちはちゃんと嫁いで、僕はささやかな仕事に就けた。文句はありません」

二人とも大いに食べた。エリンゲルがひと通り身の上話を終えると、もう話すことはなくなってしまった。エシュティは途絶えがちな会話に時折カンフル剤を打とうと試みた。いつどこでこんな立派に泳ぎを習ったのか訊ねた。エリンゲルは二言三言淡々と答えたが、その後は気まずい沈黙に陥ってしまった。

野イチゴが終わると、ボトルクーラーに入ったフランス産ワインが運ばれてきた。

「さあ飲もう」エシュティは景気づけた。「さあさあ。歳は？」

「三十一です」

「じゃあ僕の方が上だ。お近づきのしるしに乾杯しよう……」

夕食が終わる時、エシュティは言った。

「いつでも、本当にいつでも頼っておくれ。よく世間でいう〝いつでも〟っていうんじゃなく、今この瞬間でも明日でも、一年後でも二十年後でも、僕が生きている限りいつでもだ。何だってするし、全力を尽くすよ。君がしてくれたことは絶対に忘れない。いつまでも恩に着るよ」

「そう言われても恥ずかしいな」

「そんなことはない。君がいなければ、今日ここで夕食を摂ることなんかできなかった。なるべく早く訪ねて来てくれ」

支払いの段で、エリンゲルは財布を出そうとした。

「とんでもない」とエシュテイは頑なに断った。

それから繰り返し言い聞かせた。

「絶対に来るんだよ。事前に電話してくれ。これが番号だ」

エリンゲルはエシュテイの電話番号をメモした。彼も第一ハンガリー石油の電話番号を教え、エシュテイは書き留めた。

〝なんでこんなものをメモしたんだろう？〟エリンゲルと別れてエシュテイはふと考えた。〝まあいいだろう。次に命の危険に遭った時に電話でもするか〟

電話番号のメモは書斎の机の上に長い間放置していたが、やがてどこかへ消えてしまった。エシュテイは連絡しなかったし、エリンゲルも連絡してこなかった。何か月というあいだ音沙汰一つなかった。

しかし、エシュテイはしょっちゅう思い出していた。

ずっと待ち続けていた客というのは、たいていの場合、髭を剃っている最中やレコードを割ってしまったと腹を立てている時、または指にとげが刺さって血が出てきたという時に突然現れるものだ。日常生活のこまごまの中にいて、厳かで高尚な再会を果たすということは、そうそう叶うものではない。

クリスマスが近づいた頃、大きな寒波がやってきた。エシュテイは寒さ対策について考えはしても、水浴びや溺れたことなどは思い出しもなかった。日曜日の朝、十一時半だった。一時から講演があるため、その準備に追われていた。

その時だった。エリンゲルが姿を現した。

「やっと来てくれたね」とエシュティは歓声を上げた。「どうしていた?」

「僕は大丈夫だけど」とエリンゲルがことばを切った。「母が病気で悪いんだ。先週脳出血で病院に運ばれた。今だけでもできれば……」

「いくら必要だい?」

「二百ペンゲーもあれば」

「二百ペンゲーだって?」エシュティは言った。「あいにく手元にないな。百五十しか。あと五十は明日、家に送金するよ」

エシュティはその日のうちに速達で金を送った。これくらいの良心の借りはあって、これを分割払いで返済しないわけにはいかないと感じていた。とどのつまり、借金して命を取り戻したのだ。このくらいの利子が発生するのは当然だ。

その後も母親が闘病中に何度かに分けて二百ペンゲーを送り、母親が死ぬと葬儀のあとに三百五十ペンゲーを送ったが、これは自分でも借金をして作った金だった。

エリンゲルはその後何度もやって来た。あれこれと理由をつけては、二十ペンゲーや時には五ペンゲーなど、とるに足らないちょっとした額を求めてきた。

エシュティはある種の満足感を感じながら金を渡した。払ったあとは気分が晴れた。ただ、その姿が、血行の悪い歯茎と金歯を見るのや、とつとつと間延びした口調が我慢できなかった。

こりゃあ世界一の木偶の坊だな、とエシュテイは思った。こんな調子だから僕の命を救えたんだ。もうちょっと賢い人間だったら、他人が溺れようが放っておくだろう。

ある日の明け方ごろ帰宅すると、エリンゲルが彼の書斎に坐っていた。

馴れ馴れしい態度でこう報告した。

「聞いてくれ。会社をクビになったよ。事前通告も退職金もないんだ。今月初めから住むところもない。今晩はここに来て君の家で寝かせてもらおうと思ってね。もし邪魔じゃなかったら」

「もちろんだよ」エシュテイは言うと、洗いたてのパジャマを渡した。「このソファで寝たらいい」

翌朝になると、こう切り出した。

「それで、これからどうするつもりだい?」

「自分でもわからない。ろくでもない仕事だったからね。朝八時から夜八時まで延々と書類書きさ。それでたったの百二十ペンゲーだ。思えばほんと意味ないよ」

「もっといい仕事を探さないと」エシュテイは言った。

エリンゲルは何日か奔走していたが、落胆した様子で何にも仕事が見つからないとこぼした。

「元気出して」とエシュテイは励ました。「いい仕事が見つかるまでここにいていいよ。月初めにはこづかいも渡そう」

口数の少ない控えめな若者だった。エシュテイの後にくっついて、芸術家仲間の食事会やリハーサルにも顔を出した。家に帰るとソファにだらりと横になった。気力を失っているようだった。最後の気力をエシュティの命を救った時に使い果たしたという風だった。

ただ、唯一気に障ることがあった。

エシュティが苦悩に顔をゆがめながら執筆している時に、彼の目の前に坐り、その様子をまるで檻に入った珍しい動物を眺めるように見ているのだ。

「ねえ」エシュティは万年筆のキャップを閉めて言った。「君のことはとても好きだ。だけど頼むからこっちを見ないでくれ。見られていると書けないんだ。こっちはぴりぴりしながら書いているんだよ。隣の部屋に行っててくれないか」

こうして特段のこともなく数か月が過ぎた。エリンゲルはすっかり住み着いてしまっていた。イースターにはひと月のこづかいをつぎ込んで目新しいゴム製のポンプ式の香水を買って来て、知り合いにことごとく吹きかけて回った。（ハンガリーではかつてイースターに男性が知人の女性宅を順番に訪問し、花に水をやるように水をかける習慣があった。現在では水ではなく、香水を頭に一振りするのが一般的）ひまな時間には演劇雑誌を隅々まで熱心に読み耽っていた。

ある時、エシュティの鼻先に演劇雑誌を突きつけてきた。表紙をある映画女優の写真が飾っていた。

「ねえ、こういうの、ヤレたらなあ」

「やるって何を?」エシュティは厳しい口調になった。

「だからさ、いろいろイイことだよ」とエリンゲルは言うと、ずるそうに片目をつぶってみせた。

エシュティははらわたが煮えくり返る思いがした。急いで書斎にこもると考えた。

〝くだらない、まったくくだらない。確かに命の恩人だ。だけど誰のためなんだ? 自分のため、それとも僕のため? こんな調子が続くなら、僕は命なんか要らない。郵便で送り返してやる。試供品みたいに着払いで、何なら熨斗《のし》をつけてやろう。好きにするがいい。法律でも、拾得物のうち届け人が受け取るのは一割だ。この一割分は、金と時間と平穏な生活を犠牲にしたことで、とっくの昔に支払い済みだ。これ以上何の借りもない〟

そこで態度に出してみた。

「エリンゲル」と彼は切り出した。「このままでは無理だ。自立しなくちゃ、そうだろう。僕は力にはなるが、君が自分でなんとかしなきゃいけないんだ。働くんだ。元気だして、さあ」

エリンゲルはうなだれた。目には非難の色が濃く滲み出ていた。

それからまたソファにごろんと横になると、演劇雑誌の続きを読み耽った。リハーサルにも通い続け、専属美容師や衣装係や女医などの関係者の家族と同様、すでに顔パスで切符を切ってもらっていた。こうして月日は流れた。

ある十二月の夜、二人はドナウ河のブダ側の岸を家路に向かってゆっくり歩いていた。エリンゲルは女優の私生活について、誰が何歳かとか誰が誰と結婚したとか、何人子どもがいるかや最近離婚したカップルなど、あれやこれや訊ねてきた。エシュティはこの手のゴシップにはいつも堪忍袋の緒を切らすのだが、軽蔑を感じながらもしぶしぶ答えていた。

「ねえ」とその時急にエリンゲルが言った。「詩を書いてみたんだ」

「本当かい?」

「聞いてくれるかい?」

「もちろん」

「わが人生」と言い始めると、ここで〝人生〟ということばを強調するように息を吸った。「これが題名なんだ。どう?」

それからゆっくりと感情を込めて誦読を始めた。下手くそで長ったらしい詩だった。

エシュティは頭をうなだれた。なんというはめに陥ったのか、このクソ野郎と自分はいったい何の関係があるのかと考えた。ドナウ河を眺めた。聳え立つ岸壁に挟まれて水は波立ち、割れた氷の破片が浮いていた。

突き落としてやりたい、と思った。

思っただけでなかった。次の瞬間には、もう実際に突き落としていた。

そして一目散にその場を走り去った。

一九二九年

第17章　ウレギ・ダニがひと言伝えに立ち寄るの巻

ウレギ・ダニは夜七時にひょっこりやって来た。

今はあいにく彼が誰だか知っている人は少なくなった。まだ生きている。セメント工場の事務員で、副業で婦人たちにブリッジを教えている。だが今はもうほとんどものを書かない。かつては執筆活動も旺盛で、ずいぶん注目されていたのだが。

まだブダペシュトのカフェが、メニューの価格やコーヒーやソーセージの盛り合わせの味ではなく、純粋に〝文学的〟傾向によって区別されていた時代には、彼もまたカフェ・ニューヨークのバロック風バルコニーに根を生やしたように居坐り、その蒼白い顔はまるで文学という天体に蒼白の輝きを増していく星のようにみえたものだった。

有名なソネット詩を一篇発表していたし、散文詩も一篇あった。これはごく短いが、〝死〟ということばが少なくとも三十七回は出てくる詩で、それもいつも違ったニュアンスで、出てくるたびにますます意表を突かれる感じがした。それから韻文詩も一篇、これはかなり長い十三音節の韻を踏んでいて、かつてないほどよくできていた。

しかし、世界大戦と革命がいくつか起こると、地球上で二千万人の人間が——戦場やらスペイン風邪やらで——命を落とし、王のうち幾人かは行方をくらまし、大銀行のいくつかは倒産し、国家のいくつかは完全に崩壊してしまった。そしてこれらの詩も彼自身も、あたかも存在しなかったかのように忘れ去られてしまった。

エシュティ・コルネールはしかし、そんな恩知らずな人間ではなかった。彼は人生に起こったことは、どんなことでも忘れはしなかった。本当に大切なことはすべて覚えているのだ。

珍しい客がやって来たと聞くと、ぱっと表情が明るくなる。もちろん何年も会わないこともしばしばだ。でも会えばいつも嬉しくなる。そんな時は、青春時代のさまざまな思い出が色鮮やかな光となって蘇り、遠い夏の日のダンスホールの葉陰や劇場の薄汚れた垂れ幕の裏側を照らし出すのだった。

ウレギ・ダニは血色が悪く頭は剥げていた。もはや光輝く星ではなく、世界恐慌の雲行き暗く垂れ込めた空に浮かぶ蒼白い三日月だった。不安そうに周りを見回していた。いつも不安そうだった。今や彼も四十を超え、歳とともに不安げな様子も増して見えた。

「お邪魔だったかな?」と訊ねた。

「とんでもない」エシュティは言った。

「ほんとに?」

「ああ」

「心配しないで。長居はしないよ」ときっぱりした口調で言った。

「遠慮するな。来てくれて嬉しいよ。坐って。煙草は、ダニ? さあ」

ダニは腰を下ろし、煙草に火をつけた。しかし、華奢な指で挟んだマッチに火を灯したとたん、エシユティをちらっと見るとマッチを灰皿に投げ捨て、続いて煙草も放り投げると立ち上がった。

穏やかだがはっきりとした口調で言った。

「やっぱり邪魔してるよ」

「おいおい」

「いや、そうだ。邪魔してる」

「どうして邪魔なんだ?」

「そう感じる」

「どこで感じるんだ?」

「すべてにだ。まずはその目。君の目つきはそんなじゃなかった。今は何だか新しい電球を取り付けたみたいな、人工的な光が滲《にじ》み出ている。自然じゃないな。その優しげで親しみ込めたおもてなしっていう感じの微笑みも自然じゃない。僕に気を遣って作り笑いしてるんだろうけど。それから〝邪魔じゃない〟っていう時の発音の仕方が——まったくもって——自然じゃない」

「ばかだな」エシュティは肩を竦《すく》めた。「瞼が下がって欠伸《あくび》が出れば満足かい? 安心して。僕が〝邪魔じゃない〟って言えば〝邪魔じゃない〟っていう以外に他意はないよ。それ以上でもそれ以下でもない。そもそも邪魔だったら〝邪魔だ〟って言うし、そうすれば〝邪魔だ〟っていう意味の他に何の意味もない。解かるかい? はっきりした? え? なぜ答えない?」

「今言った通りだってちゃんと誓ってくれよ」

「誓うよ」

「もう一度誓ってくれ」

「命に賭けて誓うよ」

エシュティはブラックコーヒーを持ってくるよう指示し、水差しにたっぷりのコーヒーを持ってこさせると、むかし一緒に飲んだ時のようにそれをグラスに注いだ。

ダニはまた腰を下ろした。しばらく黙りこくったあと、切り出した。今宵は月が綺麗で、ブダの丘を散歩していたら――それはどうでもいいんだが――急に友人のことを思い出して、よしちょっと顔を出してみよう――これもどうでもいいんだが――ちょっとお願い事をしに行こうと考えたわけだ、それについてはこの後で説明するけど、と話した。

その話しぶりは、まるで疑ったり考え直したりを繰り返すように、何度もつっかえた。山の斜面を機関車の車輪ががたぴしと悲鳴を上げながら、ゆっくりと転がり落ちていくようだ。言いかけては止まる。最後までことばが続かない。口はあんぐりと開けたまま。黒い瞳は疑い深くぎらついている。また立ち上がり、エシュティに人差し指を向けると、有無を言わせぬ態度で言い放った。

「仕事してただろう」

「そんなことないよ」

「いや、仕事してたよ」とまるで尋問官が取り調べをするように繰り返した。「なのに僕は君にまとわりついて時間を奪い、だから君は――当然だが――僕なんか消えちまえと思っている」

「仕事しようなんて、これっぽっちも考えてなかったよ」

「正直に話してるのか、コルネール？」と言うと、まるで子どもがたわいもない嘘をついたのがばれて、ごまかしの笑みを浮かべているのを諌める時にするように、人差し指を立てて咎めた。「おおい、コルネール、嘘言うんじゃないよ」

「嘘なもんか」エシュティは抗議した。「もう一週間も仕事ができないでいる。仕事という仕事がみんな嫌なんだ。とりわけ自分のがね。今書いているやつはあんまり出来がひどくて、もし僕が自分のことをこんなに才能がないと嘆いているとみんなが知ったら、敵も味方もみんな寄ってたかってそんなことないよとかばってくれて、挙句の果てはすっかり仲良しになれるんじゃないかと思うくらいだ。今日だってその辺じゅうをほっつき歩いただけで、退屈してたんだ。誰かが貸している金を返せと電話してきて、軽くいざこざでも起こしてくれないかなあと思ったけど、もう誰も電話してこないしね。それからせめてハエでも捕まえて時間つぶしをしようと思ったけど、この辺はハエもいない。それから欠伸《あくび》を始めた。退屈しすぎた時は欠伸でさえ時間つぶしになる。二時間ほども欠伸をしたよ。結局欠伸にも飽きてしまった。それで欠伸も止めて、今みたいにこの肘掛け椅子にだらだら坐ったまま、ただ時間が過ぎるのを待っていたんだ。一時間分でも年を取って、一センチでも墓場に近づくようにね。だからさ、ここでもしあの何十年来自分の妻を〝ウチの嫁はん〟と呼ぶことしか能のないろくでもない知り合いが突然訪ねてくるとか、どこの馬の骨ともつかぬ奴が飛び込んできて、百ペンゲーを貸してくれ、十か月の月賦で返すからと言ってきたり、顔なじみでない作家が挨拶にきて、発表前の自作の小説を朗読してくれたりしたら、それだけでも嬉しいところだけど、まさかダニ、あの青春の日々をともに金もあてどもなく、ともに物書きの理想に燃えながら過ごした君が会いに来てくれるなんて、あまりの喜びに気を失いそうだし、考えるだけでもわくわくして、それこそ遥か遠い現実離れした幻想みたいで、夢に見るのも恐れ多いくらいだ。まあ待ってくれ、まだ話は終わってないよ。今日の仕事の予定に関して言うと、九時まで、まる二時間は時間がある。君のためにとってある時間だ。コーヒーを飲みながらお喋りしてもいいし、黙っていてもいい。あとで散歩に出てもいいだろう。今日はこの部屋から一歩も出ていないからね。君さえよければ一緒に行くよ。家まで送ろう。いいね？」

「いいだろう」

相手はそう言うとほっとしたように息をついて、コーヒーを一口すすった。そして、ふたたびここに来た訳を話し出した。ブダの丘のこと、エシュティを訪れることを思いつくまでのどうでもいい考えのこと、どうでもいいのは自分にだけ重要で、エシュティにとっては重要ではないからで、だからとりあえずこれもどうでもいいことだ。そう言うと急に黙り込んだ。それから何か思いついたように言った。

「とにかく、数分のつもりで来たんだ。わかってるって、わかってる。君は本当に僕に親切だ。だけど誰にでも親切だ。〝引き留められても真に受けるな〟（京都でいう「ぶぶ漬けでもどうどす？」に相当する）っていうあれね。長くても七分か八分で済むよ。いま七分か八分て言った？　七分だけだ。きっかり七分。懐中時計あるかい？」

「なんで？」

「いいから、出して。僕も自分のを出すよ。ほらね。ありがとう。何だかね、ずっと時間を見ている方が落ち着くんだ。つまり、長い針がここに来るころには――ね、これだ――僕はもういないし、君の胸につかえた石ころも落っこちて〝やっと帰ってくれた〟とほっと一息つけるし、何でも好きなことをしてくれていいよ。だけどちゃんと注意してくれ。この計測時間――とでも呼んでおこう――が過ぎたら君はすぐに立ち上がって、一言一句違わずこう言うんだ。〝さあダニ、来てくれて嬉しかったよ。だけど帰ってくれるともっと嬉しい。さっさと風呂敷畳んでとっとと帰ってくれ〟ってね。そう、ひと思いにここから放り出してくれ。または何も言わずにこっちを見るだけでいい。見るだけで十分だ。それも腹を立てるっていうんじゃなく、いつもと同じように、ちょうど今僕を見ているようにね。でも大丈夫、その必要もない、だって僕はあと七分したら――おっと六分だったね、あれから一分過ぎているから――僕は露と消えて、この部屋にはさっきまで僕がいたという苦い記憶だけが宙を漂っているはずだ」

「いいかい、頭を冷やすんだ」とエシュティは昔馴染みの友に温かい声で優しく語りかけた。「僕は出て行ってくれなんて思っていないよ。ここにいて欲しいんだ。でも君が何が何でも七分にこだわるっていうんなら――というか、六分かい？――それも条件として飲もう。ただ一つだけお願いだ。ここにいる間は疑ったりそわそわしたり言い訳しないで、ゆっくり寛《くつろ》いでくれ。何が言いたいのか言ってごらん。それから話をしよう。どんなふうにって？ 安心して。そう、そう。君の願い通りに行動するから。一秒でも退屈したら最後、単刀直入もう君の方を見もしないよ。立ち上がってその襟首をつかんでポイッ、何なら階段の踊り場でその腹に一発喰らわしてやるよ。どう、落ち着いたかい？」

友のためなら何でもするという思いやりに溢れたこの約束を、ダニは狂喜して受け入れた。すっかり元気が出たらしく、コーヒーを一気に飲み干した。しかし、こんななぐさめの効果は果たしていつまで持つだろうか？ せいぜい一、二分だろう。そしたら、また始まって、また対処だ。自己批判と良心の呵責の発作は悪化の一途をたどり、他人の貴重な時間を奪いたくないという説明を繰り返し、うじうじと考え込んでは同じ言い訳と批判に何度も何度も立ち戻り、エシュティの考えや反論に対しても言いがかりをつける。そして一言一句違わず繰り返そうとしても、ことばが思い出せないために混乱してしまい、放心して額の汗をしきりに拭く始末なのだ。

延々と続く推測と説明、話が逸れてはまた元の場所に戻り、目的を言おうとしては遠回しに管を巻く。際限ない理屈や屁理屈にひたすら耳を傾けているうちに、エシュティ自身も血の気が失せ精根尽き果てる思いがした。時折ぐったりとして天井を見上げ、目の前でカチカチと時を刻む懐中時計に目をやった。九時が過ぎ、九時半も過ぎた時だった。エシュティはゆっくりと厳かに立ち上がると、最初は静かに、やがて次第に声を大きくして話し始めた。

「あのね、いいかい。さっき六分過ぎたら注意してくれと言ったね。だから言うけど、君の言う六分はもうとっくの昔に過ぎたよ。今は中央ヨーロッパ時間で九時四十二分で、もうすぐ十時になる。ここからわかるだろうけど、君はもう二時間四十五分のあいだここで油を売っているが、ここまで何一つまともに話もしていないし、一体全体何の用があって顔を見せたのかを僕にちゃんと伝えようともしていない。ダニ、分かるだろう、僕だって人間だ。我慢にもほどがある。邪魔してるかって？　ああ、とてつもなく邪魔しているよ。うんざりかって？　甚だしくうんざりしている。どれだけ滅茶苦茶にうんざりしているか、とても言葉で表しようがないくらいだ。つい今しがた、ここぞというタイミングにどんな風にして君にお引取りいただくかについて、親切にもご教示賜ったね。いかにも君らしい事細かさで、発するべき言葉までご推薦いただいた。僕はこの間その言葉を慎重に吟味し、君が到着して一時間経った八時になる頃には、まさにその通り言い放ちたい気持ちだったよ。正直言うと、八時半には君のコーヒーに青酸カリを混ぜて毒殺しようかと思ったくらいだ。それからまだ君が話し続けるから、それよりか六連発のピストルを引っぱり出して一、二発お見舞いして撃ち殺す方がいいと思った。見ての通り、状況は若干変わったんだ。君の言葉は僕にはもう物足りなくて効き目がない。とても使えた代物じゃないから、熨斗《のし》をつけて返すよ。好きにするがいい。この期に及んでは、より高級で華々しい言葉が必要だ。罵声と誹謗中傷を雨あられと降らせるような言葉がね。それに比べればシェイクスピアの土役たちの呪いの言葉もレモネード並みの爽やかさだ。だけどやっぱり辞めた。君はあまりに哀れな虫けらで、毒を盛るのも弾をぶち込むのも言葉でやっつけるのにも値しないと思うからね。冷静に友としてひとこと出て行けとだけ言わせてもらう。出て行け、今すぐに。解ったかい？　とっとと失せろ。ふざけて言ってるんじゃない。そうだとも。二度とその面を下げてくるな。間違ってもここに足を踏み入れるな。我慢の限界だ、飽き飽きだ、このボケナスのアンポンタンが……」

エシュテイは大声で喚《わめ》いたせいで声が詰まり、唇はわなわな震えていた。手を振り回したせいで、その手がテーブルの上の水差しにぶつかり、水差しは粉々に砕け、中に入っていた黒い液体が白い絹の絨緞に染みわたっていった。

ダニはけたたましい声で笑いだした。あけっぴろげで嬉しそうな笑い方だった。今になってようやく自分が本当に歓迎されていて、誰の負担にもなっていないのだと理解したのだ。落ち着きを取り戻して坐り直し、煙草に火をつけると、やおら饒舌になった。

何の用で来たのかを話し始めた。

頼み事というのは何というほどのことではなく、実に単純なことなのだ。

一つお願いがあって、特別なお願いなのだが、しかしそれは自分にとって特別なだけであって、お願いする相手にとっては必ずしも特別なお願いではないし、もしかしたら単にちょっと大きな、というか、ちょっとしたお願いに過ぎないかもしれないが、ことによるとまったく何でもないことかもしれなくて、それでも場合によっては断わってくれても構わないし、その理由も別にわざわざ言ってもらう必要もないし、わざわざこちらを見詰めなくても黙っているだけで自分はちゃんと分かるんだということを念のために言っておこうと思うし、そんなことで恨みにも思わないし、何もなかったみたいに二人の間の友情も今までと変わらず保たれるから。というわけで、手短かに言うと、『瞬間と記憶』というタイトルの新行動主義・サンクロミスム・表現主義・アヴァンギャルド雑誌（ハンガリーのアヴァンギャルド時人で画家のカッシャーク・ラヨシュ（一八八七〜一九六七）が創刊した雑誌『今日』（一九一六〜二五）を示唆していると考えられる）の最新号が見たいので、それをきっかり二十四時間だけ貸してほしい、その二十四時間が経過したら原状無傷のまま自分で返しに来るという条件で。もちろんエシュティがまだ読んでいないなら、あるいは読んだけれど記事をいくつかもう一度読み直したい、いや、読み直すとまでは言わなくてもさっと目を通したい、時々眺めていたい、もしくは単に手元に置いておきたい気分だったり、他の人にあげたいと考えていたり、ことによるとこの自分は信用できなくて、雑誌を投げたり破ったり古本屋に売り飛ばしたり、他にもどんなこの場ですぐ具体的に供述できないようなことをやってのけるかのけないか分からないという疑問の念がほんの少しでも生じるんだったら、どんなに自分が強引に要求しても聞き入れてくれる必要はない、その場合もう最初から完全に諦めるし、その場合この依頼は失効するし、これについては一言も言及されなかったものとみなしてくれたらいいから。

そんな話が、実際はその内容がこれよりはるかに枝葉末節まで行き渡り——ゆえに疲労も抹消神経まで行き渡り——、話が終わったのは十一時二分だった。
エシュティはようやく立ち上がると雑誌かごのところに行き、ごそごそ掻き回すと、『瞬間と記憶』のまだ封を切っていない最新号を取り出した。ダニは礼を述べ、いくつか曖昧な点について補足説明をすると、立ち上がった。エシュティは階段まで見送ったが、これにもまた若干の時間を要した。客の背後で門を閉め、錠をかけて閂をさし、部屋に戻った。時計は十二時十七分を指していた。

一九三二年

第18章　ありふれた路面電車の風景に関する感動的描写、そして読者諸君に別れを告げるの巻

「風が吹き荒れていた」とエシュティ・コルネールは話し出した。「真っ暗で、凍てつく寒さが容赦なく鞭打つ夜だった。僕はひたすら顔をしかめて耐えていた。

鼻は赤らみ、手はかじかんで、爪は紫色になった。泣いてもいないのに目から涙が零《こぼ》れた。まるで僕の中のまだ凍りきっていない生命が溶け始めたみたいにね。町じゅうの裏小路に風が吹き込み、ひゅるひゅると唸《うな》っていた。

僕はじっと立って待っていた。堅いアスファルトの上で足踏みしながら、指先に息を吹き掛けた。厚いコートのポケットに、寒さに痺《しび》れた手をつっこんだ。

ようやく遥か遠い霧の中に、路面電車の黄色いライトが浮かび上がった。

電車は線路を軋《きし》ませながら近づくと、目の前で急停車した。

乗車しようと手すりに掴まったとたん、「満員だ」と何人もが迷惑そうに怒鳴る声が聞こえてきた。

乗降口には乗客たちの髪の毛がはみ出し、揺れていた。車内の薄暗がりに蠢《うごめ》く生き物の群れをたった一個の電球が弱い光で照らし出していた。男も女も腕に抱かれた赤ん坊もいた。

一瞬迷ったが、意を決して飛び乗った。選択の余地などなかった。凍えて歯ががちがち鳴っていたんだ。それに急いでもいた。旅行の準備がある。何としても帰り着かねば。

最初は相当ひどい状況だった。僕は人間の塊にとびついてしがみつき、自分自身も撓《たわ》んだ房の先についた実のひと粒と化した。電車は猛スピードで橋を渡り、トンネルをくぐって突き進んだ。もし途中で振り落とされたら一巻の終わりだ。時々すんでのところで家の壁や柵や木の幹にぶつかりそうになった。まさに命懸けだったよ。

この危険以上に厳しかったのは、乗客たちが片っ端から僕のことを邪魔者扱いしているのが分かったことだ。もし僕がころげ落ちたら、車両の中にいる人たちはいい気味だと笑うだろうし、乗降口にしがみついて運命共同体と化していた人たちは、これで一人お荷物が減るとほっとして有り難がっただろう。

ずいぶん時間が掛かってようやく通路に移動できた。車両の縁になんとか足の裏ひとつ分の場所を確保した。ようやく床に足をつけることができたわけだ。僕は両手でしっかりと車両の外枠を掴んだ。もうこれで飛ばされる心配はない。

ところが、ここでまた人々の迷惑そうな目が僕に向けられ、しかもその敵意がむき出しになったんだ。乗降口にしがみついていた時は、周囲がだんだんと馴れてくれた。僕の存在はどうしようもない事実として受け入れられ、それからはうまくつき合ってくれて気にされなくなった。しかし、通路では僕が最新の参入者であり、一番の目の敵だ。みなが僕への共通の憎しみで一丸となる。あからさまに聞こえよがしに大声を出す者もいれば、小声で呟く者もいて、罵ったり冗談混じりの悪態をついたり、野蛮で下品な言葉を投げつけたりという具合だ。どうせだったらこんなところより、地下二メートルにでも潜っていろという態度を、堂々と隠そうともしなかった。

しかし僕は諦めなかった。とにかく耐えろ――と自分に言い聞かせたよ――ここが我慢のしどころだ。一歩も譲るもんか。

踏ん張ったかいあって、やがて希望の光がさしてきた。吊り革の一つにありついて、これにぶら下がったんだ。しばらくして誰かがぶつかってきた。そのお蔭で前方へ突き飛ばされ、もっと中の方へ移動することができた。入口すぐの場所から、今や通路に固まった群衆のど真ん中に、揺るぎない足場を得たんだ。押しくらまんじゅう状態で暑くなってきた。時々あまりに強く押されて、息が止まりそうになった。ものが――傘とかトランクの角とかが――思いっきりおなかにぶつかってきたりもした。

でも、こういった一時的な不快は別として、贅沢は言っていられない。

そこからは徐々に境遇が改善されていった。

絶え間なく乗る人、降りる人がいた。そこそこ身動きがとれるようになったから、左手でコートのボタンをはずし、ズボンのポケットから小銭入れを取り出して、車掌にそれまで何度ご丁寧に注意されても買えなかった切符を買ったよ。金を払うことがこんな喜びだなんて、めったにないことだね。

このあとまたちょっとした混乱が起こった。偉そうな態度の太った検札員が乗車してきたんだ。百キロはあろう巨体のお蔭で、まるでカップの縁ぎりぎりまで注いだコーヒーに大ぶりの角砂糖を投入した時のように、満員の車両から危うく人が零《こぼ》れ落ちそうになったよ。検札員は切符を見せろと言った。そこでまたボタンをはずして、今度は空いている右手でさっきズボンの左ポケットの奥深くに戻した小銭入れを取り出さなきゃいけないはめになった。

だけど明らかに僕は幸運だった。検札員が人込みを掘り分けながら車内へと移動していくと、大きな人の波が起こり、それによって僕も内側へ向かって押しやられ――最初はわが目を疑ったが――僕も中へ、つまり車両の内側へ入ってしまったんだ。〝やっとたどり着いた〟って思ったよ。

そのあいだに頭にぶつかってきた人もいたし、コートのボタンもいくつか引きちぎられたんだが、それが何だっていうんだ。ここまでたどり着けたことが誇らしかったよ。座席に坐ることなんて、もちろん考えられなかった。そもそも座席を陣取っている上流階級の方々の姿は拝見することさえできなかった。立っている人たち、吊り革に掴まりながら自分の足と他人の足に交互に体重を掛けながら立っている人たちの陰に隠れていたからね。それに車内は大蒜《にんにく》や胃酸の臭いの人いきれ、それに外から忍び込んでくる冬の霧や人々の服から立ち上る蒸気が混じっていたから。

人間の尊厳を失ってぐちゃぐちゃに押しつぶされた、こんな悪臭漂う動物の群れを見ていると、ぞっとした。目的の達成まであともう少しというところなのに、いっそこの闘いをあきらめて、道半ばで下車しようかという思いが脳裏をよぎったんだ。

その時、ある女の姿が目に飛び込んできた。薄暗い隅っこで、すり切れた服にうさぎの毛の襟巻を首に巻き、壁に凭《もた》れて立っていた。疲れ果てて悲しげだった。地味な顔立ちで、すっきりとした柔和な顔に、青い瞳をしていた。

この恥さらしな状況に耐えられず、手足は疼《うず》くし胃はむかむかするという時は、腐った空気の中の襤《ぼ》褸《ろ》切れのような人の群れと下品な顔の隙間から、頭や帽子のあいだに見え隠れする女の姿を目で追ったよ。彼女はほとんどじっと前を見据えていたが、ふと二人の目が合ったんだ。それからは彼女も視線を送ってよこした。まるであちらも僕と同じことを考えているようだ。僕がこの電車のこと、そしてこの状況全体について何を思っているのか、彼女も分かっているみたいだった。元気が出たよ。

彼女は僕の視線を拒まなかった。だから僕は、まるで病人が孤独に襲われないようにと夜中の病室につけっぱなしにしてある青い電球をじっと見詰めるように、その青い瞳を見詰めたんだ。

僕が最後まで闘いをあきらめずに済んだのは、ひとえに彼女のお蔭だよ。

十五分もするといよいよ座席に坐ることができた。金属柱のあいだにそれぞれ四人掛けのベンチが取り付けられていた。とりあえず、片方の太ももだけをかろうじて座席に乗せて、ぶら下がっているのが精いっぱいだった。周りに坐っている下種野郎どもは、この既得権を絶対譲るもんかといわんばかりに着ぶくれした図体をぎゅうぎゅうに押し込んで収まり返っていた。僕は自らに与えられたものでよしとしたよ。それ以上は要求しない。周囲の下劣な揶揄も聞こえないふりをした。頭陀袋《ずだ》になったようにふるまったんだ。人間ってものは本能的に互いに憎しみ合う生き物で、人よりも頭陀袋の方に簡単に心を許すものだって分かっていたからね。

まさにその通りになったよ。僕が大人しくしていると、こいつは吹けば飛ぶような取るに足りない人間だと見定めたのか、みんな少しずつ詰め始めて、僕の持ち分のスペースをいくぶん広げてくれたんだ。しばらくするともう場所を選べるほどになったよ。

いくつか停留所を過ぎた頃、窓際の座席にありついた。腰を下ろして辺りを見回した。まず最初に青い目の女を探したが、もういなかった。僕が人生の荒波に揉まれているあいだに、どこかで降りたようだった。もう二度と会うこともないだろう。

ため息が出た。霜の貼りついた窓から外を眺めたが、見えたのはガス灯と汚れた雪と、明かりが消えて固く閉ざされた家々の門だけだった。

僕はまたため息をついて、今度は欠伸《あくび》をした。なんとか元気を出そうと思った。〝僕は闘い、勝利したのだ〟と自分に言い聞かせてみた。可能な限りを手に入れたんだ。路面電車で窓側の席に坐れること以上に、いったい何が望めるだろうか。あらためてじっくりと、満足さえ覚えながら、この非情な闘いの各段階を思い返してみた。最初に思い切って電車に飛び乗りこれを確保した時のこと、必死になって乗降口を攀《よ》じ登ったこと、通路での揉《も》み合い、車内の群衆の耐えがたい視線と空気、そしてあと少しというところで最後の瞬間に諦めそうになった自分の心の弱さを詰《なじ》った。コートのボタンがちぎれた跡を、まるで戦場で受けた傷を見るように眺めた。誰にでもいつか順番が来る――と、まるで賢者が経験をもとに諭すように口にしてみたよ――ただその時を待て、とね。この世に報いなどそうそうないが、それでもいつかはきっと報われるものだ。

そしたら今度は、この勝利を心ゆくまで味わいたい気持ちになった。ちょうど痺れの切れた足をゆっくり延ばし、ようやくほっと息をついて休息しよう、自由に思いっきり深呼吸をしようとした時だった。車掌が僕の座席の窓に近づくと、行き先の標識を裏返して叫んだんだ。〝終点〟とね。

つい苦笑いが漏れた。それからゆっくり下車したんだ」

一九三二年

訳者解説　狂騒曲の鳴りやまぬ世界――コストラーニとエシュティの時代

本書はハンガリーの作家コストラーニ・デジェー（Kosztolányi Dezső 1885-1936）の小説『エシュティ・コルネール』（Esti Kornél, 1933）の全訳である。コストラーニは詩人、小説家、評論家、翻訳家として多彩な活躍をした二〇世紀初頭ハンガリーを代表する作家であり、彼が数篇残した長篇小説の中でも最後となったこの作品は、現在でもハンガリーで非常に人気のある小説の一つである。これまで把握されている限り、世界十二か国語に全訳され、部分訳を含めるとその数は二〇言語に及ぶコストラーニの代表作である。

コストラーニが生きた激動の時代

二〇世紀初頭のハンガリーの首都ブダペシュト。そこには多彩な若き文学的才能が集結していた。彼らはハンガリー文学に西欧のモダニズムを取り入れた文芸誌『西方《ニュガト》』（一九〇八年創刊）を中心として、さまざまな新聞・雑誌を舞台に競うように作品を発表し活躍した。いわばハンガリー文学史における「黄金の時代」であり、コストラーニもまたその時代に生きた作家の一人である。

コストラーニは一八八五年にハンガリー南部の町サバトカ（現在セルビアのスボティッァ）に生まれ、高校卒業までこの故郷の穏やかな町で過ごした。上京後はブダペシュト大学人文学部在学中に、早くも新聞社に文芸記者の職を得て、書評記事や詩、短篇小説を執筆し始めている。若干二十歳すぎであったコストラーニは、新進気鋭の詩人として詩集『四面の壁のはざまで』（一九〇七年）や、後に彼の代表的詩集となる『哀れな幼き子の嘆き』（一九一〇年）などを次々と発表し、詩人として順風満帆なスタートを切った。

まずは詩人として高い評価を得た若きコストラーニであるが、この頃時代は激しい変化を迎えようとしていた。一九一四年には第一次世界大戦の火蓋が切られた。そしてオーストリア＝ハンガリー二重君主国の敗戦。ハプスブルク家の帝国は成熟しきった大樹が内部から朽ちて倒れるように崩壊し、その後には東欧の諸民族の新興国家が独立した。ハンガリーでは短い期間にブルジョア民主革命（一九一八年）と共産主義革命（一九一九年）が起こっては頓挫した。その後、王政復古を追いかけるように、一九二〇年には戦

コストラーニ（中央）23歳。いとこのチャート・ゲーザ（左）21歳とその弟ヤース・デジェーと。故郷の町サバトカにて。

最初の詩集を発表した当時のコストラーニ（22歳頃）

後処理のトリアノン平和条約によって、ハンガリーの国土は三分の一に縮小し、何百万もの同胞が新しい国境によって分断されることとなった。コストラーニの故郷サバトカも国境線の向こう、セルビア(正確には当時ユーゴスラビアの前身国家)に割譲され、家族との再会には数年を待たねばならなかった。戦争がもたらした多くの犠牲者と失業者、さらに革命の連続で政治は混乱し、経済は破綻していた。都市部の労働者も農村の農民層も貧困にあえぐこととなった。本作品第五章で生き生きと描かれるブダペシュトの華やかなカフェ文化も、過去のものとなった。コストラーニほか作家たちは、生き残ったいくつかの新聞社を渡り歩き、かろうじて職を得て執筆を続けることで、激動の時代を必死で泳ぎ切ろうとしていた。

一九二〇年代に入ってからは、コストラーニは短篇や長篇小説を精力的に生み出していく。代表作となった長篇小説には、『ネロ、血に染まった詩人』(一九二二年)『ひばり』(一九二四年)『金の凧』(一九二五年)『エーデシュ・アンナ』(一九二六年)があり、それぞれ権力欲と芸術愛のあいだの葛藤、家族の共依存や親子関係の破綻、女中による主人殺害という人間の心理の深層をテーマに扱ったものである。また、生涯にわたって首都だけでなくさまざまな地方紙に彼が発表した短篇小説は二百篇を超す。

エシュティ・コルネールの誕生

『エシュティ・コルネール』はコストラーニ晩年の最後の長篇小説となった作品である。本書に目を通された方は、これはいったい「小説」なのかと魔訶不思議な気持ちになるのではないだろうか。

ある風の強い春の日に、主人公「私」は「エシュティ・コルネール」に再会するというくだりで、本書は始まっている。二人は互いの心の中にあった長年のわだかまりを解き、ともに一つの小説を書くことで同意する。旅行記、伝記それとも小説かという「私」の問いに対して、エシュティは答える。

「三つともいっしょくただ。行きたかったところを書いた旅行記であり、主人公が夢の中で何度死んだかも語る小説的伝記でもある。一つ条件がある。そこらのくだらんお話とごっちゃにはするな。すべては詩人にふさわしく、断片のままにするんだ」（第1章）

本作品の十八篇は、このようにエシュティの強い意志によって、「断片」となっている。おおざっぱにいうと、最初の三分の一に作家の幼少時代から青春時代にかけての伝記風、中盤は旅行記風、後半にはエシュティが遭遇するさまざまな出来事について語る小説風の短篇が多い。文体の観点からも、「私」が語り手となってエシュティに会う場合もあれば、エシュティが「私」または「私」を含む数人の仲間相手に語り聞かせる場合、三人称のエシュティが出来事を経験するものなど、まさに多様な「断片」である。読者のみなさんも本書を開いて、あてずっぽうにどの章から読んでも楽しんでいただけると思う。

エシュティ・コルネールというキャラクターがどのように生み出されたのかについて、コストラーニ自身は生前まったくというほど何も語らなかった。早くには一九二五年に『西方』に、のちに本書の第八章となる「新聞記者」という短篇を発表し、ここで初めて「エシュティ」という名前が登場している。集中的に〝エシュティもの〟が書かれるのは一九二九年頃から一九三三年にかけてであり、その数は合計三十五篇に及ぶ。ここから十八篇が本作品を構成するものとなり、残り十七篇は、コストラーニ生前

『エシュティ・コルネール』を執筆していた頃のコストラーニ（1930年）

に発表した最後の短篇集『山の中の小さな湖』の中の「エシュティ・コルネールの冒険」という章に収録されている（このうち「ヴォブルン風オムレツ」ほか四篇と、短篇集のタイトルにもなった「山の中の小さな湖」の計五篇は、拙訳『ヴォブルン風オムレツ　コストラーニ・デジェー短篇集』（未知谷刊）で日本の読者にお届けしたので、あわせてぜひ読んでいただきたい）。小説『エシュティ・コルネール』に収録する短篇をどのように決めたのか、今となっては何の手掛かりもないのだが、一九三〇年には作品の構想を得て、もともと「わが人生」と題した路面電車の光景を描いた作品を、エシュティを語り手として書き換えて最終章にしたこと、また小説の主人公「私」と「エシュティ」との出会いと再会を描いた第一章を一番最後に書いたことは明らかになっている。

エシュティは何者か？

　では、エシュティは、そもそも何者なのだろうか？　二人は幼なじみの友人同士というが、読者は読み進めるとすぐにそれが「私」すなわち作家コストラーニのもう一人の

「自分」であることに思い至るだろう。エシュティは、中年を過ぎ、文豪としての評価を揺るぎないものにしたコストラーニが、その社会的成功や評価や責任と引き換えに捨て去ろうとした、あるいは抑圧してしまった妄想症的、神経症的、過敏で突飛で矛盾に満ちた本来の自己である。それは、みずみずしい詩的感受性を持ち続ける「永遠の子ども」である一方で、残虐なものやおぞましいものに惹きつけられるグロテスクな「悪魔」である。また、他人の苦しみに心から寄り添う「無垢の人」である一方で、時に冷酷非情で社会の秩序や合理性を笑い飛ばす諧謔的な「あまのじゃく」でもある……それが「エシュティ」なのである。十八歳の青年エシュティは、すでに自らについてこう語っている。

僕は誰にでもなるし誰でもないんです。渡り鳥であり、変身する魔術師であり、指の間を絶え間なくすり抜けるウナギなのです。捕えようがなく得体の知れない人間です。(第3章)

生まれつき虚弱体質であった彼が小学校に初登校した幼き日の強烈な体験(第2章)や、高校卒業後初めての一人旅とまだ見ぬ青い海やイタリアへの憧憬、そして思いがけないキス体験(第3章)は、コストラーニ自伝そのものである。また特に、帝国末期のカフェ・ニューヨークを中心にした芸術家たちの狂騒曲的な描写(第5章)は、まさに近代ハンガリー文学の黄金期をほうふつとさせる魅力ある章である。ここにはコストラーニと交流のあった『西方』時代のそうそうたる詩人・作家・芸術家・学者たちが、架空の名前で勢揃いして登場する。道行く人々にいたずらを仕掛ける仲間の一人カニツキは、ハンガリー文学随一のユーモア小説作家であり、コストラーニと後世に語り継がれる友情を結んだカリンティ・フリジェシュ（一八八七～一九三八）がモデルである。またゲーザ・ゲーザは詩人で脚本家のバラージュ・ベーラ（一八八四～一九四九）で、日本でもよく知られたバルトーク・ベーラのオペラ「青髭公の城」の脚本を書いた。研修医として登場するガーチ・ヨージェフは、ブレンネル・ヨージェフ、つまりのちのチャート・ゲーザ（一八八七～一九一九）で、コストラーニのいとこの精神科医であり著名な作家である。

また、列車で出会ったトルコ人の少女にハンガリー語のトルコ語からの借用語について語る話（第7章）と、同じく列車で出会ったブルガリア人車掌とブルガリア語による珍奇な会話をする話（第9章）は、生涯にわたってことばへの深い造詣と愛情を持ち、言語に関わる多くの論考を書いたコストラーニの個性がよく表れた章である。

狂気が渦巻く世界の人々

『エシュティ・コルネール』に登場する人物のほとんどは精神を患うか、執拗な性癖の持ち主に見える。重度の精神障害を持つ少女（第3章）、精神病棟に隔離される新聞記者（第8章）、金への異常な執着を見せる老人（第10章）、奇異で騒々しい詩人たちと眠り続ける会長（第12章）、窃盗癖を押さえられない翻訳家（第14章）、他人の邪魔をしているという妄想から逃れられない詩人（第17章）などである。

このような精神的疾患や神経症的な性向へのコストラーニの強い関心の背景には、第2章の「赤い雄牛」に描かれているように、自身が幼少の頃から神経過敏な子どもであったことに加え、同郷サバトカ出身でふたごの兄弟のように育ったチャートが麻薬に手を染め、若くして悲劇的な自死を遂げたのを間近に経験したことがあるだろう（チャートは『西方』創刊号から作品が掲載された早熟の天才的小説家であったが、これゆえその珠玉の幻想的猟奇的短篇小説のほとんどは、精神が崩壊する前の二十代前半に書かれたものであった）。さらに、コストラーニ自身学生時代から精神分析に深く傾倒していたし、また何よりも、思春期にさしかかった一人息子に統合失調症の疑いが生じ、知り合いで精神分析のブダペシュト学派を創った高名な学者フェレンツィ・シャーンドルを通してウィーンのフロイトに診察を依頼するなど、家庭状況もまた切実なものであった（高齢であったフロイトは結局依頼に応じなかった）。

また、エシュティはこれらの人物について語るだけではない。時に、彼自身が不可解で合理性を欠いた突拍子もない行動をとる。手に入れた莫大な遺産をなんとか手放そうと珍妙な奔走を見せたり（第6章）、貧しい未亡人を慈善の心で助けようと努力した末に殴ったり（第13章、タイトルでは「殴る」が、実際は「つかみ合い」にトーンダウンしている）、ドナウ河で溺れかかったところを助けてくれた命の恩人をそのドナウ河に突き落とす（第16章）のである。エシュティの旅先も、「正直すぎる人々」が住む町であったり（第4章）、「親切すぎるホテルマン」だらけのホテル（第11章）である。エシュティの出会う人と世界は矛盾と狂気に満ちている。そして、極寒の冬の夜に乗った満員の路面電車での「ありふれた光景」（第18章）は人生そのものであり、雑踏の中の必死の格闘の末に「窓側の席に坐れる」という、これ以上にない喜びを勝ち取ってもほんのつかの間、すぐ終点に到着するのである。

ハンガリー文学の伝統に抗うエシュティ

エシュティは時に思わぬところで作家コストラーニの思想を吐露する。それが本編のさまざまな個所にちりばめられているのを発見するのも、楽しみの一つである。

近代ハンガリー文学の特徴をあらわすことばに、「道標を示す文学《イラーニイロダロム》」ということばがある。これは、詩人や作家は民衆に進むべき方向を指し示すのがその使命であるという考え方である。この伝統は、ハンガリーが他国の支配のもとにあった長い歴史を通して、ハンガリー文学においてハンガリー語で文学を書くこともままならなかった近代初期から脈々と受け継がれてきた。そこでは、作家の役割とは、虐げられた民衆に勇気と力を与え、権力と闘い、人々を革命に導くこととされる。十九世紀ではケルチェイ・フェレンツ、ヴェレシュマルティ・ミハーイ、ペテーフィ・シャーンドルそしてアラニュ・ヤーノシュといった詩人たちがその役割を担った。ケルチェイはオスマン・トルコやハプスブルクに支配されるハンガリー民族の苦難の幾世紀を「神が下した呪い」と嘆き、すでに過去をも未来をも罪償いをしたこの民族に快活な時代をもたらしてくれと神に祈り（この詩は現在のハンガリー国歌となっている）、ヴェレシュマルティは独立の夢を失ったハンガリー民族を、絶望の中で音楽を奏で続けるしかない「年老いたジプシーのバイオリン弾き」に喩えた。革命の詩人ペテーフィは、詩人の使命は太古の昔モーゼがしたように、松明を手に民衆を自由と平等という約束の地に導くことだと説き、アラニュは対ハプスブルク独立戦争の敗北後のハンガリーを「翼の折れた囚われのこうのとり」と詠んだ。このように、文学と政治はハンガリーにとって表裏一体の存在であり、「道標を示す文学」は国民文学となって、近代ハンガリー文学の中枢を形成してきたといえる。

二十世紀に入ると、文学的指導者は詩人アディ・エンドレに引き継がれた。アディは一九〇六年に『新詩集』を発表し、フランス象徴主義を取り入れた新しい詩のスタイルでハンガリー社会の後進性を糾弾し、社会変革を求め、ハンガリー文学界に衝撃をもって迎えられた。瞬く間にアディはハンガリー文学における絶対的指導者となる。ところが、コストラーニはまだ若い駆け出しの詩人の頃に、この現象に懐疑の目を向けるのである。

正義心は説教をたらし、人類を救済しようとし、聖人かのように振舞い、明けても暮れても奇跡を起こしたがり、もったいつけて要点を突っつき回すくせに、たいがいは空っぽで内容がなくまったく形式的なのである。（『エシュティ・コルネール』第3章）

「諸悪の根源はみながまとまろうとすること」――コストラーニの政治的ニヒリズム

コストラーニのこのような社会的正義に対する懐疑心は、どこから生まれてくるのだろうか。

第一次世界大戦という人類初めての大量殺人の戦争、敗戦と帝国の崩壊、東欧における諸国家の誕生。この激動の時代、ハンガリーの作家たちは、今こそ文学が何をするべきかを必死に考え行動しようとした。一九一八年秋にカーロイ・ミハーイによる社会民主政権が誕生すると、作家らは新たな文学団体ヴェレシュマルティ・アカデミーを設立して革命を支持し、王政の廃止と民主主義の実現に向けて共和国建設を後押しした。半年後の一九一九年春、今度は行き詰ったカーロイの革命を引き継ぐかたちでクン・ベーラによる共産主義革命が起き、ハンガリー・タナーチ（ソビエト）共和国が興ると、即日ヴェレシュマルティ・アカデミーは閉鎖され、代わって革命政府が文学者を管理し、政治思想で作家を選別し生活保障を与える作家管理局《イーローイ・ディレクトリウム》が立ちあげられた。また革命政権に反対する多くの者が「保守ブルジョア」として粛清された。しかし、それも束の間、革命が百日余りで打倒され、ホルティ政権がハンガリーに王政を復活させると、今度は白色テロルが起こり、社会主義者らが粛清された。左派の作家らは国外へ亡命を余儀なくされ、国内でも革命に関与した作家たちが文壇から追放されたのである。

このような中、コストラーニはカーロイの革命にこそ、その初期に作家団体の設立メンバーとして関わったものの、怒濤のように国の状況が変わる中、次第に政治から距離を置くようになった。政治家が政治家を排除し抹殺するように、作家らもまた芸術的才能ではなく政治的見解の相違によって互いに憎しみ合い、怒声を上げていた。

僕の経験からいえば、この世の中で合意と平和を保つには、万事成り行きに任せること、僕らの意志とは関係なく、よって自分で変えることなどほとんど不可能なものごとの法則には首を突っ込まないことしか方法がないのだ。（中略）この世のあらゆる混乱は寄ってたかって秩序を生み出そうとするから起こるし、埃は誰もが寄ってたかって掃き集めようとするから舞い上がるんだ。わかるだろう、世の中の諸悪の根源は皆がまとまろうとすること、幸福とはそれぞれがばらばらなことであり、偶然であり気まぐれであることなのだ。（『エシュティ・コルネール』第12章）

「アディ崇拝」批判とコストラーニ批判

ハンガリーが政治的に混迷したこの時代、コストラーニは「自分は政治的に中立である」「文学に政治を持ち込まない」と公言し、政治に対して敢えて目をつぶったかのようにさまざまな新聞に執筆した。『西方』の編集委員や同じくリベラルを代表する「ペシュト新聞」の仕事を担う一方で、極右の反ユダヤ主義で有名な新聞「新世代」に風刺的小話のコラムを匿名で担当した時期もあった。このようなやみくもにも見える彼の態度は、『西方』の仲間から厳しく非難された。さらに、アディの死後十周年の一九二九年に、多くの作家が論文でその業績を讃美し、〝アディ崇拝〟を再確認し合った時、コストラーニはひとり大胆で手厳しいアディ批判論文でアディの〝神性〟を否定し、「ほんの些細な批判も許さない〝アディ崇拝〟の文学的状況が、文学的言論の自由を侵し、停滞を招いている」とハンガリー文学界の危機を訴えた。しかしその主張は理解されることなく、逆に大批判に晒される結果となったのである。

　彼の類まれな詩的才能を誰もが認める一方、社会的存在としての作家コストラーニは「政治的ニヒリズム」「退廃主義」「芸術至上主義」として否定された。後世、とりわけ第二次大戦後のマルクス主義哲学倫理学者ヘッレル・アーグネシュは、コストラーニ批判の大論文「道徳的規範の崩壊——コストラーニ・デジェーの作品における倫理的問題」（一九五七年）を著し、コストラーニがエシュティを生み出したのは、己の「悪の分身」を生み出すことによって、人類社会の進歩に対して責任を果たせない作家自身を免罪したものであるとして、厳しく断罪した。これは戦後のコストラーニ評価に長く負のインパク

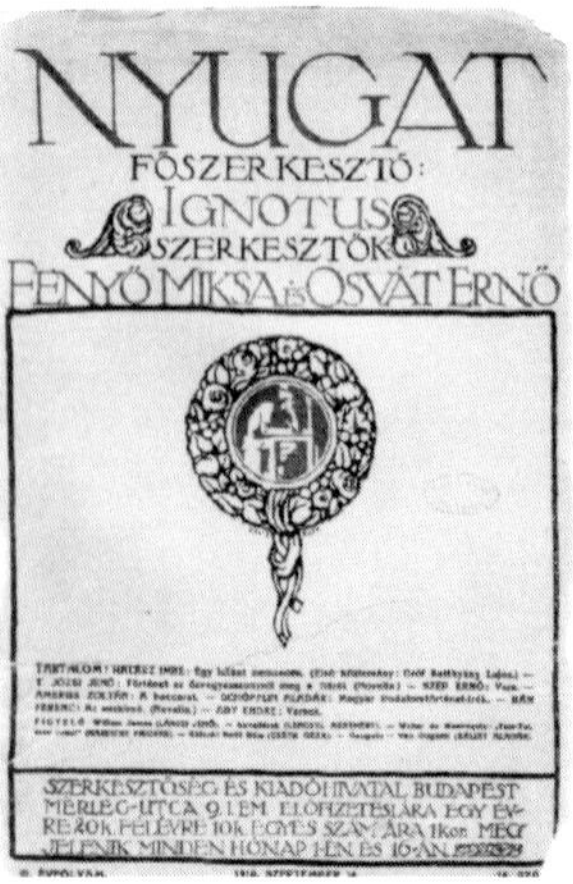

『西方』（1910 年 9 月号）の表紙

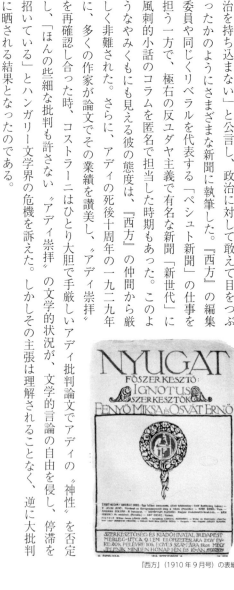

トを残すこととなった。

『エシュティ・コルネール』の独特さに再び強い関心が向けられ始めたのは、東欧が体制転換を迎えた一九九〇年前後である。その文学的形式における同時代のプルーストやポール・ヴァレリーとの共通性が注目され、またポストモダン文学の先駆けとも評価されるようになった。二〇〇〇年頃からはちょっとしたエシュティ・ルネサンス現象ともいえる状況が見られ、例えばポストモダン作家のエステルハージ・ペーテル（一九五〇〜二〇一六）はコストラーニの新しさを再発見して、自伝的随筆集『エシュティ』（二〇一〇）を著した。

話を元に戻すが、コストラーニは本当に社会から背をそむけ、無関心を決め込んだ真に「ニヒリズムの作家」であったと言えるのだろうか。

一つ例をとってみよう。一九三〇年にハンガリー・ペンクラブの会長に就任した時、コストラーニはイギリスでロザミア子爵が「困窮したハンガリーの文学的才能へ」寄贈した多額の賞金を委託されたが、彼が提案したその分配をめぐって大きくもめることとなった。真の文学的才能に報いるという彼の意図に反して、政治的立場をめぐり多くの作家が抗議し、組織を二分する事態に発展したのである。その結果、ペンクラブの崩壊を回避するために、彼は会長の座を辞することを余儀なくされた。コストラーニはこれにひどく傷ついたことを、身近に見守った夫人が伝記の中でも詳述している。これはのちに第十二章の「眠り続ける会長」の話として、皮肉とユーモアで色づけされた物語となる。このモデルは長年ハンガリー科学アカデミー総裁を務め、コストラーニの後にペンクラブ会長職に就いたベルゼヴィツキであるとされる。しかし、「右にも左にも対等に揺れ」ながら超然として眠り続けるこの人物像は、語り手であるエシュティひいてはコストラーニとも重なり合うのである。

コストラーニが二〇世紀初頭の混乱と激動の歴史で失ったものは大きかったであろうと改めて思う。作家仲間の友情と信頼、愛するいとこ、外国となった故郷の町、経済的生活基盤、そして作家としての社会的名誉と評価……。しかしこの後も、コストラーニは晩年病に倒れるまで数多くの文学的な集まりで要職を務め、日々文筆活動や講演活動を精力的にこなし続けるのである。

妻ハルモシュ・イロナと息子アーダーム（10歳頃）と

「空っぽでいよう」――エシュティ・コルネールの歌

『エシュティ・コルネール』が発表された当時、主力紙はいっせいに書評を掲載した。そのほとんどは好意的であり、讃辞を惜しまなかった。しかし、コストラーニの大学時代からの友人であり、二つの革命を通して命を懸けて、まさに「松明を掲げて」生き抜いた詩人バビッチ・ミハーイ（一八八三〜一九四一）は複雑な心境でこの作品を読んでいた。バビッチは『西方』に批評を書き、比類ないことばの魔術師としてのコストラーニの才能を賞讃した上で、彼にとって文学に大切なのは内容ではなく、文体とことばの面白さや美しさであり、内容はやや「空っぽ」で「薄い」と評したのである。

コストラーニにとって、この旧友の詩人のことばがどれほど傷つけるものであったか、またどれほど自分が理解されなかったという落胆に陥ったか。それは、バビッチへの回答として同月のうちに『西方』に掲載された「エシュティ・コルネールの歌」と題する詩から読み取ることができる。

アディ・エンドレ（右）とバビッチ・ミハーイ

Indulj dalom,	さあ飛び立て、僕の歌
bátor dalom,	勇敢な僕の歌
sápadva nézze röptöd,	苦しみがその跡に唾を吐こうとも
aki nyomodba köpköd	その軽やかな羽ばたきを見れば
a fájdalom.	たちまち呆然とするだろう

エシュティをめぐる世界の奇異でとらえどころのない面白さ。豊かなことばあそびや皮肉やユーモアの数々。どこか人をくったようなあまのじゃくなエシュティの態度。しかしそれは単なる仮想の世界の遊びだろうか。表面的な享楽の下に、実は孤独や苦悩や深く負った傷を隠しているのではないだろうか。それはエシュティ、つまりコストラーニ自身が二十世紀初頭のハンガリーという厳しい世界で負った傷でもあると感じずにはいられない。

Ó, szent bohóc-üresség,　清くおどけた空っぽでいよう
szíven a hetyke festék,　心の傷に生意気を塗って蓋をしよう
hogy a sebet nevessék,　かさぶたがはがれて血が滲んでも
mikor vérző-heges még　その傷を笑い飛ばせるように

人間とはとらえどころのない矛盾した生き物で、人間社会は合理的説明では成り立たない。人間は幸福を求めながら、不幸に安住する。愛や正義を叫びながら、平気で人を傷つける。団結を目指して、互いにいがみ合う。自由を希求しながら、他者への寛容を忘れる。だからエシュティはそのような不条理な狂騒曲が鳴りやまないこの世界を飛び回り、心の傷と哀しみを生意気とユーモアで隠しながら、大真面目な人々を笑い飛ばしているのではないだろうか。

面白かったかい？　とてもありえない、信じられない話だったかな？　文学に精神的合理性やら意義やら道徳的教訓を求めるやつらが目くじらを立てるかな？　よし、じゃあ小説にしよう（『エシュティ・コルネール』第6章）

本書の翻訳では、Réz Pál 編、*Kosztolányi Dezső összes novellái.* II. köt. Osiris Kiadó, 2007 を底本にし、また随時『エシュティ・コルネール』初の批判版である Szegedy-Maszák Mihály, Veres András 編、Kosztolányi

Dezső, Esti Kornél. Kalligram Könyvkiadó, 2011を参照した。ハンガリーの人名は、原語にしたがって、姓・名の順に記した。なお、本文中の注はすべて訳者によるものである。翻訳にあたり、七〇〇ページにわたる膨大なコストラーニ伝を著し、若くして現在ハンガリーにおけるコストラーニ研究の第一人者であるアラニュ・ジュジャンナ（Dr. Arany Zsuzsanna）さんには、テキスト解釈から作家とその時代に至るまで、数多くの貴重な教示をいただいた。昨夏彼女とともにコストラーニの故郷サバトカを訪れ、作家の足跡をくまなく訪ね歩いたことも、また、訳者にとってかけがえのない貴重な記憶となった。他にもハンガリー語についてはコヴァーチ・レナータ（Kovács Renáta）さん、独仏伊などの言語に関しては大阪大学外国語学部の同僚の各専門家たちに協力いただき、表記や意味を確認することができた。また、今年が日本とハンガリーの外交関係開設百五十周年の記念の年であることから、本書の出版にあたってはハンガリー外務貿易省から貴重な出版助成金を得ることができ、そのために駐日ハンガリー大使館文化・教育担当官のナジ・アニタ（Nagy Anita）さんに尽力していただいた。ご自身も村上春樹ほか多くの日本文学の翻訳者であり、大のコストラーニ・ファンであるアニタさんには、本書の翻訳を心から温かく応援していただき、感謝の意に堪えない。そして最後になるが、エシュティを初めて紹介したその日に出版の了解を下さった未知谷の飯島徹さんと、粘り強く温かく翻訳作業を見守ってくださった編集担当の伊藤伸恵さんに、心からの感謝の気持ちを表したい。

二〇一九年九月

訳者

この本はハンガリー外務貿易省 Publishing Hungary プロジェクトの支援を受けています。

Kosztolányi Dezső

(1885 ～ 1936)

ハンガリーの詩人・作家・評論家。オーストリア・ハンガリー二重君主国のサバトカ（現セルビアのスボティツァ）に生まれる。詩集『哀れな幼き子の嘆き』（1907 年）で文壇デビューし、生涯にわたり多数の新聞雑誌で文芸記者として詩・小説・評論を発表。とくにハンガリー・モダニズム文学の礎を築いた雑誌『西方』の第一世代を代表する作家の一人。後年、ハンガリー・ペンクラブ会長も務める。代表的な長篇小説に『ネロ、血に染まった詩人』『ひばり』『エーデシュ・アンナ』『エシュティ・コルネール』など。

おかもと　まり

一橋大学大学院社会学研究科博士後期課程単位取得退学。大阪外国語大学助手を経て、現在大阪大学大学院言語文化研究科教授。研究テーマは近代ハンガリー文学史・民族文化運動史。主な著書：『ハンガリー語』（大阪大学出版会、2013 年）、『ヨーロッパ・ことばと文化――新たな視座から考える』（共著、大阪大学出版会、2013 年）など。訳書：『ヴォブルン風オムレツ』（コストラーニ・デジェー、未知谷）。

エシュティ・コルネール
もう一人の私

2019年10月25日初版印刷
2019年11月15日初版発行

著者　コストラーニ・デジェー
訳者　岡本真理
発行者　飯島徹
発行所　未知谷
東京都千代田区神田猿楽町 2-5-9　〒101-0064
Tel. 03-5281-3751 / Fax. 03-5281-3752
［振替］　00130-4-653627

組版　柏木薫
印刷所　ディグ
製本所　難波製本

Publisher Michitani Co, Ltd., Tokyo
Printed in Japan
ISBN 978-4-89642-592-5　C0097

コストラーニ・デジェー
岡本真理 訳

ヴォブルン風オムレツ

ハプスブルク帝国の黄昏から第一次世界大戦
革命、独立、分断、激動のハンガリー・ブダ
ペシュトで、あらゆる人間に潜む真理を描く
こと——。全17篇

「僕はちっぽけな詩人でいたいと思うんだ。
大詩人じゃなくてね。
この湖みたいに小さい詩人。
そして深い詩人にさ。」
（本書「山の中の小さな湖」より）

192頁　本体2000円

未知谷